Gregor Hens

Missouri

aufbau

GREGOR HENS

MISSOURI

ROMAN

aufbau

MIX
Papier aus verantwortungsvollen Quellen
FSC® C083411

ISBN 978-3-351-03758-1

Aufbau ist eine Marke der Aufbau Verlag GmbH & Co. KG

1. Auflage 2019

Einbandgestaltung zero-media.net, München
Satz LVD GmbH, Berlin
Druck und Binden CPI books GmbH, Leck, Germany
Printed in Germany

www.aufbau-verlag.de

Das Weltall sieht allmählich eher wie ein großer Gedanke als wie eine große Maschine aus.

James Hopwood Jeans

1

Seit Jahren hatte ich nichts von Stella gehört, als sie mir in einer Mail mitteilte, dass ihre Mutter einem langwierigen Krebsleiden erlegen war. Die Nachricht versetzte mir einen Stich, aber ein unzuverlässiges Gedächtnis und der Lauf der Zeit selbst hatten einen feinen Firnis über die Ereignisse gelegt, der meinen Schmerz dämpfte und meine Seele schützte. Ich sprach ihr mein Beileid aus und erkundigte mich, wie es ihr ergangen sei, und Stella antwortete weniger direkt, als ich erwartet hatte. Sie berichtete, dass Christina, ihre Tochter, als frisch gebackene Tragwerksplanerin an einem Projekt in New York beteiligt sei. Übrigens, schrieb sie, Calders Zirkus ist nie wiedergekommen.

Ich wüsste nichts von Stella und Calders Zirkus, wäre ich nicht im Alter von dreiundzwanzig Jahren nach Amerika gegangen, um an einer Universität Deutsch zu unterrichten. Stella saß in meinem ersten Kurs, immer auf demselben Platz in der zweiten Reihe des fensterlosen Raums, von mir aus gesehen rechts. Ich wäre damals nicht in die USA gegangen, hätte ich nicht bereits als Gymnasiast sechs Monate dort zugebracht, um einer traumatischen Kindheit zu entkommen. Das legt nahe, dass ich, wäre meine Kindheit nicht derart unglücklich gewesen,

Stella nie kennengelernt hätte, und so fühlt es sich bis heute manchmal an. Ein klassischer Fehlschluss. Es hätte zahllose andere Möglichkeiten gegeben, ihr zu begegnen, tatsächlich war es beinahe unausweichlich, dass wir eines Tages aufeinandertreffen würden. Zum Beispiel in einem Iglu bei einem Forschungsprojekt zur Inuit-Kultur oder als Crewmitglieder auf einem Kreuzfahrtschiff (ich der Pianist, sie die Expeditionsleiterin). Wir hätten beide am selben Syndrom erkranken und auf einer Betroffenentagung oder in einer Patientenstudie aufeinandertreffen können. In London vielleicht oder in Jakarta oder hier in Köln. In diesem oder jenem Universum, in irgendeiner von uns selbst erdachten und geschaffenen Welt hätten sich unsere Wege früher oder später gekreuzt. Die Unzahl der Möglichkeiten macht es mehr als wahrscheinlich, so wie es die Unzahl der Sterne beinahe zur Gewissheit macht, dass auf irgendeinem Exoplaneten dort draußen Leben existiert, Leben, das wir als solches erkennen. Die Wahrscheinlichkeit ist asymptotisch. Manchmal, wenn ich nicht schlafen kann, liege ich da und denke mir einige dieser Szenarien aus, die uns hätten zusammenführen können. Und dann, wenn mich der Schlaf endlich einholt und ich im Traum meine Liebe gestehe, ist es Janet, ihre Mutter, die mir den Finger auf die Lippen legt, um mich zum Schweigen zu bringen.

2

Erschöpft vom langen Flug trat ich auf das Rollfeld von Lambert Field, das noch die Mittagshitze abstrahlte. Ich wäre am liebsten auf die Knie gefallen, um den heißen Asphalt zu küssen. Ich wusste kaum, wer ich war und was aus mir werden sollte. Den größeren Teil meiner Jugend hatte ich in einem Internat am Niederrhein verbracht, wo ich lateinische Grammatik und Judo gelernt hatte und sonst beinahe nichts. Nach dem Abitur zog ich ein paarmal um, wohnte einige Monate auf einem Bauernhof bei Kleve und studierte vier Semester lang lustlos an der Kölner Universität. Dann: Missouri.

Bereits als Schüler hatte ich ein halbes Jahr in Amerika verbracht, in einem kleinen Ort namens Ridgefield im Nordwesten des Landes. Mein damaliger Gastvater Steve war ein Trompete spielender Pastor einer winzigen Baptistengemeinde. Unter der Woche jobbte er als Baggerfahrer. Wenn mich niemand beobachtete, spielte ich auf der Orgel in der kleinen, weiß geschindelten Kirche neben dem Haus Tom-Waits-Lieder. Im Windfang des Drogeriemarkts, dem einzigen Laden im Ort, spielte ich an einem Automaten Frogger, abends schrieb ich lange Briefe an Ulrike, die in einem Architektenhaus am Ende unserer Straße aufgewachsen war. Christie, meine Gastmutter, bemühte sich, mich zu verstehen, sie stellte mir Fragen und hörte mir zu. Mehr als jeder andere spürte sie das Ausmaß meiner Verwirrung. Sie nahm mich mit zum Einkaufen, sie stellte mich ihren Freunden vor. Steve lieh mir sein Remington-Gewehr, auf dessen Schaft ein Pax-Christi-Zeichen prangte. Ich schoss, bis das junge, biegsame Bäumchen, an das ich die Zielscheibe geheftet hatte, langsam und lautlos kippte. Ich war der einzige Junge im Kunst- und Kalligrafiekurs, wo ich Bilder von Grant Wood und Norman Rockwell kopierte. Die Lehrerin nannte mich *hon* oder *honey* und legte mir die Hand auf die Schulter, wenn sie meine Arbeit an der Staffelei begutachtete. Ich lernte den Sohn eines philippinischen Oligarchen kennen, auch er ein Austauschschüler. Ich besuchte Disneyland und trank klebrigen Pfirsichlikör mit Steve. Als ich im Frühjahr 1982 ins Internat zurückkehrte, trug ich eine neue Welt in mir.

Sieben Jahre später war ich wieder in den USA. St. Louis. Im Juli. Ein brütend heißer Sommernachmittag. Ich konnte mein Glück kaum fassen. Ich nahm ein Zimmer im Best Western in der Nähe des Flughafens. Stella war zu diesem Zeitpunkt auf der Farm, saß irgendwo im Schatten und las. Natürlich wusste ich damals nichts von Stellas Existenz, doch möglicherweise spürte ich, dass sie in der Nähe war.

Ich sank auf das Bett und schlief sofort ein. Um drei Uhr wachte ich auf. Ich erinnere mich an ein gelbliches Licht, das durch die Vorhänge drang, von dem in nächtlicher Stille liegenden Flugfeld vielleicht oder der nahen Autobahn, deren Rauschen ich hörte. Mein Magen war übersäuert. Das Letzte, was ich zu mir genommen hatte, war ein winziges Mittagessen im Flugzeug, das mit winzigem Besteck und einem winzigen Becher Wasser serviert worden war. Ich zündete mir eine filterlose Pall Mall an, meine bevorzugte Marke damals. Rauchend lag ich auf dem Bett und dachte nach. Ich zitterte vor Hunger, Asche flockte auf meine dürre, haarlose Brust wie Schnee. Ich wischte die Asche fort, stand auf und zog mich an.

In einer Nische am Aufzug stand eine Eiswürfelmaschine neben einem Cola-Automaten neben einem Snack-Automaten. Es gab Mars und Milky Ways. Die Twinkies, zwei Stück pro Packung, waren *cream filled*. Das klang wie eine Verheißung. Doch Twinkies sollte ich erst viel später probieren, als mir Katja von der Twinkie-Verteidigung erzählte, Dan Whites erbärmlicher Ausrede für den Mord an dem schwulen Politiker Harvey Milk. Verminderte Schuldfähigkeit wegen Überzuckerung. White bekam sieben Jahre und nahm sich das Leben.

Zehn Jahre ist es her, dass Katja, die damals bereits eingebürgert war, für einen Sitz im Rat der Stadt San Francisco kandidierte, mit einem Wahlprogramm, das bezahlbaren Wohnraum und Ateliers für Künstler versprach. Als ich sie im Wahlkampf besuchte, bat sie mich, bei ihren Veranstaltungen Twinkies zu verteilen, meine erste und bis dato einzige politische Betätigung. Doch ihr Wahlprogramm zog nicht. Katja ist Anwältin, und sie führt selbst für kalifornische Verhältnisse ein ziemlich privilegiertes Leben. Es fühlte sich an, als stünde sie weit oben auf einer Leiter und bäte die einfachen Leute, ihr das Werkzeug zuzureichen. Sie erlitt eine krachende Niederlage. Immerhin wurde sie nicht von einem überzuckerten Attentäter erschossen. Sie hat nicht zurückgeblickt. Heute ist sie froh, dass sie die Wahl damals nicht gewonnen hat, sie hat das Beste aus ihrer Niederlage gemacht. Ihre Kanzlei vertritt militante Tierschützer, Gentrifizierungsgegner und Obdachlosenverbände. Manchmal, wenn ich nicht schlafen kann, rufe ich sie an. Meine Nacht, die gedämpfte Konzentration meiner Klettenberger Wohnung, ist ihr geschäftiger Tag. Warte mal kurz, sagt sie dann und schließt die Bürotür. Sie schiebt die Betriebsamkeit beiseite wie eine Tasse kalten Kaffee. Die Zeitzonen, die uns trennen, lösen sich auf, die Zeit selbst fällt in sich zusammen.

Ich stand vor dem Automaten und betrachtete das kleine Bündel Hundertdollarscheine, meine gesamten Ersparnisse, die ich vor dem Abflug in Frankfurt gewechselt hatte. Ich hatte keine kleinen Scheine und keine einzige Münze. Ich suchte das Treppenhaus und ging nach unten. Aufzüge mied ich, besonders wenn es abwärts ging, aus Angst, dass die Kabine eines Tages immer weiter in die Tiefe rauschen würde, vorbei an Lobby und Tiefgarage, vorbei an den zehn Höllenkreisen. Ich wollte nicht als platzende Blase in einem Ozean von Magma enden. Heute meide ich Aufzüge eher aus Gewohnheit.

Unter Flugangst dagegen litt ich nie. Ich hatte im Flugzeug ein paar Stunden geschlafen und ein schmales Buch von Jakob von Uexküll gelesen. Ich hatte von meinem neuen Leben geträumt und war müde und glücklich in St. Louis gelandet. Das Buch von Uexküll handelte von Zecken und Quallen, von Plattfischen und Vögeln. Was sie sahen und rochen. Was sie nicht sahen. In welcher Welt sie lebten. Zwischen den Zeilen immer die Frage: Was der Mensch wahrnimmt und was nicht. Wo verlaufen die Grenzen unserer Welt? Deiner Umwelt, meiner Umwelt. Die Sonne ist ein Himmelslicht, las ich. Und der Himmel ist ein Erzeugnis des Auges. Ich hatte aus dem Fenster geblickt und Neufundland gesehen, tausend Seen. Noch immer Mittag. Das Flugzeug schien sich kaum zu bewegen.

Die Rezeption lag im Halbdunkel. Hallo? Ich klopfte an eine Tür, hinter der ich einen vollständig angekleideten Wachmann auf einer Klappliege vermutete.

Hallo? Ist da jemand?

Nichts. Ich ging um den Schalter herum und begann, Schränke zu öffnen und Schubladen herauszuziehen, bis ich ein rot-weiß kariertes, in seinem Deckel stehendes Pappkästchen entdeckte. Ich schüttete die Münzen in meine Hemdtasche, fest entschlossen, das Geld am Morgen zurückzugeben. Ich ging hinauf, aß zwei Mars und legte mich wieder ins Bett. Am Morgen klaubte ich die übrigen Münzen aus dem zerwühlten Laken.

Im Greyhound-Bus befanden sich nur wenige Passagiere, die zwischen den schmutzigen hohen Sitzlehnen kaum zu erkennen waren. Ich war der Einzige, der in Columbia ausstieg, einer Stadt, die mir auf den ersten Blick so austauschbar erschien wie ihr Name. Gigantische Tankstellen an der Autobahn, weiße Holzkirchen, Drive-In-Banken mit Gipskolonnaden. Dann die Hauptstraße mit ihren Bars und Leihhäusern. Ein Antiquariat, eine Pizzeria. Alles schien geschlossen zu haben. Der Fahrer öffnete die Kofferklappe. Ich zog meinen prall gefüllten, beigebraunen Kunstlederkoffer heraus, den ich mit einem blauen und einem grünen Judogürtel, Relikten einer abgebrochenen Kampfsportausbildung, gesichert hatte. Der Bus röhrte davon. In der letzten Reihe saßen ein grinsender junger Mann und seine Freundin, die fassungslos schien. Sie hatten sich umgedreht und sahen mich durch das Rückfenster an, bis mich die Staubwolke einhüllte. Ich war kaum hundert Meter von Stellas Wohnung an der Hitt Street entfernt: zweite Etage, Fenster nach hinten. Möglich, dass ich die Leere dort spürte, die Stille ihrer sommerlich verlassenen Wohnung.

Es war kurz nach Mittag, die Sonne brannte, der Himmel war weiß vor Hitze. Ich trug eine schwere Jeans und eine abgewetzte Wildlederjacke, die nicht mehr in den Koffer gepasst hatte. Ich trat in den schmalen Schatten des kleinen Schaltergebäudes, an dessen unverputzter Außenwand ein Telefon hing. Die Vorstellung, hier draußen zu telefonieren, kam mir grotesk vor. Ich fühlte mich schutzlos. Ich legte die Jacke auf den Koffer, sah mich um und zog einen Zettel aus dem Portemonnaie. Auf dem Zettel stand eine Telefonnummer, die ich von der Universität bekommen hatte.

Ich warf einige Münzen ein, die von meinem nächtlichen Raubzug übrig waren, aber nicht Vitoria, die Vorsitzende der European Students' Association, meldete sich, sondern eine Frau von der Telefongesellschaft, die mich bat, fünfzig Cent einzuwerfen. Hab ich gerade gemacht, sagte ich. Im selben Moment fielen die Münzen mit dumpfem Rasseln durch. Ich legte auf, warf die Münzen noch einmal ein und wählte. Wieder forderte mich dieselbe Frauenstimme auf, meine Münzen einzuwerfen, und wieder wurden sie ausgespuckt. Ich versuchte es noch einmal. Die Frau von der Telefongesellschaft wurde ungehalten. Ich gab auf und setzte mich auf meinen Koffer.

Seit ich aus dem Bus gestiegen war, hatte ich noch keinen Menschen erblickt. Nicht einmal ein Auto. Nichts rührte sich. Die dreistöckigen Wohnhäuser auf der Südseite der Straße boten keinen Schatten. Einige Blocks entfernt stach ein weißer neogotischer Glockenturm in den bleichen Himmel. Ich band mir die Jacke um die Hüfte, nahm den Koffer und ging los. Ich musste ihn alle paar Schritte absetzen und die Hand wechseln. Alles, was ich besaß, war in diesem Koffer, ich hatte für zwei Jahre gepackt, und das bedeutete: für immer. Nichts, was mir irgendetwas bedeutete, hatte ich in Köln zurückgelassen.

Ich überquerte die Locust Street, ohne mich um die in der heißen Brise schwingenden Ampeln zu kümmern, und ging auf ein kleines Restaurant zu. Es hieß Olive Branch Café, das grüne Schild hing an der Hausecke wie eine Flagge. Als ich eintrat, fuhr mir ein grelles Klingeln ins Mark. Die Tür fiel scheppernd ins Schloss, ein eisiger Strom klimatisierter Luft traf mich. Ich stellte den Koffer ab und schob ihn mit dem Knie gegen die Wand. Ein Araber begrüßte mich, lächelte mich an und wies auf einen Tisch. Setz dich. Ich sah ihn an. Setz dich einfach, wiederholte er. Du bist ja nass geschwitzt. Ich bring dir einen Tee. Wo kommst du her?

Ich folgte seiner Aufforderung und zündete mir eine Zigarette an. Auf jedem der mit dunkelblauem Wachstuch bedeckten Tische stand ein sorgfältig arrangiertes Ensemble aus Salz und Zahnstochern und Tabasco, die Papierservietten wurden von einer Metallklammer niedergehalten. An den Wänden hingen Zeitungsausschnitte und das gerahmte Foto einer Zeder vor dem Hintergrund eines Gebirgszugs. Der Mann brachte Tee mit einem Zweig Minze und einen zerbeulten Aluminiumaschenbecher und setzte sich zu mir. Also, wo kommst du her?

Aus Deutschland, sagte ich. Ich müsste mal telefonieren.

Der Araber hieß Rasheed. Er bot mir Essen an.

Falafel, Dolmas, Salat, was du willst. Ich schüttelte matt den Kopf. Ein junger Mann kam herein, nahm Geld aus der Kasse und verschwand wieder, ohne ein einziges Wort.

Mein Bruder, erklärte Rasheed, so ist der. Aber er ist wie mein bester Freund. Ein merkwürdiger Satz, dachte ich, es ist nicht das erste Mal, dass er sich für seinen Bruder entschuldigt.

Ich rauchte, er füllte mein winziges Teeglas auf. Ich erklärte ihm meine Situation und schob ihm den Zettel mit Vitorias Telefonnummer hin. Er sah ihn an, nickte bedächtig und ging nach hinten. Ich hörte, wie er aufs Band sprach.

Ich muss mir wohl ein Hotelzimmer nehmen, sagte ich, als er zurückkam.

Rasheed stellte die Fritteuse ab und schloss das Restaurant, und gemeinsam hoben wir meinen Koffer in seinen weißen, schmutzigen Toyota. Er drehte die Klimaanlage auf die höchste Stufe, mit offenen Fenstern fuhren wir durch die heiße, gelähmte Stadt und klapperten Motels ab. Südlich des Campus erklärte uns eine pummelige Dame mit blauen Fingernägeln, dass alles schon seit Monaten ausgebucht sei, wegen einer Sportveranstaltung an der Uni. Und wo sind all die Leute, dachte ich. Wo sind die Sportler? Wer versteckt sich in diesen Zimmern? Ich fragte die Frau, ob ich mal telefonieren dürfe.

Ein Mann sagte, dass Vitoria, seine Frau, bereits vor zwei Jahren den Vorsitz der European Students' Association abgegeben habe, die Information, die ich bekommen hätte, sei uralt. Sie sei nicht einmal mehr eingeschrieben. Komm trotzdem vorbei, sagte er und gab mir seine Adresse. Wir überlegen uns was. Er hieß Jack.

Auf dem Weg hielten wir an einem Seven-Eleven, ich kaufte ein Sechserpack Old Milwaukee für Jack und Mentholzigaretten für Rasheed. Rasheed schüttelte nur den Kopf, als ich ihn fragte, ob ich ihm für die Fahrt etwas geben dürfe.

Ich sollte wohl zum Restaurant zurückfahren, sagte er.

Ich komme morgen vorbei, versprach ich. Damals hielt ich längst nicht jedes Versprechen, aber am nächsten Tag ging ich zu ihm, und später waren Stella und ich Stammgäste im Olive Branch Café, das von ihrer Wohnung nur einen halben Straßenblock entfernt war.

Als Jack mich erblickte, rollte er sich aus der Hängematte, die auf der Veranda hing. Er hatte sie in Honduras gekauft, wo er mit dem Peace Corps ein freiwilliges Jahr absolviert hatte. Möglicherweise war es das Erste, was er mir von sich erzählte. Ich schätzte ihn auf Anfang oder Mitte dreißig. Sein Gesicht war bleich und pockennarbig, die kleinen Augen funkelten freundlich. Er nahm mir das Bier ab, zog sich einen weißen Plastikstuhl heran und lud mich ein, die Hängematte auszuprobieren. Ich entdeckte den Ansatz einer Glatze, eine kleine Tonsur, dachte ich. Vitoria kommt frühestens in einer Stunde von der Arbeit, sagte er. Machen wir es uns gemütlich.

Wie sich herausstellte, war Vitoria, eine Portugiesin, als Studentin nach Columbia gekommen, genau wie ich. Sie hatte Jack im Auslandsamt der Universität kennengelernt, wo er als Studienberater tätig war. Vor zwei Jahren hatten sie geheiratet. Vitoria hatte das Studium abgeschlossen und arbeitete für eine Consulting-Firma. Jack genoss die Semesterferien, einen Sommer ohne Verpflichtungen. Alles ist zu auf dem Campus, sagte er. Und doch bist du schon hier.

Eine Frage in der Form einer Aussage, dieselbe Frage, die ich mir auch gestellt hatte, als ich meinen Koffer über die Locust Street schleppte. Was mache ich hier, mitten im Juli? Ein ganzer Monat lag noch vor mir, bevor das Semester beginnen würde, ein ganzer Monat, bis ich Stella in der zweiten Reihe entdecken würde, mit angezogenem Knie und einem Blick, der zwischen Neugier und Skepsis schwankte.

Vitoria hatte pechschwarzes Haar, die Augenbrauen waren in ständiger Bewegung. Es war, als würde ihre geistige Flinkheit auf ihren kompakten, schweren Körper durchschlagen. Sie schob das Fahrrad hinters Haus, kehrte zurück und blitzte mich vergnügt an, mit einer Vertrautheit, als hätte sie mich schon hundertmal gesehen.

Sie schien kein bisschen überrascht, einen Fremden mit einem deutschen Akzent auf ihrer Veranda vorzufinden, der mit ihrem Mann Dosenbier trank. Sie zeigte mir ein kleines Zimmer im hinteren Teil des Hauses, wo ich meinen Koffer abstellte.

Hast du da eine Leiche drin?, fragte sie. Egal, schön, dass du hier bist. Gleich gibt es was zu essen, und du bleibst erst einmal bei uns.

Mir fehlten die Worte, so erschöpft und dankbar und hungrig war ich. Vitoria gab mir zu Essen, reichte mir die Serviette, zwickte mich sogar in die Wange. Ich aß schweigend und lehnte mich in der honduranischen Hamaca zurück, und ich glaube, dass Jack und Vitoria wussten, dass mein Vertrauen, die Tatsache, dass ich mich ihnen ganz überließ, mehr bedeutete als irgendwelche warmen Worte, die ich hätte sagen können. Als sie schließlich ins Bett gingen, blieb ich auf der Veranda zurück. Es gab nur ein Badezimmer hinter der Küche. Ich wartete und wiegte mich in der heißen Nachtluft, und noch nie in meinem Leben hatte ich so viele Grillen gehört, und noch nie hatte ich einen solchen Sternenhimmel gesehen, und das Lärmen der unsichtbaren Grillen schwoll immer weiter an, bis es schien, als müssten es die Sterne selbst sein, die diesen ungeheuren Lärm veranstalteten.

Zwei Wochen lang wohnte ich bei ihnen. Langsam kehrte das Leben in die Stadt zurück. Studenten zogen in die Wohnheime. Ich nahm an einer Orientierungswoche für neue Lehrassistenten teil. Jack ging hin und wieder ins Büro, um die Neuankömmlinge aus aller Welt einzuweisen und ihre Visumsangelegenheiten zu erledigen. Parallel bereiteten Jack und Vitoria ihren Umzug vor, sie hatten ein Haus gekauft, ihr erstes eigenes Haus. Es war größer und nur wenige Straßen entfernt. Jack packte Kisten und stapelte sie an der Küchenwand. Mir war klar, dass ich nicht bei ihnen würde bleiben können. Ich half, wo ich konnte, ich arbeitete im Garten und strich die Veranda.

In einem Haus an der Wilson Avenue, unweit des Campus, fand ich ein Zimmer auf der zweiten Etage. Zum Zimmer gehörte ein begehbarer Schrank, in dem ich mich, bewehrt mit einem Batterieradio und einer Wasserflasche, bei meiner ersten Tornadowarnung versteckte.

Das Bett bestand aus mehreren Lagen übereinander gestapelter Matratzen, die zu den Rändern hin abfielen. Wenn ich dalag und einen meiner ältesten wiederkehrenden Träume träumte, in dem ich, in einem Buchmacherhäuschen an einer Rennbahn sitzend, dem Andrang der wild gestikulierenden Masse nicht mehr standhielt, rutschte ich regelmäßig von der tortenartigen Konstruktion und landete auf dem braungrauen, knotigen Teppichboden.

Jack und Vitorias neues Haus stand auf einem Eckgrundstück am Park, die Holzfassade war blutrot gestrichen, die Dielen glänzten. Jack zeigte mir stolz den Erker und den offenen Kamin. Zwei der oberen Zimmer waren für Vitorias kleinen Bruder und ihre übrige Familie aus Santa Maria de Sardoura reserviert, die, so hoffte Vitoria, oft zu Besuch kommen würden. Das Licht in ihren Fenstern war über den Park hinweg sichtbar, und wenn ich, von der Wilson Avenue kommend, die Old Route 63 hinaufging und sah, dass die beiden zu Hause waren, machte mein Herz einen kleinen Sprung.

Auch nach meinem Umzug verbrachte ich ein oder zwei Abende in der Woche bei ihnen. Samstags kam ich schon gegen Mittag und blieb bis drei Uhr am nächsten Morgen. Ihre Freunde kamen aus der ganzen Welt, manchmal sah es an ihrem großen runden Esstisch aus wie bei der UNO. Jack und Vitoria hatten sie auf dieselbe Weise in ihren Kreis gezogen wie mich: indem sie ihnen Obdach und Freundschaft angeboten hatten. Einige hatten Wochen und Monate bei ihnen gewohnt. Kjetil, ein Norweger, hatte in Jacks Büro Ylva kennengelernt, und es war Liebe auf den ersten Blick gewesen. Ylva, eine Isländerin, hielt es für Fügung, dass sie auf ihren nordischen Seelenverwandten an einer Universität in Missouri gestoßen war. Kjetil dagegen meinte, der Zufall hätte sie zusammengeführt. Aber, fügte er hinzu, die Wurzeln des Zufalls kennen wir nicht.

Ylva studierte Wirtschaftsgeschichte und hatte sich oben im Haus von Jack und Vitoria ein Nähzimmer eingerichtet. Manchmal kam ihre Mutter zu Besuch, die in Island eine Wodkadestillerie betrieb, und brachte salzigen Trockenfisch mit, den wir mit ihrem Erzeugnis hinunterspülten. Sie behauptete, der Wodka würde aus dem Wasser von Eisbergen hergestellt. Was wir ihr nicht glaubten. Jacks alte Peace-Corps-Freunde und Vitorias Verwandte kamen ebenfalls vorbei, sie schneiten herein und verschwanden wieder, sie blieben ein paar Nächte oder einen ganzen Monat. Die Küche in dem neuen Haus war größer, und Vitoria hatte größere Töpfe gekauft für die Mahlzeiten, die sie für alle kochte. Das Bier kühlte Jack in einem alten Trog im Garten, den er einem Bauern abgekauft hatte.

An einem Oktoberabend, das Semester hatte längst begonnen, saß ich auf einem hellblau lackierten Tritthocker in der Küche und unterhielt mich mit Vitoria, die in einem ihrer großen Töpfe rührte. Plötzlich hielt sie inne, drehte sich um und breitete die Arme aus.

Sieh mich an!, sagte sie. Ich sah sie an.

Sieh mich an! Richtig!

Vitoria, ich sehe dich an. Was hast du denn?

Ich bin schwanger, Dummkopf, ich bin schwanger!

Sie lachte, drehte sich zur Seite, schob den Bauch vor und streichelte ihn mit der freien Hand. Ich sprang auf und umarmte sie, und wir wirbelten durch die Küche. Kjetil kam herein, und die Nachricht verbreitete sich in Windeseile im Haus und in der ganzen Stadt. Kjetil studierte Journalismus. Nachrichten waren sein Leben.

3

Ein Sibilant explodiert zu einem T, zwei Silben fließen ineinander, plätschern, einem Gebirgsbach gleich, über die glatten Felsen des zweifachen L und ergießen sich in den kühlen, klaren Teich einer zutiefst femininen Endung: Stel-la. Was hätte ich anderes tun können an diesem ersten Tag, als sie nach ihren Namen zu fragen? Ich bin Stel-la. Ich hatte nichts auszusetzen an ihrer Aussprache, nichts, das meine Aufmerksamkeit verlangt hätte. Später, viel später, verbrachten wir Stunden in ihrem Bett, in Hotelzimmern in Idaho und Oregon und Kalifornien, und spielten mit deutschen Sätzen, Gedichten und zungenbrecherischen Liebeserklärungen.

Da saß sie, rechts in dem fensterlosen Raum, sie sprach nur, wenn ich sie aufforderte, was ich selten tat. Ich wollte den tiefen inneren Frieden nicht stören, den sie ausstrahlte. War sie schüchtern? Nein. Sie saß einfach da und lächelte mild. Sie wirkte, als würde sie schweben, als wäre sie mit ihrem Stuhl überhaupt nicht verbunden. Wie leicht sie ist, dachte ich, sie scheint gar nicht aus Fleisch und Blut zu sein, sondern aus einem anderen, durchlässigeren Material, Papier vielleicht, das Papier, mit dem man Laternen herstellt, die in den Nachthimmel steigen. Ihr lockiges, von einem hellblauen Bandana zurückgehaltenes Haar, das nach einem langen südlichen Sommer beinahe blond war, betonte ihre tiefe Sonnenbräune. Das Neonlicht empörte ihren Teint.

Steh auf, dachte ich, als die Studenten gingen, komm her zu mir und frag mich etwas, irgendetwas. Begleite mich auf dem Weg über den Campus. Spazier in mein Leben.

Sie nahm ihre Sachen und verließ mit den anderen den Raum. Ich zitterte vor Erregung. Das Deutschbuch, das ich in der schweißnassen Hand hielt, hatte ich mir nicht einmal ansehen können. Ich hatte keine Ahnung vom Fremdsprachenunterricht. Ich wusste nicht, wie ich eine Sprache unterrichten sollte, die ich immer für selbstverständlich gehalten hatte. Ich war darauf nicht vorbereitet. Auf nichts davon war ich vorbereitet.

In den Wochen, die folgten, gewöhnte ich mich an ihre ruhige Anwesenheit. Es war, als spürte sie meine Erregung, ihr Gleichmut war wie ein Geschenk, eine kühlende Salbe für meine brennende Wunde. Sie suchte meine Aufmerksamkeit nicht, sie sagte nicht mehr als nötig. Immer wieder traf mich ihr heller, freundlicher Blick und sprach mir Mut zu: Du bist auf dem richtigen Weg, du machst deine Sache gut. Sie saß da an ihrem kleinen Pult in der zweiten Reihe und machte Notizen, und wenn die Stunde herum war, in der wir dieselbe Luft geatmet und dieselbe Sprache gesprochen, zumindest doch umspielt hatten, packte sie ihre Tasche und verließ gemeinsam mit den anderen den Raum.

Langsam fand ich mich in meine neue Rolle. Ich lernte, mit den Studenten – die meisten waren nicht älter als achtzehn oder neunzehn – umzugehen und ihre Sorgen und

Erwartungen ernst zu nehmen. Ich beantwortete ihre Fragen und bedankte mich ohne Überschwang, wenn jemand nach der Stunde die Tafel putzte, um auf sich aufmerksam zu machen. Stella vergaß ich in diesen Wochen nie, ich nahm sie jede kostbare Sekunde lang wahr, aber ich vergaß, welche Unruhe sie am Anfang in mir ausgelöst hatte.

Ende Oktober, es war bereits die fünfte oder sechste Woche des Semesters, bat sie mich um ein Gespräch. Ich bestellte sie in die Cafeteria; das enge Büro, das ich mir mit zwei anderen Lehrassistenten teilte, war für Sprechstunden nicht geeignet. Eine halbe Stunde vor dem Termin hatte ich plötzlich das Gefühl, dass für mich alles auf dem Spiel stand: mein Job, mein Leben hier, mein Leben überhaupt. Mir schlug das Herz bis zum Hals. Ich versuchte, mich zu fassen. Ich ging in die Bibliothek und trug mich in die Warteliste für den SPIEGEL ein, meine einzige deutsche Nachrichtenquelle, die Missouri mit zwei Wochen Verspätung erreichte. Jemand war mir zuvorgekommen. Der Stift am Klemmbrett hing an einer zu kurzen Kordel, meine Unterschrift sah aus wie eine seismografische Aufzeichnung.

Sie saß, auf die Ellenbogen gestützt, da und sah mich an. Sie hielt einen dampfenden Kaffeebecher in den Händen, die Ärmel ihrer übergroßen Cordjacke waren hochgerutscht. Ich setzte mich, und mir fiel die Warnung ein, die uns Bill Bryce, der Dekan, bei der Einführung gegeben hatte. Beziehungen zwischen Lehrenden und Lernenden, egal welchen Alters, waren ausdrücklich untersagt. Wir erlauben das nicht, hatte er gesagt. Ihr seid hier nicht in Europa. Er hatte mit Rauswurf gedroht. Niemand hatte sich gerührt.

Ich betrachtete den Flaum auf ihren gebräunten Unterarmen. Warum bist du in meinem Kurs?, fragte ich. Warum Deutsch? Wir waren angehalten, Gespräche dieser Art schnell auf die Wahl von Haupt- und Nebenfächern zu lenken, die Abteilung stand unter Druck, neue Studenten zu rekrutieren.

Sie erzählte, dass sie für Journalismus eingeschrieben sei und dass sie Deutsch nur nebenbei lerne. Ich solle mir also keine Mühe machen, sie zu irgendetwas zu überreden, erst recht nicht zu einem zweiten Hauptfach.

Mit einer solchen Abfuhr hatte ich nicht gerechnet. Ich wusste nicht, was ich sagen sollte, ich hatte kein anderes Skript.

Kennst du Kjetil?, fragte ich, um Zeit zu gewinnen. Den Norweger mit den Zöpfchen? Er studiert auch Journalismus.

Sie wusste, wer er war, hatte aber noch nie mit ihm gesprochen. Ist er ein Freund von dir? Seid ihr Europäer so etwas wie eine Clique? Sie hielt den Kopf zur Seite und sah mich mit einer Offenheit an, die entwaffnend war. Sie schien darauf zu warten, dass ich den Anfang machte. Dass ich ihr sagte, was ich von ihr wollte.

Du hast diesen Termin gemacht, sagte ich.

Ja.

Die Skepsis, mit der sie mich manchmal aus der zweiten Reihe angeblitzt hatte, war verflogen. Sie lächelte. Und ich war bereit, mich ihr völlig auszuliefern. Ich stand an einem tropischen Strand nach einem großen Regen. Ich schloss die Augen und ließ mich rückwärts in den warmen Sand fallen. Ich ließ mich fallen und blieb mit geschlossenen Augen liegen. Mach mit mir, was du willst, dachte ich.

Hast du deutsche Vorfahren?, fragte ich. Die meisten Studenten in unserer Abteilung waren deutschstämmig, die übrigen wollten Schopenhauer oder Kafka im Original lesen. Manche hatten schlicht noch nicht mitbekommen, wie schwer Deutsch im Vergleich zu Spanisch war. Jeder Studienanfänger war verpflichtet, sich für eine Fremdsprache anzumelden.

Ich interessiere mich für Umweltschutz, sagte sie.

Und deshalb lernst du Deutsch?

Ja, natürlich! In Europa gibt es all diese Themen. Saurer Regen. Die Grünen. Das interessiert mich alles brennend, ich finde es faszinierend. Ich möchte Umweltjournalistin werden. Vielleicht kann ich eines Tages in Deutschland arbeiten.

Ich wusste, dass sich einige der besten und engagiertesten Studenten aus dem ganzen Land in Missouri zusammengefunden hatten, um *Environmental Journalism* zu studieren. Sie bildeten eine eingeschworene Gemeinschaft um den Leiter der Abteilung, einen berühmten Fotografen. Tatsächlich interessierten sich die meisten von ihnen für Bildjournalismus, sie träumten davon, eines Tages ihre Fotos aus der Tschuktschensee, von der Insel Ofu oder vom Cotopaxi-Vulkan im National Geographic zu sehen.

Stella teilte diesen Ehrgeiz nicht. Meine Bilder, erklärte sie, sollen eine Wirkung entfalten, aber sie sollen nicht überwältigen. Sie sollen einen vertrauten Raum schaffen, dem wir uns empathisch zuwenden. Die bedrängte Natur, meinte sie, sei schließlich überall. Auch hier auf diesem Campus. In den Rissen der Tennisplätze, im Flirren der Abwärme der Klimaanlagen, an den Mauern, auf denen die Flechten in der Hitze verbrennen. Außerdem war mein Vater mal mit Petra Kelly zusammen.

Ich stutzte. Petra Kelly, die Ikone der grünen Bewegung?

Ja, sagte sie. Ende der Sechzigerjahre, sie haben sich an der American University in Washington kennengelernt.

Ich wusste so gut wie nichts über Petra Kelly. Hatte sie in Amerika studiert? Ich erinnerte mich nur, dass sie tiefliegende dunkle, traurige Augen hatte. Ihr Vater, erzählte Stella, hätte Petra Kelly nie vergessen. Er rede noch heute von ihr. Es mache ihre Mutter wahnsinnig. Stella wusste nicht, ob sie damals ein richtiges Paar gewesen waren. Es sei wohl eher etwas Politisches gewesen, meinte sie. Auf jeden Fall hatte die Präsenz von Petra Kelly, dieser starken, geheimnisvollen Frau, die wie eine Schutzpatronin über Stella gewacht hatte, genügt, um ihre Neugier zu wecken. An der deutschen Sprache. Am Umweltschutz.

Weißt du, es braucht nicht viel, um ein Kind zu inspirieren, sagte sie und strich mit der Hand über die Tischplatte. Als wäre das die Landschaft, die es zu schützen gälte. Als wäre sie noch heute dieses Kind. Ihre Eltern waren Proto-Ökos gewesen, Anhänger der Back-to-the-Land-Bewegung, erklärte Stella. Sie waren in die Berge gezogen, wo sie sich selbst versorgt und aus dem Whole-Earth-Katalog bestellt hatten. Ich erfuhr, dass eine ganze Generation von Aussteigern bei einem einzigen Versandhändler in Berkeley eingekauft hatte, und zwar alles, was man auf dem Land so brauchte: Waschbärfallen, bolivianische Saatkartoffeln und Mandala-Stickmuster.

Ich sah sie an. Ich wusste immer noch nicht, was sie eigentlich von mir wollte.

Waldsterben, sagte sie auf Deutsch. Das Wort berührt mich, es macht mich so traurig. Gibt es im Deutschen noch andere Wörter dieser Art? Kannst du nicht eine Liste für uns machen? Eine Unterrichtseinheit anbieten? Über die Grünen, über Umweltschutz und so. Die Umwelt geht uns schließlich alle an.

Ich überlegte. Ich hatte das Gespräch bereits völlig aus der Hand gegeben. Sie war es, die den Fortgang bestimmte. Ich konnte nur reagieren. Ich wollte nur reagieren. Am liebsten wäre es mir gewesen, wenn sie mir einfach ihre Wünsche diktiert hätte. Also, was willst du? Klar, das mache ich. Ich saß da und lauschte ihrer warmen, etwas heiseren Stimme und nickte.

Allerdings, erklärte ich, hätte ich weniger Freiheit, meinen Unterricht zu gestalten, als sie vielleicht glaube. Tatsächlich musste ich mich an das Lehrbuch halten und konnte mir keine Exkurse erlauben. Die Leiterin des Sprachprogramms schaute uns auf die Finger, am Ende musste ich das unterrichten, was auch geprüft wurde. Außerdem fiel mir kein einziges vergleichbares Wort ein, nichts, das in seiner Resonanz an das Wort Waldsterben heranreichte. Saurer Regen, radioaktiver Ausfall, Ozonloch … nichts davon hatte auch nur annähernd diesen Klang. Waldsterben stand für eine deutsche Schaurigkeit, die ich längst hinter mir gelassen hatte. Auch wenn es erst drei Monate her war, dass ich Deutschland verlassen hatte, führte ich bereits ein anderes, helleres Leben. Ich hatte ein neues Zuhause und neue Freunde gefunden. Selbst meine Muttersprache, die ich für ihre Strenge und Tonalität liebte, fühlte sich an wie schweres, überflüssiges Gepäck. Ich hätte sie am liebsten verleugnet, in einen Karton gestopft und zur Verwahrung nach Köln zurückgeschickt.

Ich stand auf. Du hast mich überrascht, sagte ich. Petra Kelly, hier in Missouri.

Es ist *eine* Welt, sagte sie. Musst du schon gehen?

Ja. Wenn ich jetzt nicht gehe … Ich sah sie an.

Stella lachte. Sie blieb sitzen. Als ich durch das Aquarium des Windfangs tauchte und mich kurz umdrehte, sah ich noch, wie sie lebhaft mit einem Studenten sprach, der an ihren Tisch getreten war. Er trug trotz des kühlen Wetters eine kurze Cargohose. Seine Augenlider wirkten schwer, wie geschwollen, hinter einer dünnrandigen Metallbrille. Auf dem kurzen Hals steckte ein Kopf, der für seinen Körper zu groß schien. Er setzte sich, und Stella schob ihm ihren Becher hin.

4

Tom Breckenstein befeuchtete seinen Kamm am Wasserspender und glättete den ohnehin ordentlichen, ohnehin glänzenden Scheitel, während wir nebeneinander zum Büro gingen. Auch seine frisch rasierten Wangen glänzten. Er trug ein hellblaues, frisch gebügeltes Hemd und eine Bundfaltenhose mit goldener Gürtelschnalle, und wie üblich war er bestens gelaunt. Simone saß an ihrem Schreibtisch, als wir hereinkamen. Sie sah nicht auf.

Tom, Simone und ich teilten uns nicht nur das Büro, wir bestritten auch beinahe den gesamten Fremdsprachenunterricht im FRG. FRG stand für French, Russian and German Studies. Das Französischprogramm war wegen der geringen Nachfrage vor einigen Jahren eingestellt worden. Das Russisch-Programm bestand aus einem einzigen Professor, Timofey, dem langjährigen Herausgeber von ZEMBLA, einer Vierteljahresschrift für Nabokov-Studien. Timofey, ein Royalist und Antikommunist alter Schule, unterrichtete das Russische wie eine tote Sprache. Gestorben 1918, behauptete er. Er weigerte sich, mit seinen Studenten Russisch zu sprechen. Seine landeskundlichen Vorlesungen endeten mit der Ermordung der Romanows.

Simone, eine Leipzigerin, war überzeugt, dass unser

Abteilungskürzel für Federal Republic of Germany stand. Für eine westdeutsche Befangenheit also. Der einzige Grund, vermuteten wir, warum sie sich darüber nicht lautstärker beklagte, war, dass sie auf ihre DDR-Herkunft nicht unnötig aufmerksam machen wollte. Wie sie an ihr Ausreisevisum gekommen war und was sie in den USA machte, war der Stoff endloser Spekulationen. Sie war hager und trug ihr Haar zu einem Pferdeschwanz gebunden, in ihrer abweisenden, schroffen Art war sie unergründlich. Tom war fasziniert von ihr, auf dieselbe Weise, wie er von Horrorfilmen fasziniert war. Ich hielt sie für unberechenbar, um nicht zu sagen gefährlich, und wollte so wenig wie möglich mit ihr zu tun haben. Neben der Tatsache, dass Simone aus der DDR stammte, wussten wir nur, dass sie eine Freundin in Boonville hatte, die sie an den Wochenenden besuchte, bei der sie möglicherweise sogar wohnte. Möglich auch, dass sie ein Paar waren. Wenn ihre Arbeit an der Universität, vielleicht sogar ihre Beziehung zu der noch geheimnisvolleren Frau in Boonville, allerdings eine Tarnung war, wenn sie irgendeinem Geheimdienst angehörte oder gar die Tochter oder Enkelin eines hohen Funktionärs war, dann war diese Tarnung eine stümperhafte. Jeder, der nicht komplett auf den Kopf gefallen war, konnte sehen, dass mit ihr etwas nicht stimmte. Es konnte nur einen Grund dafür geben, dass sie noch nicht verhaftet worden war: In Missouri war für eine Spionin nichts zu holen. Dachten wir.

Mit Tom Breckenstein und seiner Frau Laura verbrachte ich im ersten Semester viel Zeit. Als ich Laura zum ersten Mal sah, lag sie mit einem Joint in der Hand auf einem durchgehangenen Sofa in ihrem Wohnzimmer. Sie arbeitete in einem Genetiklabor und war intelligenter als Tom, was niemand bestritt, vor allem Tom selbst nicht. Manchmal sagte sie Sätze, die in die Welt schnitten wie ein frisch gewetztes Küchenmesser, Sätze wie: Es regnet so stark, dass alle Schweine sauber und alle Menschen dreckig werden. Oder: Lieber ein Luftschloss bauen als ein Kartenhaus. Tom betete seine Frau an, er überließ ihr alle wichtigen Entscheidungen. Wenn sie eine Meinung äußerte, hielt er sich mit seiner eigenen zurück. Sie liebte ihn für seinen Humor und seine Gradlinigkeit. Zusammen rauchten wir Gras, bis wir rote Augen hatten, und arbeiteten uns durch eine beträchtliche Sammlung von Horrorfilmen. Erst wenn die Videokassette mit einem Klacken in das VHS-Gerät gesogen wurde und das erste Blut gegen die Kameralinse spritzte, begann für uns das Wochenende.

Als sie mir erzählten, dass sie verheiratet waren, glaubte ich ihnen nicht. Ich kannte niemanden in meinem Alter, der verheiratet war, der auch nur darüber nachdachte, eine Familie zu gründen. Aber Tom und Laura hatten ganz genaue Vorstellungen, sie hatten ihr Leben bis ins Detail geplant. Nach dem Studium würden sie nach Westphalia zurückkehren, wo sie aufgewachsen waren. Sie würden an der High School unterrichten, in die sie selbst gegangen waren, ein Haus kaufen und zwei oder drei Kinder bekommen. Ich war fassungslos über die Begrenztheit ihrer Vision, über ihren fehlenden Ehrgeiz, die fehlende Widerständigkeit, die zu den Umständen, in denen ich sie, besonders Laura, vorgefunden hatte, überhaupt nicht passen wollte. Die Studienzeit, auch das war Teil der Lebensplanung, war dazu vorgesehen, dass sie sich noch einmal richtig austobten. Deshalb die Grasvorräte unter dem

Sofa. Deshalb die Jubiläumsausgabe von The Texas Chain Saw Massacre.

Whiteman, sagte Laura eines Abends. Ist doch klar.

Whiteman?

Ja. Ihr wolltet doch wissen, was Simone hier macht. Ein Luftwaffenstützpunkt gar nicht weit von Boonville entfernt. B-52-Bomber, Interkontinentalraketen, Atomsprengköpfe, die haben alles da. Die können den Krieg von Missouri aus führen, wenn die Küsten längst zerstört sind.

Bestimmt hast du recht, sagte Tom.

Auf dem dunklen Bildschirm des PCs, den ich mir mit Tom und Simone teilte, glühten zwei einsame, toxisch hellgrüne Wörter, dazu ein Cursor, der nicht blinkte:

GENERAL WASHINGTON _

Tom hatte ein Referat vorbereitet, der Computer war eingefroren. Er traute sich nicht, den Stecker zu ziehen, an dem ein gelbes Warnfähnchen klebte. Als ich ihm am Wasserspender begegnet war, hatte er gerade die technische Hilfe angerufen. Das Handout für das Referat war für immer verloren. Noch schlimmer aber war, dass der Name des Revolutionsgenerals auf dem Bildschirm des nagelneuen DeskPro 386 eingebrannt wurde.

Tom erzählte gerade, was passiert war, als die Tür aufgeschoben wurde. Ein Kameraobjektiv erschien, dann das Ungetüm einer Schulterkamera, dann eine junge Kamerafrau. Hinter der Frau stand Kjetil. Kjetil hatte im FRG eigentlich nichts zu suchen.

Ihr habt bestimmt gehört, was passiert ist, sagte er und drang in das winzige Büro vor.

Tom sah mich an.

Simone saß auf ihrem Stuhl und starrte in die Kamera.

In Berlin wird die Mauer niedergerissen, sagte Kjetil.

Simones Unterkiefer zitterte.

Darf ich euch ein paar Fragen stellen? Es war November, aber Kjetil trug noch immer seine Jesuslatschen.

Simone schüttelte wüst den Kopf. Sie sprang auf, stieß ihren Stuhl zurück. Es schien, als wollte sie Kjetil an die Gurgel gehen. Wer?, schrie sie. Wer? Die Amerikaner? Die Bundeswehr?

Hey, hey, ganz ruhig. Ich bin nur der Bote, sagte Kjetil. Alle machen mit. Einfach die Menschen. Die Berliner. Ihr habt noch nichts davon gehört? Gestern Abend haben sie angefangen. Die Grenzen wurden geöffnet, jetzt stehen alle auf der Mauer und tanzen und hämmern und hacken auf sie ein.

Fantastisch, meinte Tom und sah sich um.

Fantastisch?, rief Simone. Wenn das stimmt ... Wenn die Leute ... Dann ist das das Ende. Das ist ... meine Heimat, die gerade zerstört wird. Meine Heimat! Ihre Stimme überschlug sich. Fantastisch findest du das? Ihr Amis seid doch alle naiv! Ihr seid so unfassbar naiv! Das ist so zum Kotzen!

Simone versuchte keifend, Kjetil und die Kamera aus dem Büro zu drängen. Aber sie wichen nicht von der Stelle. Die Kamera war ihr Geschütz. Simone duckte sich und stürmte hinaus. Ihr habt überhaupt kein politisches Bewusstsein!, schrie sie noch und verschwand.

Ich rang um Fassung. Die Nachricht vom Mauerfall bewegte mich weniger als Simones Wutausbruch. Kjetil tat mir leid. Er war ehrgeizig, aber er war auch der friedlichste Mensch, den ich kannte. Er hatte einen Coup gewittert. Ich wollte ihm entgegenkommen, ihm das geben, wofür er gekommen war. Tom setzte sich auf seinen Schreibtisch und nahm eine von meinen Zigaretten.

Ich setzte mich neben den Computer, die Kamerafrau drückte sich in die entgegengesetzte Ecke und richtete ihr Objektiv auf mich. GENERAL WASHINGTON _ glühte noch immer auf dem Bildschirm.

Was sollte ich sagen? Ich war überrascht. Natürlich. Damit hatte niemand gerechnet. Ich erklärte, dass wir den SPIEGEL immer erst zwei Wochen später bekämen, und fragte, was genau passiert sei. Kjetil erzählte, was er am Morgen im Reuters-Ticker gelesen hatte.

Und jetzt?

Das frage ich dich, sagte Kjetil.

Ich wusste es nicht. Ich war immer davon ausgegangen, dass die Mauer Schlimmeres verhinderte. Deutschland darf nicht … Ich zögerte. Ich war unsicher. Ich hatte mir über all das nie Gedanken gemacht.

Darf nicht zu seinen alten Gepflogenheiten zurückkehren, sagte ich schließlich. Die Mauer hilft, den Chauvinismus zu unterdrücken, die Macht zu begrenzen. Sie hat diesen kühlenden Effekt. Dialektisch geseh…

Kjetil winkte ab. Glaubst du denn, dass die beiden deutschen Staaten wieder irgendwie zusammenkommen könnten?, fragte er.

Wie denn?

Eine Wiedervereinigung?

Ich lachte. Ein wiedervereinigtes Deutschland? Ich war mir sicher, dass dem niemand zustimmen würde. Oder? Denk nur an die Russen, sagte ich. Und was ist mit den

Franzosen, den Polen, den Briten? Das kann doch niemand wollen. Niemand hat ein Interesse daran.

Ob ich Verwandte in der DDR hätte, die ich anrufen könnte, fragte er, und schien ein wenig enttäuscht, als ich verneinte. Die Seite meines Vaters, sagte ich, stammt aus der Eifel. Meine Mutter war Friesin. Westfriesin. Ich bin praktisch ein halber Holländer.

Wirst du nach Hause fliegen?

Jetzt?

Klar. Willst du nicht in Deutschland sein? Das ist ein historischer Moment!

Ich zögerte. Ich verdiente nicht viel, einen Flug konnte ich mir eigentlich nicht leisten. Ich musste unterrichten, es war das erste Mal in meinem Leben, dass ich eine echte Verpflichtung hatte. Und da war Stella, die jeden Tag unerreichbar in der zweiten Reihe saß. Vielleicht an Weihnachten, dachte ich, vielleicht könnte ich dann fliegen. Die Vorstellung machte mir Angst. Die Heimat, der ich entkommen war, streckte ihre Finger nach mir aus.

Als Kjetil nach der Frau fragte, die eben hinausgestürmt war, schüttelte ich langsam den Kopf. Kjetil bat seine Assistentin, die Kamera auszuschalten. Tom übernahm und erklärte, sie sei vermutlich von der Stasi. Oder schlimmer. Dann meinte er, Kjetil erklären zu müssen, was die Stasi war. Kjetil, das wusste ich bereits, hatte Freunde in Berlin, er kannte sich mit der deutschen Situation besser aus als Tom. Er sprach sogar ein wenig Deutsch. Aber er hörte zu und nickte nur.

Ich ging zum Waschsalon in der 9th Street, schob fünf Dollar in den Wechselautomaten, beugte ein wenig die Knie und schaufelte die 25-Cent-Münzen aus dem Fach direkt in meine Jackentasche. Dann ging ich zum Telefon an der Greyhound-Haltestelle und wählte. Alex, der auf einem Bauernhof in Kranenburg wohnte, nicht weit von der holländischen Grenze und dem Internat entfernt, in dem wir unsere Jugend verbracht hatten, saß am Frühstückstisch. Er war ungerührt. Diese Ereignisse gingen ihn nichts an, meinte er. Die Münzen klackerten. Wir würden niemanden in der DDR kennen, er nicht und ich auch nicht. Kranenburg sei weit weg von alldem, weiter noch als Köln. Ich verstand ihn. Alex war noch nie in Berlin gewesen. Das Bild des Brandenburger Tors löste nichts in ihm aus.

Aber es ist interessant, sagte ich, politisch interessant. Vielleicht betrifft es uns doch irgendwie.

Nein, das glaube ich nicht, sagte er. Es wird ein paar Reformen geben, Flügelkämpfe, vielleicht ein bisschen mehr Macht für die, wie heißt das, Volkskammer? Das ist auch schon alles. Diese Leute, die gerade in die Supermärkte in West-Berlin einfallen, werden wieder nach Hause gehen, wenn sie kein Geld mehr haben. Sie werden zu ihrer Arbeit zurückkehren, zu ihren Familien, zu dem Leben, das sie kennen. So läuft das nicht: über Nacht, ohne dass ein einziger Schuss fällt. Das lehrt uns die Geschichte.

Ich bin mir da nicht so sicher, Alex. Vielleicht ist da etwas ins Rollen gekommen. Vielleicht ist es größer, als sich irgendjemand vorstellen kann. Tu nicht so, als wärst du politisch naiv, nur weil du Rüben anbaust. Du bist der klügste Bauer, den ich kenne.

Ich bin der einzige Bauer, den du kennst.

Ich komme Weihnachten nach Hause, Alex, sagte ich mit einer Entschlossenheit, die mich selbst überraschte.

Noch auf dem Weg zum Telefon war mir nichts unnötiger und unwahrscheinlicher vorgekommen als eine Rückkehr nach Deutschland, sei sie noch so vorübergehend.

Ich will dieses Land sehen, Alex, sagte ich. Leipzig und Weimar. Lass uns zusammen fahren. Wir können Bücher kaufen. Linguisten aus dem ganzen Ostblock publizieren in der DDR, die Bücher sind sehr billig dort. Lass uns hinfahren, bevor sie die Grenzen wieder schließen.

Am nächsten Tag, in einem Seminar über Max Frisch, an dem ich unregelmäßig teilnahm, hielt Tom sein Referat über Rip van Winkle, eine Erzählung von Washington Irving, die er als das einzige amerikanische Märchen bezeichnete. Der Jäger Rip ging mit Hund und Jagdflinte in den Wald. Er setzte sich an einen Baum, schlief ein und träumte von einem donnernden, grollenden Kegelspiel. Er schlief zwanzig Jahre lang. Als er schließlich aufwachte und in sein Dorf zurückkehrte, stellte er fest, dass er die amerikanische Revolution verschlafen hatte. In der Dorfkneipe hing jetzt nicht mehr das Porträt des Königs, sondern das eines Revolutionsgenerals.

In Anbetracht der Tatsache, dass Tom nur ein paar handschriftliche Notizen hatte und kein Handout, machte er seine Sache gut. Frisch hatte Irvings Erzählung in seinem Roman *Stiller* effektvoll eingesetzt, er hatte die ganze Geschichte nacherzählt und mit kleinen subtilen Anpassungen erreicht, dass es in der Geschichte nicht mehr um Revolution ging, sondern um Identität. War der ehrgeizlose Jäger Rip, der sich an einen Baum gesetzt hatte, um sein Leben in vollständiger Genügsamkeit zu vergeuden, derselbe Rip, der Jahre später aufwachte und neben sich das Skelett seines geliebten Hundes und ein altes, von Rost zerfressenes Jagdgewehr fand?

GENERAL WASHINGTON _ jedenfalls blieb für immer auf dem Bildschirm unseres PCs eingebrannt, der Name war sichtbar, bevor wir den Computer am Morgen einschalteten, und er schwebte wie eine Erscheinung über dem Brief an die Einwanderungsbehörde, den ich im Frühjahr 1990 tippte, als mein Visum ablief und ich keinerlei Absichten hatte, in meine Heimat zurückzukehren.

Simone verschwand spurlos. Sie kündigte nicht, sie meldete sich nicht ab, sie hinterließ nicht einmal ihr Notenbuch. Wer war sie, und was hatte sie in Missouri gesucht? Laura blieb bei ihrer Whiteman-Hypothese, Tom wollte sich nicht festlegen. Wir wussten nicht einmal, ob Simone ihr richtiger Name war, und wir sollten es niemals erfahren.

Timofey überraschte uns alle, als er Simones Kurs übernahm. Auch das Deutsche unterrichtete er wie eine tote Sprache. Als Lektüre verwendete er verschiedene Texte des Publizisten und Nabokov-Übersetzers Dieter E. Zimmer, die für die Studenten viel zu schwierig waren. Sie beklagten sich bitterlich und waren kurz davor, auf die Barrikaden zu gehen. Die Revolution wurde allein dadurch vereitelt, dass am Ende jeder von ihnen ein A bekam.

Eines Abends, Anfang Dezember, ging ich durch den Park zu Jack und Vitoria. Zwischen den Sträuchern und Bäumen blitzte das warme Licht auf, das in allen Fenstern des Hauses brannte. Der Park selbst war dunkel, auf einer Bank am Teich saßen einige Studentinnen und redeten durcheinander, sie flippten ihre Kippen in hohem

Bogen ins Wasser. Ich klopfte an die Tür und trat ein. Vitoria kam mir entgegen und erzählte, dass sie beschlossen hätten, über die Weihnachtstage zu Jacks Eltern zu fahren. Zum letzten Mal. Nächstes Jahr würden sie ihr eigenes Weihnachtsfest feiern, und natürlich würden wir alle eingeladen sein. Wir sind eine große Familie, sagte sie. Du gehörst dazu, und die Kleine hier – sie strich sich über den Bauch –, die gehört auch dazu.

Ich ging nach oben. Jack stand, die Hände in den Taschen seiner weiten Khakihose, in Ylvas Nähzimmer und sah auf sie hinab. Außer einem hölzernen Milchkasten, der als Podest für die Nähmaschine diente, gab es in dem Zimmer keine Möbel. Ylva saß im Schneidersitz vor ihrer Maschine. An einem Kleiderhaken über dem Dachfenster hing ein Strampelanzug aus indischem, blau-grün kariertem Tuch. Der Boden war übersät mit Stoffresten, Scheren, Schnittmustern und Nadelkissen. Ich begrüßte die beiden. Ylva wollte wissen, ob uns der Strampelanzug gefiel.

Ja, sehr schön, sagte Jack. Aber wenn das Baby krabbelt, musst du hier ein bisschen aufräumen.

Zehn oder zwölf Leute drängten sich um den großen runden Tisch, darunter zwei Sudanesinnen, die ich bereits mehrmals bei Jack und Vitoria gesehen hatte. Sie saßen kerzengerade da und hatten ihre Haare mit bunten Tüchern zu Türmen aufgebunden. Ein großer schweigsamer Mann mit filzigem Haar schwenkte seinen Arm über den ganzen Tisch hinweg wie ein Baukran, er bewegte Salsa, Wein und Limettenkeile von einer Stelle zur anderen. Vitoria war gerade erst aus Round Rock, Texas, zurückgekehrt, wo sie für die Angestellten der Dell Computer Corporation Workshops zur kulturellen und ethnischen Sensibilisierung durchführte. Sie sprach ausführlich über ihre Arbeit, als wollte sie uns sagen, dass sie nicht vorhatte, sich in ihre Mutterrolle zurückzuziehen. Diese Workshops seien wichtig, meinte sie, weil Computer im Prinzip dumm seien. Sie hätten keine sozialen Fähigkeiten, sie interessierten sich nicht dafür, was es bedeute, etwas anderes oder jemand anders zu sein.

Auch wenn sie miteinander reden, ein bisschen, sagte sie. Man kann sie dazu bringen, Nullen und Einsen aufeinander abzufeuern. Aber das meine ich nicht.

Sie verlieben sich nicht, sagte Kjetil.

Vitoria nickte. Die Entwicklung laufe darauf hinaus, dass die Arbeiter in den Büros und Fabriken eines Tages die Eigenschaften der Maschinen annehmen würden. Wenn die Computer überall seien – und das sei nur eine Frage der Zeit –, dann würden wir eine Art gesellschaftliche Revolution erleben. Totale Vereinzelung. Jeder werde sich nur noch um sich selbst kümmern, man werde die äußere Welt kaum noch wahrnehmen.

Wir werden glauben, sagte sie, dass wir unser Leben allein leben können, ohne von irgendwelchen Personen oder Dingen berührt zu werden, in welcher Weise auch immer. Wir berechnen einfach, was wir brauchen. Das ist alles. Jeder wird in seiner Wohnung eine Maschine stehen haben, die leistungsstark genug ist, um absolut alles zu berechnen. Die gesamte *Encyclopedia Britannica* passt auf ein paar Hundert Disketten, die gesamte Kongressbibliothek passt in eine Maschine von der Größe, sagen wir, eines kleinen Wohnhauses. Kein Problem wird so groß sein, dass wir es nicht mit der Blechkiste unter dem Schreibtisch lösen können. Das ist der Grund, warum

Leute in den Geistes- und Sozialwissenschaften, Leute mit einem Hintergrund in den Künsten und in der Philosophie, die Stars des neuen Systems sein werden. Datenverarbeitung, Computerdesign, Platinen zusammenlöten – das kann jeder. Das Leben in diesem neuen System zu gestalten, das ist die Herausforderung.

Kjetil und ich nahmen unser Gespräch über die Berliner Mauer wieder auf, ich erzählte ihm, dass ich spontan beschlossen hatte, über die Weihnachtsferien nach Hause zu fliegen. Er freute sich für mich und bestärkte mich in dieser Entscheidung. Er meinte, ich würde mir den Rest meines Lebens Vorwürfe machen, wenn ich es nicht täte.

Dann wollte er wissen, wer diese Leute in meinem Büro gewesen waren. Ich erzählte ihm, dass Simone verschwunden war.

Und der andere?, fragte Kjetil. Der aussieht wie ein Pharmavertreter?

Ich hielt ein glühendes Plädoyer für Tom, und Kjetil hörte mir nachdenklich zu. Ich war überzeugt von Toms Gutmütigkeit, seiner Begeisterung für das, was er tat. Ja, er war naiv, er trug Bundfaltenhosen und bügelte seine Hemden, aber er war ehrlich und hatte Humor, und ich mochte ihn mit jedem Tag ein bisschen mehr.

Nach dem Essen sangen die Sudanesinnen Lieder aus ihrer Heimat, wobei sie einen leichten reggaeartigen Beat auf die Tischplatte trommelten. Vitoria, die einen Becher Zitronentee hielt, hörte eine Weile verträumt zu, dann ging sie nach oben.

Sie braucht Ruhe, sagte Jack. Wegen dem Baby. Die Arbeit, das Kochen, das ist alles ein bisschen viel für sie.

Niemand sagte ein Wort. Ich sah betreten in die Runde.

Alle schienen sich zu fragen, ob dies unser letztes gemeinsames Abendessen gewesen war, ob sich hier, zu einem Zeitpunkt, an dem wir gerade erst zusammengefunden hatten, bereits ein Abschied andeutete.

5

Am Morgen des 24. Dezember landete ich in Frankfurt. Mit Kaffee und Zigaretten verscheuchte ich meine unruhigen Träume, dann stieg ich in den Zug nach Köln. Im leichten Nieselregen fuhren wir durch das Rheintal. Mein Vater holte mich in Deutz ab. Am Abend wärmte er das Essen auf, das die Haushälterin bereitgestellt hatte, und stellte mir einige Fragen zu meinem neuen Leben, die ich einsilbig beantwortete. Seit meine Mutter gestorben war, und auch noch in den ersten Jahren nach dem Abitur, hatte mein Vater mir zu Heiligabend immer einen Umschlag über den glatten Kirschholztisch geschoben, nach Mafiaart. Dieses Jahr bekam ich nichts. Mein Vater hatte den Flug bezahlt.

Nach dem Essen fuhr ich mit der Straßenbahn in die Südstadt. Vor den Kneipen hatten sich Trauben von Menschen gebildet, tatsächlich schienen sie zu einer einzigen wüsten Straßenparty zu verschmelzen, wie beim Karneval. Es dauerte eine halbe Stunde, bis ich sie entdeckte. Alex hatte den Arm um Katja gelegt. Sein Haar war länger, aber er trug noch immer dieselbe schwarze Lederjacke, die er vor Jahren in einem Second-Hand-Laden in Nijmegen gekauft hatte. Katja sah mich und winkte. Ulrike drängte durch die Menge. Sie war kleiner, als ich sie in Erinnerung hatte, jungenhafter mit ihren flachen Chucks, dem stacheligen Haar und ihrem weit geöffneten Holzfällerhemd. Bevor sie mich erreichte, hatte ich schon zwei Gläser von einem vollen Bierkranz genommen, den der Köbes hoch über den Köpfen durch die Menge trug. Why is the last one to know/the first one to cry/and the last to let go, jaulte es aus der Jukebox. Alex lachte und sang mit.

Ulrike stolperte gegen meine Brust. Ich hielt die Gläser hoch über unseren Köpfen, sie packte meine Gürtelschnalle und zerrte mich durch das Gedränge. Katja und Alex hatten die Jukebox besetzt. Sie spielten Country, seit einer halben Stunde, weil sie hofften, die Musik würde mich anlocken. Wir hatten nichts ausgemacht, sie dachten, ich würde sie auf diese Weise finden.

Ich begrüßte Alex und umarmte Katja. Ich trat einen Schritt zurück. Katja sah mich an und schob sich das Haar hinters Ohr, das über ihre breiten Schultern fiel wie eine einzige glänzende Masse. Sie lachte und wischte sich eine Träne ab. Sie war kräftig und katzenäugig und voll warmen, pulsierenden Lebens. Ihre Schönheit und ihre Kraft hatten mir immer Angst gemacht, schon damals, als ich sie vor dem Genoveva-Bad entdeckt hatte. Wir waren neunzehn. Das Chlor brannte in ihren Augen. Ich war gerade erst aus dem Internat entlassen worden und traute mich nicht, sie anzusprechen. Sie schien auf etwas zu warten. Schwimmen tut gut, sagte sie schließlich und zeigte mit dem Daumen hinter sich. Es war der Satz, der auf der Fassade des Schwimmbads stand. Schwimmen tut gut, wiederholte sie, findest du nicht?

Das ist Reba, rief Katja in den Lärm der Kneipe hinein. Reba McEntire!

Ich weiß!

Mit Country-Musik kannte sie sich aus. Sie hatte als Schülerin ein Austauschjahr in Oklahoma verbracht, zur selben Zeit, als ich in Ridgefield gewesen war, und sie hatte im Frühjahr einen von der Kritik freundlich aufgenommenen Roman über den Cherokee Strip Land Run, einen Massenstart zur Besiedlung von Oklahoma im Jahr 1893, veröffentlicht, wodurch sie in Köln einen gewissen Ruhm erlangt hatte. Ihre Meinung war gefragt, wenn es um Amerika ging, sie gab Interviews im Radio und schrieb eine wöchentliche Kolumne. Sie hatte versprochen, mich in den USA zu besuchen, um für einen weiteren Roman zu recherchieren.

Erst jetzt bemerkte ich die schwarz-rot-goldene Dekoration der Bar. Wimpel, Fahnen und Luftschlangen hingen von der Decke, dazwischen schwebten Luftballons mit der Silhouette des Brandenburger Tors, die von den größeren Gästen patschend weitergetrieben wurden. Reba McEntire schlitterte weiter durch ihre Strophen. Ich begriff, dass die riesige Straßenparty mit dem Mauerfall zu tun hatte, mit der neuen Begeisterung. Wir tranken unser Bier aus und beschlossen, in eine andere, ruhigere Kneipe zu gehen. Ulrike zog Katja Richtung Tür, Alex und ich folgten. Alex beklagte sich über die Deutschland-Manie, die ausgebrochen war. Die Flaggen, das Grölen. Er könne die Hymne nicht mehr hören.

Sogar in der scheiß Jukebox.

Machen wir es richtig, sagte Katja, als wir draußen waren. Nehmen wir die Sache ernst.

Zwei Tage später rollten wir in Alex' rotem R4 durch Leipzig. Der Wagen roch nach Stall, Alex hatte vergessen, die

Gummistiefel aus dem Kofferraum zu nehmen. Das Merkur war das einzige Hotel, das geöffnet hatte. Wir bekamen ein Zimmer im zwölften Stock. Alex und Katja belegten das eine Bett, Ulrike und ich das andere. Als wir mit dem Aufzug hinunterfuhren, hielt Ulrike meine Hand. Wir hatten zusammen *Abwärts* gesehen, einen Film, der überwiegend in einer eingeklemmten Fahrstuhlkabine spielte, die immer wieder meter- oder zentimeterweise in die Tiefe abrutschte. Meine Angst wuchs sich zur Panik aus, als wir ohne erkennbaren Grund am Erdgeschoss vorbei in den Keller fuhren. Die Türen öffneten sich zu einem grell erleuchteten Flur. Katja schlug vor, den Keller zu erkunden. Ich war nur froh, der Aufzugkabine zu entkommen. Der Keller war komplett leer, in den Rohren rauschte Wasser. Wir sahen weder Wäschewagen noch Vorräte, nichts, was auf einen Hotelbetrieb hinwies, auf Putzfrauen, Zimmermädchen oder Hausmeister. Jeder von uns schlenderte in eine andere Richtung. Die Sachlichkeit, dachte ich, diese unheimliche, ungeheure Sachlichkeit.

Katjas Stimme hallte durch den Flur. Sie hatte eine Stahltür aufgeschoben und war schon mit einem Bein im Raum. An der Tür stand, mit einer Schablone gesprüht, das Wort Sauna. Wir drängten hinter ihr hinein, Alex hielt mit dem Fuß die Tür auf, um Licht hereinzulassen, vielleicht auch, um uns den langsamen Erstickungstod zu ersparen, den ich mir gerade ausmalte. Das Zimmer war vollgestopft mit Kommunikationsgerät, an der Wand hingen acht oder zehn Telefone, es gab Anzeigen und Wählscheiben und ordentlich gebündelte Kabelstränge. In einer Ecke hingen zwei Holzkästen mit Bildschirmen, die aussahen wie selbst gebastelte Fernseher. Darunter stand ein einziger hölzerner Drehstuhl. An der Innenseite der Tür waren drei mit A, B und C bezeichnete Kleiderhaken. Katja setzte sich auf den Drehstuhl und wirbelte herum.

Ihr wisst, was das ist, oder?

Eine Abhörstation, sagte Ulrike. Stasi? Im Ernst?

Nein, sagte ich. Ich will euch nicht den Spaß verderben, aber das ist nur die normale Haustechnik. Eine alte Telefonanlage. Security. Das sieht im Westen auch nicht anders aus.

Für uns hatte der gesamte Ostblock immer etwas Finsteres und Geheimnisvolles gehabt. Es war eine Fantasie, ein Filmset, ein Diagramm der Angst. Insofern war die Vorstellung, in ein Stasinest getreten zu sein, naheliegend. Für uns war Deutschland ein wohlhabendes, freies und etwas langweiliges Land, bestehend aus Chemiefabriken, wieder aufgebauten Kirchen, Joseph-Beuys-Installationen, Wahlplakaten und Rübenfeldern, die bis zum Horizont reichten. Es war nicht: das hier. Wir waren nicht nur in ein anderes Land gereist, sondern auch in eine andere Zeit. All das hatte mit uns überhaupt nichts zu tun. Es bereitete uns ein wohliges Gruseln, mehr nicht.

Es war kalt im Zimmer, Ulrike zitterte in meinen Armen. Sie wollte nach Hause, in ihre Dunkelkammer, in ihr Modul. Ich konnte es kaum erwarten, nach Missouri zurückzukehren, in mein neues Leben.

Was ist, wenn sie uns jetzt beobachten?, sagte sie.

Wer?

Die Stasi.

Ich glaube, sie hätten nichts einzuwenden, flüsterte ich in ihr ringloses Ohr, und sie stieß mich leicht mit ihrem scharfen Ellenbogen.

Den nächsten Tag verbrachten wir damit, in Buchhandlungen zu stöbern und nach Essbarem zu suchen. Ulrike fotografierte uns mit ihrer Mittelformatkamera, und sie bestand darauf, dass wir sie Jim nannten, nach Jim Rakete, den sie über alles bewunderte. Wir posierten, an das Doppel-M der Leipziger Messe gelehnt, sprangen über eine Bauabsperrung, hielten die Fußspitzen in einen leeren Teich und starrten melancholisch auf unsere nicht vorhandenen Spiegelbilder. Alles war inszeniert. Nichts war wirklich. Ulrike war nie zufrieden.

Als wir Buchenwald erreichten, setzte ein leichter Regen ein. Wir liefen mit tief in die Taschen gesteckten Händen über das Gelände, wir froren und stellten unsere Mantelkragen auf, und niemand sagte ein Wort.

Der Regen hatte zugenommen, als wir, bereits im Dunklen, in Weimar ankamen. Es gab nichts zu sehen, nichts zu tun. Wir fanden kein Café, kein Restaurant, kein Hotel. Die wenigen Geschäfte, die wir sahen, hatten geschlossen.

Im Zentrum teilte sich die Straße und öffnete sich zu einem Platz, auf dem einige kahle Bäume standen und ein Backsteinhäuschen, das vielleicht ein altes Trafohaus war oder, so hofften wir, eine öffentliche Toilette. Wir hielten an und stiegen aus. Ulrike ging zu dem Häuschen, umrundete es und kam zurück. Sie zuckte mit den Achseln. Wir standen unter einer Markise und sahen auf den stillen Platz hinaus, und der Qualm unserer Zigaretten stieg in den strömenden Regen auf und verschwand in der Nacht. Wir hatten keine Ahnung, was wir tun und wo wir übernachten sollten. Es war zu spät, um nach Köln zurückzufahren. Als ein unter einen großen Regenschirm geducktes Pärchen vorbeikam, sprachen wir sie an. Gab es hier irgendwo ein Hotel? Eine Pension? Kannten sie jemanden, der bereit wäre, ein Zimmer für die Nacht zu vermieten?

Sie erklärten uns umständlich den Weg zu einem Gästehaus an der Tiefurter Allee, einer Art Schülerheim, wie sie sagten. Wegen Buchenwald, wegen der Klassenfahrten. Dann fiel ihnen ein, dass das Heim ganz bestimmt geschlossen hätte. Alles hätte geschlossen.

Sie hießen Gunter und Friedy. Sie waren Anfang oder Mitte dreißig. Gunter trug eine stonewashed Jeans und einen hellblauen Pulli. Friedys ungebleichter Strickmantel war schwer vor Feuchtigkeit, er ging ihr beinahe bis zu den Knöcheln. Ja, sie seien einmal im Westen gewesen. Sie hätten Verwandte in Villingen-Schwenningen besucht, im Schwarzwald. Es hatte ihnen gut gefallen dort, auch wenn sie es sich, wie sie sagten, waldiger vorgestellt hätten. Aber sie seien glücklich hier in Weimar.

Heimat. Ihr wisst ja. Was sollen wir hier weggehen?

Wir unterhielten uns eine Weile auf dem Bürgersteig, ich reichte mein Päckchen herum, Ulrike musste aufs Klo und trat von einem Fuß auf den anderen. Schließlich luden sie uns zu sich ein. Sie hätten ein paar Matratzen. Wir könnten etwas trinken und uns unterhalten. Das könnte doch für uns alle spannend sein. Aber am Morgen müssten sie früh raus, da müssten wir allein zurechtkommen.

Katja wollte die Einladung zuerst nicht annehmen, ließ sich aber überreden. Alex wollte noch etwas zu essen besorgen. An einer Frittenbude vielleicht.

Hier gibt es nichts, sagte Gunter, und das klang so absolut, als gäbe es überhaupt nichts. Weder eine Stadt noch eine Menschheit, noch ein Universum.

Butterbrote, sagte Friedy. Wir machen euch ein paar Butterbrote.

Sie gingen schnell, gegen den Wind und den schräg einfallenden Regen gebeugt. Wir folgten im Auto, das im ersten Gang bockte und ruckelte. Die Federung des R4 war nicht dazu gedacht, dass vier Erwachsene mit Gepäck und zwei Kisten Linguistikbüchern über nasses Kopfsteinpflaster krochen. Alex hielt mit der Rechten die klappernde Pistolenschaltung fest, Ulrike, neben ihm auf dem Beifahrersitz, drückte ihre Kamera in den Schoß und stemmte sich gegen das Armaturenbrett.

Seltsamer Ort, sagte Katja und wischte mit dem Handrücken über die beschlagene Scheibe. Seltsamer Planet. Die Gravitationskräfte stärker als erwartet. Vielleicht brechen unsere Achsen.

Sie lehnte sich vor, griff mit den Armen um Alex' Kopfstütze und würgte ihn spielerisch. Aaaargh. Warum hast du uns hierhergebracht? Warum hast du uns das angetan? Warum? Warum?

Es war Karls Idee, sagte Alex kühl. Schon wieder vergessen?

Warum?, sagte ich. Vielleicht, weil es ein Massenstart ist! Diese ganze Situation, das ist ein gigantisches Wettrennen, ein *Land Run*. Merkst du es nicht? Irgendjemand hat am 9. November einen Schuss abgegeben, und alle stürzen los in ein vermeintlich leeres Land, um ihre Claims abzustecken, um Land zu beanspruchen oder sonst was.

Alex hatte gelesen, dass die ersten Investoren aus dem Westen schon da waren. Die Pferde scharrten mit den Hufen. Leute, die Grundstücke kaufen wollten, Häuser, Läden, sogar Kirchen. Für ein paar Mark. Selbst wir könnten uns hier ein Haus leisten, meinte er.

Tatsächlich war Katja die einzige von uns, die ein bisschen Geld hatte. Alex arbeitete noch immer auf dem Bauernhof in Kranenburg, wo er nur Kost und Logis verdiente und ein Taschengeld, mit dem er auf der holländischen Seite seinen Tank auffüllte. Ulrike gab mehr Geld für ihre Ausrüstung aus, als sie mit den Porträts verdiente, die sie für PRINZ und die anderen Stadtmagazine machte, die überall aus dem Boden schossen. Ich versuchte einfach, über die Runden zu kommen mit dem wenigen Geld, das ich für meinen Unterricht bekam.

Jetzt hatte ich ein schlechtes Gewissen. Ich hatte am Nachmittag einen halben Buchladen leergekauft. In Köln hatte ich stets im Modernen Antiquariat gestöbert oder bei Zweitausendeins. Die meisten Bücher, die ich besaß, waren Mängelexemplare. Sie lagerten im Keller meines Vaters. In Missouri hatte ich mir kein einziges Buch gekauft. Die Bibliothek war hervorragend. Was sie nicht hatten, besorgten sie, wenn man danach fragte. In allen Sprachen. Und hier? Ich hatte auf einmal das Gefühl, reich zu sein, mit dem Geld um mich schmeißen zu können.

Wir sind doch nicht auf Schnäppchenjagd, sagte Alex. Wir machen hier etwas ganz anderes.

Was denn?, fragte ich.

Internationale Beziehungen, Versöhnung, solche Sachen. Und warum auch nicht? Ich will hören, was die beiden zu sagen haben.

Auf jeden Fall werden wir ihnen Geld geben müssen, sagte ich. D-Mark.

Hoffentlich hat es nichts mit Sex zu tun, sagte Ulrike.

Denen wird schon die Lust vergehen, wenn sie den Schweinestall riechen, meinte Katja trocken.

Wir brüllten vor Lachen, es hatte etwas Befreiendes. Als hätte sich eine Verspannung gelöst. Heute glaube ich, dass wir Angst hatten, Angst vor dieser Begegnung. Auf dem Bürgersteig drehten sich Gunter und Friedy verstört um. Ich dachte, dass sie es sich vielleicht anders überlegen würden. Vielleicht sollten wir doch noch nach Köln fahren. Durch die Nacht. Wir könnten uns abwechseln. Alex und Ulrike grinsten verlegen, sie winkten durch die beschlagene Windschutzscheibe und streckten die Daumen nach oben. Kurz darauf parkten wir vor einem Wohnhaus, nahmen unsere Taschen aus dem Wagen und folgten ihnen zum Aufzug. Ich nahm die Treppe. Gunter und Friedy wohnten im sechsten Stock. Als ich in die Wohnung trat, kam Ulrike gerade aus der Toilette.

Wir waren übermütig und unglaublich naiv, wir hatten keine Ahnung, worauf wir uns eingelassen hatten. Wer waren diese Leute? Was wollten sie? Wie lebten sie? Gunter und Friedy demütigten uns mit ihrer Zugewandtheit. Unser Übermut schien sie nicht einmal zu stören. Sie waren einfach froh, dass sie uns helfen konnten.

Die Wohnung war nicht groß, sie fühlte sich aber auch nicht beengt an, selbst dann nicht, als wir alle im Wohnzimmer auf einem L-förmigen Sofa an der Wand saßen. Gunter hatte für sich selbst einen dreibeinigen Schemel herangezogen. Das Mobiliar war auf eine gewisse Weise modern. Aber es war eine Modernität, die uns nicht vertraut war. Das dünn gepolsterte Sofa war zitronenfarben, die Teller, auf denen Friedy Stapel von Salami- und Käsebroten hereintrug, waren quadratisch mit gerundeten

Ecken. Gurken, Cracker und noch mehr Käse lagen auf unregelmäßig geformten Plastikplatten, die etwas Bescheidenes und zugleich Erlesenes hatten. Den Weinbrand tranken wir aus kleinen Glasflöten, die mit orangefarbenen und hellblauen Ringen verziert waren. Der Stil war eine Art historischer Futurismus, der mich an Kubricks *Clockwork Orange* erinnerte, auch wenn er billiger und zweckmäßiger wirkte wie in einem sozialistischen Umerziehungsfilm – einem, in dem man gern mitgespielt hätte. Eher Utopie als Dystopie. Es fühlte sich gut an.

Friedy wollte wissen, was wir von Buchenwald hielten. Wir sahen uns an. Niemand antwortete. Alex biss quietschend in eine Gurke und zog die Schultern hoch.

Es hat mir ein Loch in die Seele gebrannt, sagte Ulrike schließlich. Sie saß sehr aufrecht, die Beine übereinandergeschlagen. Vielleicht war das Loch auch vorher schon da, sagte sie, aber jetzt fühlt es sich an wie eine brennende Grube, die sich nicht löschen lässt. Tut mir leid, das klingt ein bisschen unbeholfen. Ich weiß nicht, wie ich das ausdrücken soll. Wir haben auf der Fahrt in die Stadt überhaupt nicht darüber geredet. Das war komisch.

Hätten wir aber, früher oder später, meinte Alex.

Vielleicht, sagte Ulrike. Vielleicht auch nicht.

Wir mussten das erst einmal jeder für sich verarbeiten, sagte ich, während Gunter Weinbrand nachschenkte. Das ist doch ganz normal. Wir sind mit unseren Gefühlen sowieso immer allein. Wir sind diese kleinen Universen, und jedes ist vom anderen durch ein Vakuum getrennt. Manchmal muss man das Feuer einfach brennen lassen, bis der ganze Sauerstoff weg ist. Bis alle Fragen erstickt sind.

Ihr meint also nicht, dass es an der Zeit ist, zu vergessen?, fragte Friedy. Sie sah uns der Reihe nach an. Das alles hinter uns zu lassen? Findet ihr nicht, dass es einfach zu weh tut? Fügen wir unseren Kindern nicht jedes Mal ein neues Trauma zu, wenn wir sie dorthin bringen, Woche um Woche, Jahr um Jahr?

Nein, sagte Katja entschieden, es ist wichtiger als je zuvor, dass wir uns das ansehen. Dass wir uns erinnern und über den Holocaust reden. Jeder sollte das sehen. Das Krematorium. Alles. Alle Kinder müssten das sehen. Gerade die Kinder. Sie müssten sehen, was ihre Großeltern getan haben, besonders jetzt, wo vor jedem Laden und vor jeder Frittenbude eine riesige Deutschlandfahne weht. Seid ihr stolz darauf, Deutsche zu sein? Ja? Dann müsst ihr dazu, zu diesem Teil der Geschichte, auch stehen!

Ich hatte von Katja noch nie ein derart feuriges Plädoyer gehört. Wenn sie über Amerika sprach oder über Literatur, klang sie immer recht distanziert, als wäre alles schon längst verhandelt. Katja war ehrlich bewegt, nicht nur wegen dem, was sie am Nachmittag gesehen hatte. Sie war bewegt von der Tatsache, dass uns Gunter und Friedy tatsächlich zuhörten, dass sie tatsächlich wissen wollten, was wir zu sagen hatten. Wir spürten, dass Friedy, die uns diese einigermaßen suggestiven Fragen stellte, überhaupt nicht versuchte, uns von irgendetwas zu überzeugen. Sie versuchte auch nicht, uns einzuschüchtern, nur weil wir jünger waren. Sie wollte Antworten aus uns herauskitzeln, und diese Antworten schienen ihr sogar zu gefallen. Es war, als suchte sie nach Argumenten für einen Sinneswandel, den sie längst vollzogen hatte. Als hätte ihr nur die Rechtfertigung gefehlt für etwas, das sie längst in ihrem Inneren gespürt hatte. Gunter öffnete ein Fenster, er kümmerte sich rührend um uns, er machte hier und da eine kurze Bemerkung und beschränkte sich ansonsten darauf,

Friedy voller Bewunderung anzusehen. Hin und wieder holte er einen Kamm hervor und zog seinen Scheitel nach.

Seid ihr eigentlich verheiratet?, fragte ich.

Klar, sagte Gunter. Warum?

Ihr erinnert mich an jemanden. Freunde von mir. Aus Missouri.

Gegen Mitternacht waren wir betrunken und vergruben uns unter einem riesigen Haufen von bunten Decken auf dem Boden eines Hobbyraums. Wir mussten einen Knüpfrahmen zur Seite schieben, der Teppich, der darin eingespannt war, zeigte einen Schiffsrumpf: Der Fliegende Holländer. In einer Ecke stand ein schwarzer, uralter Heimtrainer, die Hörner gesenkt, ein Bulle, bereit zum Angriff. Als wir am Morgen verkatert aufwachten, waren unsere Gastgeber fort. Auf dem Küchentisch stand eine Thermosflasche mit Kaffee, ein Stapel Toastbrot, Marmelade und knallgelbe, mit einer Folie abgedeckte Käsescheiben. Auf jedem der vier psychedelisch bunten Teller lag ein grünes Kärtchen mit jeweils einem einzigen Satz. Ulrike, die in einer Welt von vielfältig kombinierbaren Modulen aufgewachsen war, spielte eine Weile mit den Sätzen, bis dieser kurze Text entstand:

Toll, dass wir uns kennengelernt haben.
Milch im Kühlschrank.
Bleibt, solange ihr wollt.
Zieht einfach die Tür zu, wenn ihr geht.

Ich rutschte auf meinen Platz im Raucherbereich, steckte die Hefte und Kataloge in die Tasche des freigebliebenen mittleren Sitzes, um mir ein paar Zentimeter mehr Beinfreiheit zu verschaffen, und löste diskret meine Schnürsenkel. Als die Türen geschlossen wurden und die Flugbegleiterin mit einem Stapel Zeitungen durch den Gang glitt, gab ich ihr ein Zeichen. Ich suchte nach Katjas Kolumne und las:

Am 16. September 1893 um kurz vor zwölf stürzten einhundertfünfzigtausend Siedler von Norden über eine mehr als zweihundert Meilen lange Grenze, um im Cherokee Strip von Oklahoma ihre Claims abzustecken. Das größte Wettrennen der Geschichte. Einige ritten, andere fuhren auf Wagen und Karren, zwei Brüder aus Missouri hatten ihre Fahrräder mitgebracht. Ein paar arme Teufel versuchten es zu Fuß und wurden auf den ersten hundert Metern totgetrampelt. An einem kühlen Abend im November 1989 spazierten ein paar Tausend Leute über die Grenze nach West-Berlin, um einen Schaufensterbummel zu machen, um einen Milkshake mit tropischen Früchten und ihre neue Freiheit zu genießen. Das kann man wirklich nicht vergleichen. Trotzdem droht ein anderer, beinahe unbemerkter Land Run. Denn die Westdeutschen machen sich bereit, die Ruinen von Honeckers sozialistischem Fantasieland zu stürmen und Grundstücke und Läden und Häuser aufzukaufen, mit der Macht, der Gewalt und dem Wahnsinn, die ihrem Geld innewohnen, die allem Geld innewohnen. Sorgen wir dafür, dass es so weit nicht kommt, sorgen wir dafür, dass es nicht die Gewalt des Kapitals ist, die die Zukunft des »anderen« Deutschland bestimmt, sondern der Wille der Menschen, die verzweifelt nach einem dritten Weg suchen.

Die Siedler, das wusste ich aus Katjas Roman, hatten Tage, ja Wochen lang auf der heißen Prärie gezeltet. Als der große Tag endlich kam, saßen sie schon früh auf ihren Kutschböcken, rutschten ungeduldig hin und her, hielten die glänzenden Lederzügel in schwieligen Händen, und der staubige Wind blies in ihre zerfurchten Gesichter. Berittene Soldaten waren in festen Abständen an der Grenze stationiert, um die Siedler zu hindern, sich durch einen Frühstart einen Vorteil zu ergattern. Als im Osten die Kanone donnerte, schossen sie in die Luft und gaben das Signal nach Westen weiter wie die Staffel der Leuchtfeuer, die den Griechen den Fall Trojas verkündet hatte. Doch die Soldaten hatten keine Zeit, um sich der historischen Resonanz ihrer Handlungen bewusst zu werden, denn schon kam eine Wand von gierigen, dreckigen, brüllenden Wahnsinnigen auf sie zugerast. Den meisten Soldaten gelang es, sich zu retten, einige wendeten ihre Pferde und schlossen sich der jaulenden Horde an.

Den beiden Brüdern mit ihren Fahrrädern, deren Geschichte Katja erzählt hatte, ging es gar nicht um Land. Sie waren ohnehin nicht alt genug, um Siedlerzertifikate zu erhalten. Sie waren aus Kansas City gekommen, um das große Schauspiel zu betrachten, um Zeugen des Ereignisses zu werden, das, davon war auszugehen, der wichtigste historische Moment ihres Lebens sein würde. Doch sie hatten die Situation falsch eingeschätzt. Die sogenannten Sooners, die in der Nacht vor dem offiziellen Startschuss auf das Territorium geschlichen waren, um sich die besten Claims zu sichern, hatten die Prärie in Brand gesteckt. Sie hatten gehofft, die große Menschenwelle zu brechen, die ihnen folgen sollte, aber die schwelende Erde konnte den Hufen der Pferde und den Rädern der zähesten Siedler kaum etwas anhaben. Die Reifen der Brüder jedoch drohten zu schmelzen. Sie mussten ihre Räder bis nach Enid tragen, das damals aus einem Bahnhof, zwei unbefestigten Straßen und einem Registeramt bestand. Es war spät, als sie ankamen, sie waren halb verdurstet. Auf der Veranda eines eilig zusammengezimmerten Postamts schliefen sie ein, und als sie aus unruhigen Träumen erwachten, entdeckten sie neben sich die vom Rost zerfressenen Skelette ihrer Fahrräder, und neue Gebäude waren aus dem Boden geschossen, und auf den Straßen drängten sich die Menschen.

Enid war zu einer Stadt angewachsen, über Nacht, beinahe aus dem Nichts. Neben dem Bahnhof, wo nur staubiges Gelände gewesen war, befand sich jetzt eine Hütte, die ein handgemaltes Schild als Hotel auswies, und gleich um die Ecke stand ein nagelneues Gebäude mit vergitterten Fenstern: eine Bank vielleicht oder ein Gefängnis. Eine weiße Holzkapelle, der Kirche nicht unähnlich, die sie aus … Ridgefield kannten, war bereits in Bau, und plötzlich entdeckten die Brüder durchgezählte Straßen und alphabetische Avenues. Sie beschlossen, eine Weile zu bleiben. Sie verdienten sich hier und dort ein wenig Geld, sie stahlen Gin und organisierten Kegelspiele und kopierten Gemälde von … Grand Wood und Norman Rockwell, bis sie genug Geld gespart hatten, dass … Gunter, der ältere der beiden, eine Frau heiraten konnte, die bereit war, sich mit einem Jungen mit einem kaputten Fahrrad einzulassen. Die Lautsprecher quietschten. Die drei ließen sich auf einer Farm in der Nähe nieder, und Gunter starb, und John, der jüngere Bruder, heiratete die Frau, die kaum sechs Monate nach ihrer Eheschließung … ein Rascheln wie von Zeitungspapier … ein Kind zur Welt brachte, einen Jungen, der aussah wie … Alex … nur fürchterlich verschrumpelt … Wenn Ihnen das

Schicksal einen Platz auf der rechten Seite zugewiesen hat, sagte der Pilot mit scheppernder Stimme, dann können Sie jetzt Island sehen.

Mein Traum lag in tausend Scherben. Zerschmettert. Ich rieb mir die Augen, hob die Zeitung auf, die zwischen meinen Knien zu Boden gerutscht war, legte sie zusammen und steckte sie in die Netztasche. Ich zündete mir eine Zigarette an, betrachtete die dunstige Vulkanlandschaft in der Ferne und zupfte mir mit der Hand, in der ich die Zigarette hielt, die Tabakfäden von der Zungenspitze. Ich dachte an Ylvas Mutter, die Wasser zu Wodka verwandelte, wie Jesus Wasser zu Wein verwandelt hatte. Chicken or pasta?, fragte die Flugbegleiterin. Ich aß, und ich träumte, und als wir schließlich in St. Louis landeten, konnte ich an nichts anderes denken als an Stella. Sie hatte sich nicht für meinen Frühjahrskurs angemeldet, sie war, genau genommen, nicht mehr meine Studentin.

6

Wenn ich an klaren Wintertagen in meinem Dachzimmer in Ridgefield saß, dem kleinen Ort, an dem ich mein Austauschjahr verbracht hatte, und von meinem ramponierten, von der baptistischen Gemeinde bereitgestellten Schreibtisch aufsah, konnte ich den Mount St. Helens sehen, der knapp zwei Jahre zuvor, im Mai 1980, ausgebrochen war. Der Anblick der schmalen unbeweglichen Rauchfahne über dem Krater hatte etwas Magisches, und es gab keinen Tag, an dem ich nicht davon träumte, hinzufahren. Ich wollte die Handfläche auf den heißen Grund drücken und mit der Minolta SLR, die ich in einem Pfandhaus in Portland gekauft hatte, die blubbernde Lava fotografieren. Ich träumte davon, am Rand des großen Kraters zu stehen und in den kochenden Kern der Erde zu schauen, und manchmal erschreckte mich der Gedanke, ich könnte hineinstürzen wie ein olympischer Turmspringer und in die Ewigkeit abtauchen.

Sechs Monate lang bettelte ich meine Gasteltern an, mich hinzufahren, aber der Ort schien sie überhaupt nicht zu interessieren. Steve fuhr die Familie nach Disneyland, er brachte uns nach Long Island an der Pazifikküste und nach Stevenson, dem Städtchen am Columbia River, in dem er aufgewachsen war. Wir fuhren nach Eugene und

Seattle, wo wir Gottesdienste und Erweckungsveranstaltungen besuchten, die in gigantischen Sporthallen abgehalten wurden. Aber die kaum zwei Stunden lange Fahrt zum Mount St. Helens war ihm offenbar zu viel.

Es ist ohnehin alles abgesperrt, meinte er, und viel zu gefährlich, und außerdem. Was gibt es denn dort zu sehen außer einem riesigen Aschefeld. Da ist nur Grau. Ein riesiges graues Feld. An den Krater kommst du nicht ran, und wenn du es doch irgendwie schaffen würdest, wäre der Anblick einfach nur erschreckend. Weißt du, der Krater ist vielleicht nichts anderes als die brennende Schlammgrube aus der Offenbarung des Petrus. Der Eingang zur Hölle.

Von den Mädchen in meinem Kunst- und Kalligrafiekurs, die alle mit sechzehn ihren Führerschein machten, wollte es keiner gelingen, für diesen Ausflug ein Auto zu leihen. Also betrachtete ich immer nur die Rauchfahne, die langsam in den tiefblauen Winterhimmel aufstieg, und träumte von dem Tag, an dem ich einen riesigen amerikanischen Straßenkreuzer besitzen und mit ihm das Aschemeer durchqueren würde.

Sieben Jahre später, an einem weiteren wolkenlosen Wintertag, trat ich aus Jesse Hall, dem Verwaltungsgebäude der Universität, in dem sich die Zahlstelle befand, und hielt einen Vorschussscheck über siebenhundert Dollar in der Hand. Jetzt war ich bereit, diesen Wagen zu kaufen. Ich setzte mich auf die Stufen, rauchte und betrachtete die sechs ionischen Säulen, die in einer Reihe auf der großen Wiese standen. Das erste Hauptgebäude der Universität war 1892 abgebrannt, die Säulen waren die Überreste des neoklassizistischen Baus, an denen sich Generationen von Architektur- und Kunststudenten abgearbeitet hatten, und tatsächlich hatte ich im Herbst immer wieder Studenten gesehen, die mit Zeichenblöcken und ernsten Mienen auf der Wiese gesessen und Schatten schraffiert hatten, oder auf den Stufen, auf denen ich gerade der überraschend kräftigen Februarsonne entgegenblinzelte.

Bei meinem ersten, vom International Office organisierten Rundgang über den Campus hatte ich erfahren, dass die Säulen den Humanismus symbolisieren sollten, die Bildung des Menschen in seinem weitesten, großzügigsten Sinn. Sie erinnerten daran, dass der Auftrag der ursprünglich als reines Agrarkolleg gegründeten Universität schon bald auf die Geisteswissenschaften ausgeweitet worden war. Während die anderen Studenten beeindruckt genickt hatten, hatte ich gedacht, dass dies einfach eine weitere erfundene oder aufgeplusterte Geschichte war, die einer Institution Gewicht geben sollte, die aus meiner Sicht praktisch keine Geschichte besaß. Ich erinnerte mich noch bestens an die 750-Jahr-Feier meines Internats, eine riesige Veranstaltung, die von einem ganzen Haufen von Monsignores und Priestern und päpstlichen Gesandten besucht und von einem Bischof geleitet worden war, der so alt und gebrechlich war, dass er sich tatsächlich auf seinen Bischofsstab gestützt hatte. Was also war die eigentliche Bedeutung von einer Reihe von sechs griechischen Säulen, die nichts stützten, an einem Ort, an dem noch vor hundertfünfzig Jahren der Bison gegrast hatte?

Stella saß, zur Hälfte verdeckt, auf dem schmalen Sockelrand der zweiten Säule. Sie schien sich mit der Sonne zu bewegen, als wollte sie nach einem langen Winter noch den letzten wärmenden Strahl aufsaugen. Ich stand auf und ging in einem weiten Bogen um die Säulen herum, deren Schatten über die Wiese vorrückten wie eine gigantische Sonnenuhr, die sechs verschiedene Zeitzonen anzeigte.

Sie hatte die Augen geschlossen und saß mit angezogenem Knie auf ihrer Jacke. Sie trug ein hellblaues, ausgewaschenes Hemd und dieselben klassischen Wanderstiefel, die sie schon im Herbst getragen hatte. Sie hatte die Wollsocken über die Jeans gezogen und oben ordentlich umgeschlagen. Ich dachte an Kjetil, daran, wie verstört er gewesen war, dass er sich gerade an diesem Ort, in dieser Stadt, in eine Isländerin verliebt hatte, die vielleicht tatsächlich die Liebe seines Lebens war. Kjetil glaubte nicht an Vorsehung oder Schicksal, er wusste, dass er bereit gewesen war, jemanden kennenzulernen und sich zu verlieben, und er war überzeugt, dass er sie auch an jedem anderen Ort der Welt gefunden hätte. Vielleicht nicht Ylva, aber jemanden wie Ylva, eine Frau, die ihn in seinem Innersten erkennen würde, die ihm das Gefühl geben konnte, dass sie füreinander bestimmt waren. Zumindest hatten die Chancen dafür gut gestanden. Ylva dagegen war überzeugt, dass eine höhere Macht sie beide in diese Unistadt im Mittleren Westen geführt und zusammengebracht hatte, und jetzt waren sie zusammen, und es hätte nicht anders sein können. Mit Wahrscheinlichkeit hatte das nichts zu tun.

Dass ich Stella gefunden hatte, dass ich sie an diesem Ort gefunden hatte, war etwas anderes. Es war kein Zufall, und Schicksal war es auch nicht. Ich hatte Stella gesucht seit dem Tag, an dem ich aus Köln zurückgekehrt war. Ich hatte sie mein ganzes Leben lang gesucht. Ich war so ruhelos gewesen, ich war einen so seltsamen Weg gegangen, dass es mir schlicht unausweichlich schien. Irgendwann hatte ich ihr begegnen müssen. Ja, ich war vor etwas fortgelaufen, aber ich war auch auf der Suche nach etwas anderem gewesen, auch wenn ich nicht immer wusste, was das war. Alles, was ich getan hatte, jede Entscheidung, die ich je getroffen hatte, hatte die Wahrscheinlichkeit, dass ich Stella begegnen würde, so weit erhöht, dass eine Gewissheit daraus geworden war.

Hey, sagte sie und sah mich an.

Tut mir leid, ich wollte dich nicht erschrecken.

Hast du gar nicht, sagte sie. Komisch. Hast du wirklich nicht.

Was hat es mit diesen Säulen auf sich?, fragte ich.

Sie begann, die offizielle Geschichte zu erzählen. 1892, das Feuer …

Ich unterbrach sie. Was stützen diese Säulen wirklich?

Mich? Stella fasste ihr Haar, zog es im Nacken zusammen und sah mich von der Seite an. Ich trat einen Schritt näher.

Pass auf, ich glaube, ich weiß, was du meinst, sagte sie. Es ist nur eine Frage der Perspektive.

Sie ließ die Locken los, sprang vom Sockel herunter, nahm die Jacke und schritt zügig über die Wiese. Ich folgte ihr. Nach einer Weile blieb sie stehen, faltete die Jacke zu einem quadratischen Päckchen und legt sie auf das Gras. Sie schwang sich mit beeindruckender Leichtigkeit in einen perfekten Kopfstand. Sie war nur 1,60 Meter groß.

Ich ging neben ihr auf die Knie und versuchte meinen eigenen schiefen Kopfstand, und als ich mich endlich halten konnte, sah ich, was sie sah: Die Erde, gestützt vom Himmel, Säulen, die sich der Erde entgegenstemmten und in einem Meer von Blau trieben.

Ich verlor das Gleichgewicht und rollte über die Schulter ab, meine Judoreflexe funktionierten noch, wie ich zufrieden feststellte. Plötzlich saß sie auf mir und drückte meine Arme ins taufeuchte Gras, ich hatte sie in der Fallbewegung mitgezogen. Sie sank auf meine pochende Brust, und ich küsste ihre kühlen Lippen.

Später lagen wir auf die Ellenbogen gestützt im Gras, vor uns die Säulen, die in der Sonne glänzten. Sie berührte die Narbe auf meinem Handrücken.

Was ist da passiert?

Nichts. Ein Fahrradunfall, mein erstes Rad. Schutzbleche, messerscharf. Die Haut um die Narbe war beinahe mein gesamtes Leben taub gewesen, jetzt kitzelte sie auf einmal.

Am Nachmittag erzählte ich Stella von der Anzeige. Ich hatte einen Wagen gefunden, den ich mir ansehen wollte, er kostete tausend Dollar. Wir gingen zur Bank, ich unterschrieb den Scheck, die Bankangestellte zählte das Geld in die Schublade. Ihre Fingernägel waren schwarz-rot-gold lackiert. Wir fuhren mit dem Bus an den Stadtrand. Ein Oldsmobile Custom Cruiser, babyblau, ein gigantischer Kombi mit eckigen Lampen und Holzapplikationen an Türen und Kotflügeln. Der Wagen stand frisch gewaschen auf einer breiten Garagenauffahrt vor einem makellos weißen Haus. Er war in perfektem Zustand. Stella lachte. Der Besitzer kam aus dem Haus, und als er hörte, dass ich Deutscher war, senkte er den Preis auf achthundert. Ich musste nicht einmal fragen.

Seine Großeltern waren aus Koblenz gekommen. Pfaffendorf. Er war einmal dort gewesen, hatte entfernte Verwandte aufgesucht und sich die Festung Ehrenbreitstein angesehen. Seine Großeltern hatten sich Ende des letzten Jahrhunderts in Osage County angesiedelt, unten am Fluss, der sie wohl an ihre Heimat erinnert hatte. Das Land gehörte ihm bis heute. Eine Wiese, das alte, verfallene Haus, das Wasser. Alle paar Jahre kommt es, das Wasser, und überflutet die Wiese, sagte er. Er liebte alles Deutsche. Zum Beweis drückte er eine unsichtbare Fernbedienung in seiner Jackentasche. Das Garagentor öffnete sich lautlos und entblößte einen perlweißen BMW Cabrio. Schaut euch dieses Prachtstück an, Kinder, diese Technik, deutsche Technik!

Ich nickte und stellte ein paar Fragen. Wie alt? Wie viele Meilen? Der Wagen sah aus wie ein frisch gereinigtes Gebiss. Stella nahm meine Hand. Ich hoffte, dass meine Würdigung genügen würde, um den Kauf des Olds abzuschließen.

Waldsterben, säuselte Stella und zog an meinem Arm.

Ihre Großeltern, ja?, sagte ich. Faszinierend, diese Einwanderergeschichten. Koblenz ist wunderschön. Die Mosel, das Deutsche Eck …

Sechshundert, sagte der Mann und hielt mir den Schlüsselbund vor die Nase. Das ist dein Glückstag heute.

7

Auf dem Flachdach des Wohnhauses in der Hitt Street sah ich sie zum ersten Mal schweben. Calders Zirkus. Als ich aufwachte, war Stella nicht im Bett. Ich fand keinen Zettel. Sie wird mit Patrick unterwegs sein, dachte ich, ihrem Mitbewohner, den ich schon bei unserem ersten Treffen in der Cafeteria gesehen hatte.

In Boxershorts und T-Shirt ging ich in die Küche, öffnete die Fenster und stellte die Kaffeemaschine an. Das Sonnenlicht schoss auf die weiß lackierten Küchendielen, die Vorhänge über der Spüle blähten sich in der warmen Brise und streichelten das Geschirr im Trockengestell. Die Columbia Daily Tribune lag, noch in ihrer blauen Folienröhre, auf dem Küchentisch. Ich konnte mein Glück nicht fassen, dass ich ihr begegnet war, dass ich mich in diesem hellen warmen Raum wiederfand, in dem Wissen, dass sie zu mir zurückkehren würde, dass ich ihre heisere Stimme hören, dass sie mich berühren und lieben würde, wie sie mich in der Nacht berührt und geliebt hatte. Ich setzte mich an den liebevoll ramponierten Küchentisch, blätterte in der Zeitung und inhalierte den warmen Rauch meiner Pall Mall.

Ich las einen Artikel über den Wiederaufbau nach dem Loma-Prieta-Erdbeben. Er kostete Milliarden. Von dem

Leiden, von den Menschen und ihren Schicksalen war nicht die Rede. Patrick kam herein, er hatte mit einer Gruppe von Jongleuren, Feuerschluckern und Seiltänzern geübt, die sich freitagmorgens auf den Stufen vor der Bibliothek versammelten. Es war eine Art Club, *seine* Leute, auch wenn Patrick selbst kein entsprechendes Talent besaß. Meistens fotografierte er bloß die in der Luft stehenden Keulen und Bälle und Menschen, und einige seiner Bilder hingen in Wechselrahmen im Flur. Nein, Stella war nicht dabei gewesen.

Versuch's mal auf dem Dach, sagte er und schenkte sich eine Tasse Kaffee ein. Sie geht da rauf, an Tagen wie heute, sie liest da oben oder so.

Okay.

Ich gehe da nie rauf, fuhr er fort, sie will nicht, dass ich ihr hinterherschleiche oder sie erschrecke. Aber bei dir ist es bestimmt etwas anderes.

So klingt Eifersucht, dachte ich. Patrick ist eifersüchtig. Seine Stimme war tief und weich, sein Kopf schien noch größer, noch schwerer als sonst. Während er sprach, sah er auf eine Stelle an meiner Stirn, zwei, drei Zentimeter über meinen Augen, als wollte er direkt in mein Bewusstsein blicken. Ich spürte, dass er mir etwas mitteilen wollte, etwas, das mit dieser in Sanftmut gebetteten Eifersucht zu tun hatte. Warum sollte er sich gerade mir anvertrauen? Ich hätte beinahe alles getan, um ihm zu helfen, aber ich wusste nicht wie. Ich war selbst nahezu willenlos. Ich hatte nicht einmal meine eigenen Gefühle im Griff.

Ich ging ins Schlafzimmer, zog mir etwas an und kehrte in die Küche zurück. Patrick hatte die Zeitung genommen, er sah sich die Bilder an. Ich steckte die Zigaretten und ein Streichholzheftchen in die Hemdtasche, nahm zwei Kaffeebecher und ging nach oben.

Sie saß mit dem Rücken zur Tür. Die Sonne stand zwei, drei Handbreit über dem Horizont. Die Luft um sie herum schien zu zittern. Sie hatte die Arme um das angezogene Bein verschränkt, das Kinn auf dem Knie. Sie hielt den Kopf gesenkt, die Locken fielen herab und bewegten sich in der Brise. Ihre Halswirbel traten leicht hervor, blonder Flaum auf ihrem Nacken, ein Wirbel, ein Muster wie ein magnetisches Feld. Sie trug ein rotes Trägerhemd und eine Jeans mit einem bunten geflochtenen Gürtel, etwas Südamerikanisches. Auf der niedrigen Backsteinmauer, die das Flachdach einfasste, saßen zwei Tauben mit zuckenden Hälsen. Zwischen Stellas Hosenboden und der Dachpappe drang ein Streifen Licht hindurch, sie schien zu schweben. Ein paar Zentimeter nur. Sie hing frei in der Luft.

Ich trat von hinten an sie heran. Vielleicht hatte sie mich erwartet, vielleicht war das Kunststück nur für mich. Es war beeindruckend, ein großartiger Effekt. Sie drehte sich um, sah mich an und landete sanft. Ich reichte ihr ihren Lieblingsbecher. Atomkraft, nein danke, stand darauf, auf Deutsch.

Hey, Süßer. Danke. Wie lange stehst du schon da?

Ich antwortete nicht. Ich ging in die Hocke und gab ihr einen Kuss.

Was war das?, fragte ich leise.

Du hast es gesehen?

Allerdings. Du warst … in der Luft! Ich hab's genau gesehen. Wie hast du das gemacht?

Erschreck dich nicht, mach dir bitte keine Gedanken, sagte sie. Manchmal … mache ich das.

Wie meinst du das?

Levitation.

Ich sah sie an. Levitation, wiederholte ich und lachte. Aber Stella lachte nicht mit.

Ja, sagte sie. Es ist kein Trick. Es passiert einfach manchmal, wenn ich glücklich bin. Es ist keine Absicht. Karl, du weißt, ich bin wirklich …

Du *schwebst*? Ich stand auf. Stella, hör auf damit. Du machst dich über mich lustig.

Nein!

Doch, Stella. Hör auf. Erklär mir einfach, wie du das machst. Spann mich nicht auf die Folter.

Es ist kein Trick, Karl, sagte sie mit flehendem Blick.

Ich sah sie von oben an. Sie schlug die Augen nieder.

Stella!

Ich schwebe, sagte sie leise. Nicht besonders hoch, zehn, zwanzig Zentimeter, höchstens. Es hat nichts zu bedeuten. Nur, dass ich glücklich bin.

Ich glaubte ihr noch immer nicht. Natürlich nicht. Es musste ein Trick sein, etwas, das sie von den Akrobaten vor der Bibliothek gelernt hatte oder von Houdini selbst. Ich schüttelte den Kopf, trank einen Schluck Kaffee. Die Tauben schlugen nervös mit den Flügeln. Stella sah mich inständig, beinahe verzweifelt an. Eigentlich gefiel es mir, dass sie mich so aufzog. Nur ihre Ernsthaftigkeit verstörte mich. Ich sah die Ironie nicht, den Witz. Ihre Augen funkelten mich nicht an. Sie schien sogar Angst zu haben, Angst vor mir. Vor meiner Reaktion.

Also, du schwebst, ja? Zehn, zwanzig Zentimeter, sagst du?

Ja, manchmal. Ich bin so glücklich, Karl. Heute Morgen habe ich mich so leicht gefühlt … Das war eine wunderschöne Nacht, ich hab mich bei dir so …

Stella, hör auf! Hör auf, dich über mich lustig zu machen. Das ist unheimlich.

Ich mache mich nicht lustig über dich, wirklich. Ihre Miene verdüsterte sich noch weiter. Trotzdem gelang ihr ein Lächeln, eine Kombination, die mir beinahe so unmöglich vorkam wie das, was sie gerade vorgeführt hatte.

Niemand weiß davon, sagte sie. Nur meine Eltern.

Lass mich das verstehen. Du gehst also hier rauf und sagst: So, ich setze jetzt mal die ewigen Gesetze der Physik außer Kraft. Newtons Apfel, der Apfel fällt nicht. Es ist ein schöner Frühlingsmorgen, ich schwebe ein wenig. Zehn, zwanzig Zentimeter gegen die Schwerkraft. Einfach so, ja?

Ich hab ja gesagt, dass ich es nicht absichtlich mache, sagte sie. Todernst. Ich wartete noch immer auf den Augenblick, an dem sie in Gelächter ausbrechen und alles auflösen würde. Aber sie sah mich nur verschreckt an.

Wenn du es nicht glauben willst, sagte sie, will ich dich auch nicht überzeugen. Es ist einfach etwas, das ich mache. Es passiert mir.

Ich trat einen Schritt zurück.

Du brauchst es nicht zu glauben, sagte sie.

Ich sah sie an.

Ich weiß, du wartest darauf, dass ich dir sage, dass es ein Witz ist. Aber es ist kein Witz.

Ich zündete mir eine Zigarette an und sah hinaus auf die Stadt, den Campus im Süden. Da war der neogotische Glockenturm, den ich bereits am ersten Tag gesehen hatte, als ich mich mit meinem Koffer zu Rasheed geschleppt hatte.

Ich setzte mich auf den Boden, lehnte mich erschöpft an die niedrige Mauer. Die Bleiabdeckung drückte in meinen Rücken. Ich sah sie an. Stella hielt meinem Blick stand. Sie versuchte, direkt in meine Seele zu sehen. Zwei Menschen, die sich gegenseitig hypnotisieren, dachte ich. Jeder versucht, die Oberhand zu gewinnen. Meine Zigarette schützte mich, die Finger, die sie hielten. Zum ersten Mal kam mir der Gedanke, dass es wahr sein könnte. Levitation. Eine Menge Leute glaubten daran. Massen von Italienern reisten nach Apulien, um Padre Pio zu sehen. Millionen von Indern glaubten daran. Levitation war ein Teil ihrer Kultur, ihrer Realität. Warum also nicht? *Warum* nicht? Weil es verrückt war! Wenn ich sie bäte, es noch einmal zu tun? Was würde es bedeuten, wenn es wahr wäre? Für mich? Für sie? Fragen stürmten auf mich ein, ich schüttelte den Kopf. Als ich sie wieder ansah, begriff ich, dass sie es ernst meinte. Ob es wahr war oder nicht – sie meinte es vollkommen ernst. Entweder schwebte sie wirklich, oder sie war verrückt. Die Einsicht traf mich wie ein Schlag in die Magengrube.

Kannst du es noch einmal machen?, fragte ich resigniert.

Nein. Das geht so nicht.

Wie oft?

Das ist sehr unterschiedlich. Vier-, fünfmal im Jahr. Öfter, wenn es mir richtig gut geht. Irgendwann hätte ich es dir erzählt, sagte sie. Ganz bestimmt. Es ist keine große Sache, wirklich nicht. Ich will dich nicht irritieren. Ich will dich deswegen nicht verlieren.

Und in gewissem Sinn hatte sie recht. Es war keine

große Sache. Besser gesagt, es hätte keine sein müssen. Ich war damals an einem Punkt in meinem Leben angekommen, an dem ich bereit war, alle möglichen Überzeugungen zu hinterfragen oder vollständig zu verwerfen. Ich war nach Missouri gekommen, um mich neu zu erfinden, um mich von den Regeln und Vorstellungen zu befreien, mit denen ich aufgewachsen war. Die Wahrheiten meiner Kindheit und Jugend galten hier nicht mehr. Sie waren mir ohnehin immer suspekt gewesen. Wie der halbe Übermantel von Sankt Martin: ein gut gemeintes Almosen, zu wenig, um wirklich zu wärmen.

Es gab keine Sicherheiten. Auch damals, in Deutschland nicht. Es war erst ein paar Jahre her, dass wir uns in Berlin in einen überfüllten Zug gequetscht hatten, um der radioaktiven Wolke zu entkommen, die aus Tschernobyl zu uns herüberwehte. Katja und ich hatten eine Woche bei ihrem Onkel in Charlottenburg gewohnt. Dann kam die Nachricht. Wir nahmen den ersten Zug, fest entschlossen, bis nach Spanien zu fahren. Wir waren jung und wollten leben. Als wir in Köln ausstiegen, um ein paar Sachen zu packen und Jodtabletten zu kaufen, sagte die Apothekerin niedergeschlagen, dass die Ärzte alles aufgekauft hätten, um sich selbst, ihre Familien und Freunde zu schützen. Es war wie ein Nackenschlag, die Erkenntnis, dass das System, in dem wir lebten, nur so lange verlässlich war, bis es eben nicht mehr verlässlich war. Das Leben war prekär, es war nicht selbstverständlich, zumindest nicht meins. Die Welt stand kopf. Es gibt Metaphern, dachte ich, während hinter mir die Tauben gurrten, die sind wie Kippfiguren. Plötzlich wechselt der Aspekt, sie speien sich selbst aus, sie kehren ihr Innerstes nach außen und offenbaren eine ganz konkrete Wahrheit.

War ich also überrascht? Hatte ich sie nicht auf ihrem Stuhl schweben sehen, bei meiner ersten Unterrichtsstunde? Ich hatte ja gespürt, wie leicht sie war. Aber in den vergangenen Wochen hatte ich auch gespürt, wie fest und warm ihr Körper war. Sie hatte nichts Ätherisches, wenn ich sie in meinen Armen hielt. Ich hatte sie gerochen, ihr zitterndes Gewicht auf meinem Bauch und die Wärme ihrer Haut in meiner tastenden Hand gespürt. Dies war mehr als nur die Erinnerung an den Sex, es war eine anhaltende Empfindung, die sich durch mein neues Leben zog. Sie war da, sie schmiegte sich an mich, und sie bestand aus Fleisch und Blut und schweißnassem Haar. Ich spürte sie immer, ihr Gewicht, diesen ganz konkreten Druck, selbst wenn wir nicht zusammen waren.

Wir saßen sehr lange dort oben in der warmen Sonne dieses Aprilmorgens, und die Tauben, die nicht von der Stelle wichen, hörten uns aufmerksam zu. Vielleicht wunderten sie sich mehr über meine aufgeregten Fragen als über das Phänomen selbst. Vermutlich sahen sie es wie Stella: Es war keine große Sache. Sie fanden es eher bemerkenswert, dass wir völlig federlos waren, dass wir mit offensichtlichem Genuss dieses bittere dampfende Gebräu tranken. Warum, dachte ich, ist es so offensichtlich und selbstverständlich, dass Tiere in ihren eigenen, radikal verschiedenen Welten leben, in denen das Sonnenlicht durch hundert Meter Salzwasser gefiltert wird, in denen der winzige Zweig eines Katsurabaums die allergrößte Kostbarkeit ist – während von uns Menschen erwartet wird, dass wir alle genau dieselbe, absolut deckungsgleiche Welt bewohnen?

Trotzdem konnte ich mich nicht beruhigen. Mein Herz schlug so heftig, dass ich fürchtete, es könnte versagen.

Als Kind hatte ich mich immer gefragt, wie es sich anfühlen würde, vor einem brennenden Dornbusch zu knien und die Donnerstimme Gottes zu hören. Wie war es Moses dabei ergangen? War es für einen Gläubigen leichter oder schwerer, diese Wirklichkeit zu ertragen als für einen Ungläubigen? Wäre Moses besser zurechtgekommen, wenn er von der Existenz Gottes weniger überzeugt gewesen wäre? War es überhaupt möglich, eine solche Vision, eine solche Erregung zu überleben? Würden sich nicht all unsere Organe, all unsere Sinne sofort abschalten?

Es dauerte eine Weile, bis sich meine Angst legte. Tatsächlich fühlte ich mich lebendiger als je zuvor. Ich spürte jeden Tropfen Blut, der durch meine Adern rauschte, den winzigsten Schweißtropfen, der durch meine Poren nach außen drang. Meine Nerven schienen zu knistern. Ich zersprang beinahe vor Leben, und ich wollte mehr davon – mehr von ihrem Zauber, mehr von ihren Erklärungen, ihrer warmen, heiseren Stimme.

Es war nicht nur die Tatsache, dass sie sich vom Boden löste. Ihr ganzer Körper befand sich in einem Schwebezustand, sie war schlicht ohne jedes Gewicht, sie spürte die Schwerkraft nicht. Es war, als triebe sie in einer körperwarmen, tragenden Flüssigkeit. Ihre Wirbelsäule war von aller Last befreit, der Hals, die Arme zogen nicht an ihren Schultern.

Du kannst dir nicht vorstellen, sagte sie, wie schwer die einzelnen Körperteile sind, die Arme, all das. Stell dir das Gehirn in deinem Schädel vor. Es drückt nach unten, wie Teig in einer Backschüssel. Aber wenn ich schwebe, schwebt auch mein Gehirn und mein Geist. Er ist vollkommen frei.

Sie hatte keinen Einfluss darauf, es überkam sie einfach, meist wenn sie glücklich war oder gar glückselig. Aber es kündigt sich an, sagte sie, mit einer Art Aura, einem elektrischen Rausch, wie ihn Epileptiker manchmal beschreiben. Es tut nicht weh, gar nicht. Ich habe genug Zeit, einen sicheren, geschützten Raum aufzusuchen, wie hier oben, wie heute Morgen. Ich bin aufgewacht und habe dir beim Schlafen zugesehen, und du hast so friedlich ausgeschaut, und da habe ich dieses Sirren gespürt und bin hier raufgekommen.

Ich stellte ihr tausend Fragen, auch über die praktischen Aspekte. Was bedeutete es für ihr Leben? Wie ging sie damit um?

Es ist eine Gabe. Ein Geschenk. Wir nennen es einfach Calders Zirkus, sagte sie. Ich und meine Eltern. Es ist eine Art Code, falls uns mal jemand hören sollte. Calder war ein Künstler, er hat das Mobile erfunden. Am Anfang, als ihn noch kaum jemand kannte, ist er mit einem Bühnenmodell herumgereist, auf dem er winzige Akrobaten auftreten ließ, wie ein Puppenspieler. Er hat allerdings nicht nur die Figuren bewegt, sondern den ganzen Raum, der aus Drähten, Kleiderhaken und so weiter bestand. Cirque Calder nannte er das. Meine Mutter ist ein Fan, sie ist auf die Idee gekommen.

Ihr habt es also geschafft, das geheim zu halten?

Mehr oder weniger, sagte Stella.

Heißt das, dass du mich töten musst, wenn ich es jemandem erzähle? Kommt dann dein Vater und bringt mich um? Junge, du weißt zu viel…

Stella lachte. Nein, keine Sorge. Es ist nicht schlimm, wenn du dich mal verplapperst. Niemand wird dir glauben. Ich hab's sogar hier und da schon mal erzählt, einfach so. Meinem Freund damals in der High School zum Beispiel. Seine Reaktion war ungefähr so: Na klar, Stella, und ich bin gerade zum Mars und zurück geflogen, während du mit den Wimpern geschlagen hast. Das war schon alles.

Ich saß benommen auf dem Pult und sah meine Studenten an. Mir war, als hätte ich eine Gruppe von Außerirdischen vor mir. Atlas und die Titanen, die die Welt trugen, der sie selbst angehörten. Schwere, behäbige Kreaturen. Unwillkürlich sah ich immer wieder zu dem Platz hinüber, an dem ich Stella am ersten Tag des ersten Semesters entdeckt hatte. Es dauerte eine Weile, bis ich bemerkte, dass ich den Studenten, der auf ihrem Stuhl saß, nervös machte.

Das Thema waren die Wechselpräpositionen. Dativ oder Akkusativ? Auf dem Tisch, auf den Tisch. Über den Tisch und über dem Tisch, unter, vor und zwischen. Sie sitzt auf dem Stuhl. Ich setze sie auf den Stuhl. Eigentlich eine interessante, abwechslungsreiche Unterrichtseinheit, die wir PiS nannten, Pigs in Space, weil wir sie mit einer Miss-Piggy-Handpuppe als Requisite bestritten, die den Rest des Jahres im hinteren Teil von Toms Schreibtischschublade ihr Dasein fristete. Diesmal hatte ich keinen Spaß daran, ich konnte mich kaum konzentrieren.

Ich übernachtete in der Wilson Avenue. Der Vollmond warf sein scharfes Licht ins Zimmer, ich hatte keine Vorhänge. Ich lag da und sortierte alles, was ich wusste. Alle Gewissheiten, Annahmen und Bewertungen. Mir war, als müsste ich eine komplexe Maschine zusammenbauen, die jemand anders auseinandergenommen hatte. Alle Teile waren vorhanden, das wusste ich. Aber wo ich sie einsetzen sollte, welche Funktionen sie hatten, das wusste ich nicht. Außerdem fehlte mir das nötige Werkzeug. Ich umkreiste Stella und das, was sie Calders Zirkus nannte, bis ich so müde und erschöpft war, dass ich nicht mehr wusste, ob ich überhaupt dort oben auf dem Dach gewesen war, ob ich gesehen hatte, was ich glaubte, gesehen zu haben – das Morgenlicht, das an unmöglicher Stelle unter ihr hindurchgedrungen war. Wo war ich? In welchem Land, auf welchem Planeten befand ich mich? Lebte und dachte und fühlte ich überhaupt in dem Sinn, den ich immer für den einzig möglichen gehalten hatte?

Der Einzige, dem gegenüber ich in den nächsten Tagen zumindest eine Andeutung machte, war Lawrence, ein Philosophieprofessor, mit dem ich mich im Herbst angefreundet hatte. Sein Büro war nur wenige Schritte von meinem entfernt. Lawrence war Ende vierzig, sein spitzer, etwas zotteliger Bart war bereits angegraut, was ihm das Aussehen eines niederländischen Ratsherren aus dem Goldenen Zeitalter verlieh. Seine Frau war vor einigen Jahren gestorben, seine Tochter Isabel war acht Jahre alt und entwickelte sich trotz der schwierigen Lage, wie er meinte, prächtig.

Lawrence war die eine Hälfte des Duos, das den Fachbereich Philosophie betrieb. Saul Reich, der Analytische Philosophie und Formale Logik unterrichtete, war die andere. Für mich repräsentierte Lawrence die Philosophie des Lebens und des ethischen Handelns in einer komplexen, flirrenden Welt persönlicher Beziehungen, während Saul für Abstraktion stand. Lawrence erforschte in erster Linie das menschliche Verhalten, er sprach lieber über seine Tochter oder einen an Schizophrenie leidenden, mit seinen Medikamenten kämpfenden Freund als über Wittgenstein, sein eigentliches Forschungsgebiet. Ich besuchte kein einziges seiner Seminare, aber wir verbrachten viel Zeit damit, die Launen und Ungereimtheiten des Lebens zu diskutieren. Meistens trafen wir uns zum Lunch bei Rasheed. Damals war Lawrence dabei, eine Kiste von Briefen und Tagebüchern zu sortieren, die ihm sein Vater hinterlassen hatte, und er berichtete mir in allen Einzelheiten, was er fand. Schlüsse zog er keine, aber er wollte immer wissen, wie ich die Dinge sah.

Mit Saul Reich sprach ich über Vernunft, über Wetten und Wahrscheinlichkeiten. Einmal die Woche, dienstagnachmittags, ging ich in seine Sprechstunde, um mit ihm über das Werk von Thomas Bayes zu diskutieren, einem presbyterianischen Pfarrer und Mathematiker des achtzehnten Jahrhunderts, dessen Theorem die Wahrscheinlichkeitsrechnung revolutioniert hatte. Reich bewies seine Theorien mit komplexen Formeln, die er mit perfekter Übersicht an die Tafel in seinem Büro schrieb, ohne mit der Kreide jemals in die Nähe des Tafelrands zu geraten – eine Fähigkeit, der ich in meinem eigenen Unterricht verzweifelt nachzueifern suchte. Eine Zeitlang spielte ich mit dem Gedanken, Buchmacher zu werden, und Reich bestärkte mich darin. Er allein verstand, wie ich dachte, wie ich immer gedacht hatte. Wenn ich eine Wette abschloss oder kopfüber in einen Fluss sprang oder von einem Freund gesammelte Pilze aß, verließ ich mich nie auf meine Intuition. Nie einfach nur auf mein Bauchgefühl. Ich berechnete Wahrscheinlichkeiten. Auch wenn ich in ein Flugzeug stieg oder in einen Aufzug. Wie wahrscheinlich ist es, dass ich abstürze? Genauer, nach Bayes: Wie wahrscheinlich ist es, dass der Satz »Ich werde abstürzen« wahr ist?

Ich saß mit Lawrence auf der sonnigen Terrasse des Olive Branch Cafés, als uns Rasheed erzählte, dass sein Mietvertrag gekündigt worden war. Das Haus sollte abgerissen werden, um Platz für ein dreistöckiges Apart-Hotel zu schaffen, eine Erweiterung des Neubaus nebenan. Rasheeds Bruder war bereits nach Beirut zurückgekehrt, wo er trotz der neuerlichen Kämpfe im Osten der Stadt ein Restaurant eröffnen wollte. Rasheed würde ihm folgen, sobald sich die Hoffnungen, die er an den Vertrag von Ta'if knüpfte, erfüllt hätten. Außerdem habe er Probleme mit dem Gesundheitsamt, meinte Rasheed.

Ihr wisst ja, wie die sind.

Klar, sagte Lawrence, und Rasheed verschwand in seiner Küche.

Kannst du dir eine Welt vorstellen, in der Levitation möglich ist?, fragte ich. Lawrence hatte gerade auf meine Empfehlung hin *Ada oder Das Verlangen* gelesen, Vladimir Nabokovs Opus Magnum, dessen verwickelte Handlung auf Antiterra spielt, einem Planeten, der unserem zwar zum Verwechseln ähnlich ist, jedoch einige subtile Unterschiede aufweist.

Natürlich. Alles ist möglich. Er schüttelte die Essigflasche über seinem levantinischen Salat.

Das genügt mir nicht, Lawrence.

Na ja, Karl, sagte er, ich weiß, dass du es auch dann kompliziert magst, wenn es eigentlich ganz einfach ist. Sagen wir es so: Wir können uns alles Mögliche vorstellen, nicht wahr? Denk an Science Fiction. Eine andere Welt zur selben Zeit, oder unsere Welt in einer anderen

Zeit. Alles gleichermaßen denkbar. Wir reden ständig über diese Welten. Wir leben vielleicht sogar in diesen unterschiedlichen Welten. Aber wir haben eine gemeinsame Sprache. Und in der menschlichen Sprache gibt es nichts Leistungsfähigeres als den Konditional, die Sätze, die mit ›wenn‹ beginnen. Saul Reich würde wahrscheinlich sagen: vorausgesetzt, dass. Oder: x sei 1. Wenn alternative Welten nicht existierten, wüssten wir auch nicht, wie wir über sie reden sollten. Es muss einen Grund dafür geben, dass wir diese sprachlichen und mathematischen und logischen Möglichkeiten haben. Wir haben die Sprache, also schaffen wir die Welt. Wir sagen: Levitation soll möglich sein. Oder noch besser: Levitation sei möglich. Schwebe! Steh auf, nimm dein Bett und geh hin! Das sind Sprechakte, die nicht nur etwas bedeuten, sondern auch etwas bewirken. Wir leben in der Welt unserer Sprache, und innerhalb dieser Sprachwelt handeln wir wie Götter.

Du unterscheidest also nicht zwischen den Möglichkeiten der Welt und den Möglichkeiten der Sprache?

Nein, und warum sollte ich? Die Grenzen meiner Sprache bedeuten die Grenzen meiner Welt. Der Satz stimmt noch immer. Es fällt mir zum Beispiel sehr schwer, mir einen Ziegenschädel auf meinem Teller vorzustellen. Dabei gibt es das. Es gibt Leute, die Ziegenköpfe essen, in Afrika, glaube ich, und neuerdings auch in Restaurants in New York, das habe ich gelesen. Der Grund für meine Schwierigkeit ist natürlich, dass ich diesen Teller vor mir sehe, und darauf ist kein Ziegenschädel. Könnte dort ein Ziegenschädel liegen? Alles in mir empört sich und schreit: Nein! Aber es ist natürlich doch möglich. Es sei. Die Sprache macht es möglich. Es fällt mir wesentlich leichter, mir vorzustellen, dass zum Beispiel Rasheeds Anrufe bei seinem Bruder in Beirut nicht durch Elektrizität übertragen werden, sondern durch Wasser, wie in diesem Roman, den du mir empfohlen hast. Wenn dann in Beirut das Telefon klingelt, klingelt es eigentlich nicht, sondern es gluckert. Gott sagt: Es werde Licht. Licht? Was soll das sein? Woher kommt es? Die Welt ist dunkel! Aber Gott sagt: Es werde Licht. Und die Sonne geht auf. Dass wir eine Sache für möglich oder wahrscheinlich halten, bedeutet noch längst nicht, dass sie da draußen tatsächlich existiert. Wir haben kein Bauchgefühl für Wahrheit. Aber wir haben die Sprache. Es ist besser, seiner eigenen Sprache zu trauen und seinen eigenen Augen. Warum fragst du nach Levitation? Hast du jemanden kennengelernt, der schweben kann?

Ich zögerte.

Stella? Meditiert sie?

Nein!, rief ich. Das war genau genommen keine Lüge. Ich hatte nur verneint, dass sie meditierte. Aber durch meinen entschiedenen Einspruch hatte ich seinen Verdacht mehr oder weniger bestätigt. Zum Glück wusste ich, dass er mir einiges würde durchgehen lassen. Weil er ein wenig verrückt war. Andererseits bestand gerade in dieser Verrücktheit die Gefahr. Er würde mich ernster nehmen als der Junge, der Stellas Beichte in der High School fortgelacht und damit wohl die größte Chance seines Lebens vertan hatte. Die Chance, die Welt anders zu sehen. Anders in ihr zu leben.

Lawrence pikste mit einem Zahnstocher die kleinen, auf seinem Teller verstreuten Feta-Würfel auf. Zwei schwarze, mit Mandeln gefüllte Oliven sahen aus wie Augen. Später erzählte ich Lawrence doch noch von Calders

Zirkus, und seine Reaktion war derart matt, dass ich nicht hätte sagen können, ob er einfach nur mitspielte bei etwas, das er für einen langweiligen, zäh in die Länge gezogenen Witz hielt, oder ob er sich von seiner eigenen verzerrten Argumentation hatte täuschen lassen. Mag sein, dass er mich nur auf die Probe gestellt hatte.

8

Lass uns zur Farm fahren, sagte Stella. Sie stand in der Tür, die Hände gegen den Rahmen gestützt. Sie trug ein gerolltes Bandana, mit dem sie ihre Locken bändigte, und sonst nichts.

Wir waren in einem Dschungel aus trocknender Wäsche aufgewacht und hatten uns laut und heftig geliebt. Laken und weiße Blusen hingen zwischen Tür und Vorhangstange, zwischen Bilderrahmen und Stuhllehnen, und blähten sich in der milden Frühlingsbrise. Von draußen schlug uns das Zwitschern aus den Katsurabäumen entgegen, fast war es, als könnten wir Affen schreien hören.

Wenn sie die Hände wegnimmt, stürzt das Haus ein, dachte ich. Ich bewunderte die Landschaft ihres Körpers, die ich gerade erst mit meinen Küssen durchquert hatte.

Ich will, dass du meine Eltern kennenlernst, sagte sie.

Ich muss gleich unterrichten.

Es ist Freitag. Wir fahren nach dem Unterricht, die Fahrt dauert nur eine Stunde. Sonntagnachmittag sind wir wieder hier, dann gehen wir zum Earth-Day-Konzert.

Und wo werde ich schlafen? Auf dem Sofa?

Vielleicht, sagte sie und kratzte sich mit dem rechten Zeh den linken Fußrücken.

Ich weiß nicht, sagte ich.

Komm schon, Karl, das wird sehr schön. Das wird ein wunderschöner Tag.

Die Vorbereitungen für Earth Day waren in vollem Gange. Zelte wurden aufgebaut, Banner hingen von Fassaden und Masten. Die Vorfreude im Univiertel war spürbar, die Aufregung. Im Peace Park war auf einer leichten Anhöhe eine Bühne aufgebaut. Regenbogenflaggen wehten an der Kreuzung von Elm und South 9th, auf dem Bürgersteig vor Shakespeare's Pizza drängten sich Stände mit Ansteckern, Bändchen und Postern. Am Fachwerkdekor des Heidelberg, eines hauptsächlich von Professoren frequentierten Restaurants am Rand des Campus, hing eine gigantische deutsche Flagge mit einem Loch in der Mitte.

Ich war erst einmal im Heidelberg gewesen, mit Lawrence, der versucht hatte, mich davon zu überzeugen, dass sein Reuben-Sandwich, ein wüst verrutschter Stapel aus getoastetem Sauerteigbrot, Corned Beef, Sauerkraut, Senf und geschmolzenem Käse etwas mit Deutschland zu tun hatte.

So was gibt's in Deutschland nicht, sagte ich. Das ist pervers.

Doch, sagte Lawrence. Reuben war Deutscher. Das ist ein deutsches Rezept.

Und wie willst du das beweisen?

Ich brauch's mir nur anzusehen, antwortete er. Ich brauch mir nur diesen Teller anzusehen. Das Chaos. Das Sandwich sieht aus, als wäre es zerbombt!

Es dauerte eine Weile, bis ich begriff. Wut stieg in mir

auf, eine Wut, wie ich sie selten gespürt hatte. Ich stand abrupt auf, mein Stuhl fiel um. Die Leute drehten sich nach uns um.

Fick dich, sagte ich laut, fummelte ein paar zerknitterte Dollarscheine aus der Hosentasche und warf sie auf den Tisch.

Er sah mich an. Fragend. Verwirrt.

Wie kannst du so etwas sagen?, sagte ich. Mir war egal, was die Leute dachten, ob sie uns hörten.

Lawrence verstand noch immer nicht.

Das Leid so vieler Menschen, und du machst dich darüber lustig? Sogar über so etwas machst du dich lustig? Ich gehe.

Es tut mir leid, sagte er und fasste mein Handgelenk. Bleib hier. Das war dumm von mir.

Und du glaubst, dass du etwas vom Leben verstehst? Dass du mir etwas voraus hast? Lebensweisheit etwa?

Setz dich wieder, bitte! Setz dich, du hast recht! Er ließ meine Hand los. Ich sah ihn an. Er war den Tränen nahe. Ich hob den Stuhl auf und setzte mich hin. Lawrence schob den Teller von sich. Er entschuldigte sich ausgiebig. Wie dumm von mir, wiederholte er, wie idiotisch. Es tut mir wirklich leid.

Ich hörte schweigend zu, während er so redete, ich trank mein Bier und bestellte ein neues. Schließlich erzählte ich ihm von den Bombenangriffen auf Köln, was sie für meine Großeltern bedeutet hatten und für die Großeltern meiner Freunde. Jedes Wort, das ich sagte, war ein Vorwurf. Jedes Wort war ein hartes Wort. Lawrence ließ es geschehen. Ich erzählte ihm, wie Katjas Familie wenige Tage nach der ersten Welle Köln verlassen hatte, wie sie auf einem Bauernhof in Westfalen untergekommen waren. Ihr Haus an St.

Maria im Kapitol war in Flammen aufgegangen und wurde später abgerissen, einschließlich der Bäckerei, die die Familie seit Generationen betrieben hatte. Katja hatte einen bewegenden Text darüber geschrieben, dessen ersten Entwurf sie Alex und mir auf dem Bauernhof im Klevischen vorgelesen hatte.

Lawrence sah betroffen auf, als der Kellner, der, ein Geschirrtuch über die Schulter geworfen, in der Mitte des Raums stand, mit der Fernbedienung in Richtung eines an der Decke montierten Fernsehers stocherte, um die Lautstärke aufzudrehen. Während er immer näher an den Fernseher rückte und mit der rechten, krampfenden Hand die offenbar batterieschwache Fernbedienung würgte, sahen wir kreisende Bilder von einer eingestürzten Stadtautobahn. Es war, als würde der Kamerahubschrauber in einen Strudel gezogen. Ein ganzes Stadtviertel brannte, der schwere schwarze Rauch verschmutzte den wolkenlos blauen Himmel über dem kalifornischen Oakland. Dann ein Schnitt. Das obere Deck einer kilometerlangen Brücke war auf die untere Fahrbahn gestürzt, winzige verschwommene Figuren stiegen aus ihren Autos, taumelten, krochen, rannten hierhin und dahin wie Insekten, starrten in den Abgrund.

Die Fernsehbilder des Loma-Prieta-Erdbebens und die Bilder des zerstörten Köln hatten sich überlagert und waren über die Monate miteinander verschmolzen, und es war das Gefühl der Machtlosigkeit angesichts dieser Gewalt und Zerstörung, das mich beherrschte, als ich an jenem verheißungsvollen Frühlingstag die Treppe hinauf zum Büro ging. Die Bilder waren stärker als ich, stärker selbst als die rosige Gegenwart, in der ich lebte. Tom saß an seinem Schreibtisch, er arbeitete. Er grüßte nicht und sah nicht auf. Ich setzte mich auf meinen Schreibtisch und steckte mir eine Zigarette an.

Willst du eine?, fragte ich. Tom gehörte zu der Art von Rauchern, die sich selten ein eigenes Päckchen kauften. Er war immer dankbar, wenn ich ihm eine anbot, manchmal bediente er sich bei mir, ohne zu fragen. Aber jetzt reagierte er nicht. Seine Knöchel waren weiß, so fest hatte er seinen Stift gegriffen.

Was hast du denn? Was ist dir über die Leber gelaufen?

Wenn ich mit ihm Deutsch sprach, tat ich ihm oft den Gefallen, Idiome zu benutzen, die ich eigentlich nicht im Vokabular hatte, die ich altmodisch oder spießig fand. Er freute sich normalerweise über jedes neue Wort, jede neue Wendung, die ich ihm beibrachte, und notierte alles eifrig. Dabei interessierte es ihn nur wenig, wer diese Wörter und Phrasen in welchem Kontext benutzte. Entsprechend altertümlich klang er manchmal, er sagte Sätze wie ›Das ist mir nicht gemäß‹ oder ›Mich trifft der Schlag‹, sogar den Ausruf ›Potz!‹ hatte ich schon von ihm gehört. Heute reagierte er auf meine freundlich umwundene Frage, was ihm über die Leber gelaufen sei, nur mit einem einzigen Wort.

Nichts.

Was hast du denn?

Nichts. Hauptsache, du hast deinen Spaß. Ich arbeite.

Korrekturen?, fragte ich.

Nein, ich mache die Arbeit, zu der du offenbar keine Zeit hast.

Ach so, da also liegt der Hase im Pfeffer.

Hör auf damit, sagte er. Testfragen. Ich schreibe Testfragen.

Wozu? Warum jetzt schon? Die Abschlussprüfungen sind doch erst im Mai.

Weil sie es so wollen, sagte er und sah mich zum ersten Mal an. Testfragen für die nächsten Jahre. Sie nutzen uns aus. Wie Sklaven. Sie haben Angst, dass sie niemanden finden werden, wenn wir weg sind. Wer schreibt dann diese Tests?

Das wusste ich nicht, sagte ich.

Natürlich nicht. Du kommst ja auch überhaupt nicht mehr zu den Konferenzen. Du kriegst überhaupt nichts mit.

Tatsächlich hatte ich die Koordinationstreffen des FRG-Personals, die alle zwei Wochen mittwochs stattfanden, mehrmals verpasst.

Ich kann ja noch helfen, sagte ich. Was für Fragen brauchst du denn? Welches Kapitel? Wann müssen wir abgeben?

Wir müssen gar nichts abgeben, sagte Tom. Ich gebe das ab. Alleine. Ich bin fertig. Das hier ist die letzte Übung. Seit Dienstag sitze ich daran. Seit Dienstag sitze ich hier, schreibe Lückentexte und denke mir diese dämlichen Fragen aus.

Das habe ich nicht mitbekommen.

Ich weiß, sagte Tom. Du hast es nicht mitbekommen. Das ist in Ordnung. Hauptsache, du bist glücklich. Verliebt und glücklich. Kannst ausschlafen, ein bisschen knutschen, ein bisschen ficken, kannst dir Blümchen ins Haar stecken lassen und mit deiner Freundin im Arm durch die Stadt fahren. Ich weiß ja, was los ist. Ich habe euch gesehen. Seit du mit Stella zusammen bist, hast du für nichts anderes mehr Zeit. Du siehst mich nicht, du tust nichts fürs Programm, für die Abteilung, du bist überhaupt nicht da! Selbst wenn du hier rumsitzt und rauchst, bist du nicht da!

Aber, Tom, wenn du wüsstest …

Hör auf.

Meine Welt hat sich …

Offensichtlich. Weißt du, was Laura gesagt hat? Sie hat gefragt, ob du nach Deutschland zurückgekehrt bist. Er hätte sich wenigstens verabschieden können, hat sie gesagt. Wann warst du das letzte Mal bei uns?

Ich entschuldigte mich kleinlaut und versprach Besserung. Nach dem Wochenende würde ich mich um alles kümmern. Tom hatte recht. Ich hatte die letzten Wochen in einer Art Trance verbracht. Die Uni, die Studenten, meine Arbeit dort, all das war mir relativ egal gewesen. Allerdings hatte ich mir nicht klargemacht, dass Tom, der verantwortungsbewusste, gutmütige Tom, dessen Lebensziel es zu sein schien, es allen immer recht zu machen, dafür würde zahlen müssen. Ich beschloss, mir mehr Mühe zu geben, Tom zuliebe, meinen Studenten zuliebe. Gleich nach dem Wochenende wollte ich damit beginnen. Zumindest die Sprechstunden musste ich abhalten, zu denen ich vertraglich verpflichtet war.

In meinem Unterricht fehlte die Hälfte der Studenten, was an einem sonnigen Freitag im Frühling nicht weiter bemerkenswert war. Ich hatte mehrere Zettel in meinem Postfach vorgefunden, mit einem breiten Spektrum von Ausreden. Flüge waren gestrichen worden, Haustiere waren erkrankt. Ein Student schrieb freimütig, er würde wegen des Verdachts auf Hodenkrebs untersucht. Eine Carrie saß im Planungskomitee für Earth Day.

RANDOM ACTS OF KINDNESS: Ein Aufkleber, den Stella an meiner Stoßstange angebracht hatte. Freundlichkeit, Wohlwollen, Güte sind erst dann wirklich selbstlos, wenn sie wahllos entgegengebracht werden, erklärte sie. Nur so lässt sich sicherstellen, dass der Schenkende keine eigenen Interessen verfolgt, außer natürlich, sich karmisch zu verbessern.

Natürlich.

Wir fuhren gegen Mittag los.

Es gibt nicht wirklich ein Sofa, sagte Stella. Ist alles American Primitive.

Was bedeutet das?

Das ist ein Stil. Du wirst sehen. Vielleicht kannst du in mein Zimmer kommen, wenn sie eingeschlafen sind.

Ich kann auch einfach schweben.

Sie boxte meinen Arm und stellte das Radio an. Wir brausten mit geöffneten Fenstern über sanfte Hügel. In Jefferson City überquerten wir den trägen, überraschend breiten Missouri River. Stella saß seitwärts auf der Bank, ihre pink lackierten Fußnägel drückten gegen meine Hüfte. In Westphalia, einem kleinen sonnigen, von deutschen Einwanderern gegründeten Ort, hielten wir an. Stella fotografierte mich unter den massiven Fassadenbögen eines Gasthofs. Als wir an einem Schild vorbeifuhren, das zur High School wies, erzählte ich Stella von Tom und Laura, von ihren Träumen und Wünschen, wie begrenzt, geradezu spießig sie auf mich wirkten.

Sie wollen hierher zurückkehren, sagte ich. Tom will an der High School unterrichten. Kannst du dir vorstellen, dein ganzes Leben in so einem Straßendorf zu verbringen?

Klar, sagte Stella. Ist doch süß.

Aber wolltest du dein ganzes Leben mit denselben, sagen wir, hundert Leuten verbringen?

Die Menschen ändern sich, antwortete sie. Du kannst sie jeden Tag neu kennenlernen. Man kann doch immer etwas Neues an ihnen entdecken, findest du nicht? Die Menschen stecken voller Überraschungen, es wird nie langweilig. Man kann ihnen auch etwas schenken, man kann sie aus der Reserve locken, ihre Reaktionen testen. Dann freuen sie sich, tun vielleicht etwas, das sie sonst nicht getan hätten. Vielleicht umarmen sie dich, vielleicht haut dich das richtig um. Außerdem passiert ja auch immer was. Babys werden geboren, sie riechen gut, dann riechen sie schlecht. Paare finden sich, heiraten, kriegen Kinder. Irgendjemand muss ja mit ihnen feiern, im Westphalia Inn vielleicht, wo wir gehalten haben. Da finden bestimmt ständig irgendwelche Hochzeiten statt. Also heiraten die Leute, und dann werden sie alt, und jemand muss sich um sie kümmern. Es muss Nachbarn geben, die ein paar Sachen aus dem Laden mitbringen, die dienstags die Mülltonnen an die Straße schieben. Und irgendwann, wenn sie sterben, muss auch jemand da sein. Jemand, der an ihrem Bett steht, der weint, der sie begräbt.

Hört sich fantastisch an.

Ich mag es nicht, wenn du sarkastisch bist. Man kann so viel von den Menschen lernen, von ihrem Glück, ihrem Leiden und ihrem Sterben.

Der Olds, angetrieben von acht unterforderten Zylindern, schnurrte durch die wellige Landschaft. Vor einem Laden saßen einige alte Männer, lasen Zeitung und tranken Kaffee aus Styroporbechern. Ich war noch nie in den Südstaaten gewesen. Die Gegend schien Arkansas und Alabama näher als dem Mittleren Westen, den Schlachthöfen von Chicago, den weiten Feldern der Dakotas, die ich nur aus der Literatur kannte. Die Luft war milder als nördlich des Missouri, der Blütenduft war intensiver, Menschen und Katzen bewegten sich langsamer. Alles wirkte ärmlicher. Wir kamen an einer Tankstelle vorbei, deren Marke ich nicht kannte. An den Fassaden der bescheidenen Häuser blätterte die Farbe, die Männer trugen Overalls und Baseball-Caps, die Landmaschinen eines John-Deere-Händlers reckten uns ihre Gabeln und Schaufeln entgegen. Wir fuhren durch einen Wald, das Licht blitzte durch das hellgrüne Frühlingslaub und spielte auf dem rissigen Asphalt.

Am Ende einer Steigung bogen wir ab. Die Auffahrt war unbefestigt, mit tiefen Fahrspuren. Nach etwa hundert holprigen Metern parkten wir im Schatten einer Scheune, deren riesige Tore mit zwei dunklen, moosigen Holzbalken verkeilt waren.

Wir stiegen aus. Eine Kühle schlug uns entgegen, mit der ich nicht gerechnet hatte. Ich nahm die Jacke vom Rücksitz, ließ die Tasche im Wagen. Ich wusste noch nicht, ob ich hier übernachten würde. Zur Not könnte ich Stella am Sonntag wieder abholen. Oder die Eltern könnten sie zurückbringen.

Es wurde schlagartig wärmer, als wir um das kleine einstöckige Farmhaus herumgingen, das über einer sanft abfallenden, sonnendurchtränkten, von Wildblüten betupften Wiese stand. Auf der Veranda saß eine junge Frau mit einer rotblonden, notdürftig über dem Kopf gebändigten Mähne. Sie hob die Hand, ein wortloser Gruß. Sie saß, die Beine unter den Rock eines schlichten ärmellosen Leinenkleids geschlagen, auf einer grob gezimmerten Schaukel, die an dicken Seilen hing. Wir gingen hinauf. Die Frau wirkte wie aus der Zeit gefallen, als würde sie von Trends und Moden überhaupt nicht berührt. Ihr schlankes, scharf geschnittenes Gesicht war von Sommersprossen übersät, die bis zum Brustbein streuten. Die Oberlippe stand ein wenig vor, als hätte sie sich gerade an etwas erinnert, das sie ratlos machte. Sie ließ ihr Buch in den Schoß sinken, stand aber nicht auf.

Meine Mutter. Karl. Karl. Meine Mutter, sagte Stella.

Ich war bestürzt. Sie war größer und feingliedriger als ihre Tochter, ihre Arme und Finger waren lang und schlank. Ich konnte, zumindest in diesen ersten Momenten, kaum eine Ähnlichkeit zwischen Mutter und Tochter erkennen, selbst dann nicht, als sich Stella neben sie setzte und den Kopf an ihre Schulter legte. Wahrscheinlich ihre Stiefmutter, dachte ich, sie kann nicht älter als dreißig sein. Stella hatte allerdings erzählt, dass ihre Mutter sehr jung gewesen war, als sie geboren wurde, gerade einmal siebzehn Jahre alt. Stella war in einer einfachen Waldhütte in Colorado zur Welt gekommen, die später von einem Brand verschlungen wurde, zusammen mit den wenigen Habseligkeiten, die das junge Elternpaar besaß.

Janet hatte, wie ich jetzt sah, in Duras' *Hiroshima Mon Amour* gelesen. Der klatschmohnrote Kussmund des Einbands schien von der Wiese heraufgeflattert zu sein wie ein tropischer Schmetterling. Sie war, das wusste ich bereits, eine Lyrikerin mit einer kleinen, aber engagierten Fangemeinde, und sie las offenbar Französisch.

Ihr habt es also hinaufgeschafft, ohne den ganzen Auspuff abzureißen? Stella hatte ihr offenbar von dem Wagen erzählt, den ich gekauft hatte. Nicht gerade geländetauglich, sagte Janet, und entschuldigte sich halbherzig wegen der Spurrillen. Sie selbst fuhr, wie Stella erläuterte, einen roten, dreckbespritzten Scout II, einen kleinen, kistenartigen Geländewagen, den sie liebevoll als ihren Mähdrescher bezeichnete.

Während der Fahrt, besonders seit dem Halt in Westphalia, war ich zusehends nervös geworden. Damit war zu rechnen gewesen. Es war immer schwierig, die Eltern kennenzulernen, egal, wie unkonventionell sie waren. Schau dir die Landschaft an, hatte ich mir gesagt, atme ruhig und tief, es wird alles gut. Sie werden dich schon nicht auffressen. Aber würden sie mich exotisch finden? Hatten sie sich jemanden wie mich vorgestellt, wenn sie an langen Sommerabenden darüber nachdachten, in wen sich ihre Tochter eines Tages verlieben würde?

Nichts von dem, was ich ihnen über mich erzählen würde, war überprüfbar. Ich verlangte von ihnen, dass sie das Glück und die Gesundheit ihrer außerordentlichen Tochter, das Geheimnis von Calders Zirkus, einem Menschen anvertrauten, der, kaum anders als die Generationen von Einwanderern, die sich auf Ellis Island einen neuen Namen, eine neue Identität, eine neue Chance hatten aushändigen lassen, aus dem Nichts gekommen war. Meine Erklärung, warum ich nach Amerika aufgebrochen war, konnte sie nicht zufriedenstellen. Ich hatte nicht vor, ihnen zu erzählen, wie einsam und unglücklich ich gewesen war, wie wütend auf meine Mutter, die mich im Stich gelassen hatte. Es gab keine Zeugen, niemanden, der für mich bürgen konnte.

Womit ich nicht gerechnet hatte, war, dass mich Stellas Mutter, ihre bloße Gegenwart, in dieser Weise berühren und verstören würde. Ich sah ein, dass es unrealistisch, sogar dumm gewesen war, jemanden zu erwarten, der im Großen und Ganzen unscheinbar und wenig bemerkenswert wäre. Einfach eine Mutter, mit der man sich auseinandersetzen, mit der man vorliebnehmen musste, jemand, der diese unvermeidliche Rolle im Leben von Stella spielte. Ich hatte mich darauf eingestellt, eine freundliche Unterhaltung zu führen, nett und höflich zu bleiben und hier und da ein wenig Geist oder Witz durchblitzen zu lassen, wohldosiert und unbedrohlich, genug, um sie zu beeindrucken. Ich hatte nicht erwartet, auf eine Frau zu treffen, die unabhängig von ihrer Rolle als Mutter meine Aufmerksamkeit verlangte, um nicht zu sagen erzwang, eine Frau, deren flüchtiger, elektrisierender Blick mich aus dem prekären Gleichgewicht stoßen würde, das ich auf der Fahrt hierher so mühsam kultiviert hatte.

Wo ist Dad?, fragte Stella.

Er dreht eine Runde, antwortete Janet, ohne mich aus ihrem Blick zu entlassen. Sie schien irgendetwas in meinem Ausdruck zu suchen, als stünde dort eine Antwort geschrieben zu einer Frage, die sie schon lange mit sich herumtrug. In einer halben Stunde ist er bestimmt wieder da, sagte sie. Oder er kommt überhaupt nicht mehr zurück.

Stella fragte, ob er nicht unterrichten müsse. Er war Lehrer. Ich wunderte mich darüber, dass sie Janets Bemerkung so lässig überging. Hatte ihre Mutter nicht gerade angedeutet, dass ihr Mann sie für immer verlassen könnte?

Er unterrichtet nur montags, mittwochs und donnerstags, sagte Janet. Das ist neu, er hat es sich irgendwie ausgehandelt. Wie wär's, wenn du Karl eine Limonade bringst? Ich habe sie frisch gemacht.

Stella ging ins Haus.

Ich stand noch immer auf der Veranda, der einzige Stuhl war ein rohes, selbstgezimmertes Ding aus grauen, krummen Brettern und Ästen. American Primitive.

Setz dich doch, sagte Janet und warf ihr Buch in einen Korb. Ich setzte mich auf die Stufen und sah zu ihr auf. Freundlich bleiben, dachte ich, Aufgeschlossenheit zeigen, Konversation machen, nichts sagen, alles beantworten. Alles anrühren, nichts bewegen. Eine Zigarette.

Hinter der Schaukel klimperte leise ein Windspiel. Daneben hing ein verwitterter Traumfänger. Neben dem Traumfänger ein Mobile. Rote und schwarze Blätter oder Flügel in verschiedenen Größen und Formen, mal länglich, mal beinahe herzförmig. Egal, wie sie sich in dem leichten Windzug gegeneinander verschoben: Sie berührten sich nie.

Gefällt es dir?, fragte sie und sah mich an.

Ich nickte.

Hat Stella gebastelt. Mit acht oder neun.

Calder?, fragte ich. Ein Modell?

Ja. Eins zu zwanzig.

Wir schwiegen. Sie sah mich eindringlich an. Ich betrachtete die Glut meiner Zigarette.

Wie war die Fahrt?, fragte sie schließlich.

Ich war noch nie im Süden, sagte ich erleichtert. Noch nie südlich des Flusses. Das ist eine andere Welt, oder? Schlagartig verändert sich alles. Die Luft. Die Blicke der Menschen. Die alten Männer, die an der Straße sitzen und jedem Auto hinterhersehen. Wir haben in einem Ort angehalten, der Westphalia heißt.

Ich zog an meiner Zigarette.

Und?

Stella hat ein paar Fotos gemacht, vor dem Hotel.

Ein ziemliches Klischee, findest du nicht?

Meine Idee war das nicht, sagte ich.

Das war nicht, weil Karl Deutscher ist, protestierte Stella, die gerade aus der Tür heraustrat.

Natürlich nicht, sagte Janet.

Mom! Wir sind eben erst angekommen, und du ergreifst schon Partei! Sie reichte mir ein Glas, kehrte mit ihrem eigenen zur Schaukel zurück und schob sie an. Sie war barfuß.

Es war jetzt beinahe heiß. Ich lehnte mich an das Geländer, legte den Kopf zurück. Die Limonade war eiskalt in meiner Hand. Ich musste an Katjas Mutter denken, wie sie mit ihrer Schürze durch die winzige Wohnung in der Südstadt geschlurft war, wie sie ihre Sukkulenten gegossen und alles zurechtgerückt hatte. Sie ertrug es nicht, wenn die bestickten Sofakissen nicht exakt symmetrisch arrangiert und mit einem Kniff, dem Ergebnis eines kraftlosen Handkantenschlags, versehen waren. Nach der Scheidung hatte sie sich angewöhnt, den Bailey's bereits um vier Uhr aus dem Schrank zu holen. Sie verbrachte den Tag damit, die Unordnung des Vorabends und das Gefühl ihres eigenen Verfalls zu vertreiben. Als ich damals auf dem Rand ihres samtgrünen Sofas saß und Sherry aus einem winzigen goldverzierten Kelch nippte, begriff ich, wie sehr sie damit beschäftigt war, ihre sorgfältig präparierte Fassade zu präsentieren, und ich wusste, dass ich von ihr nichts zu befürchten hatte.

Als Janet ihr Glas neben dem Korb abstellte, lösten sich ihre Haare und stürzten kaskadenartig über die Schulter.

Ich schlürfte die dickflüssige, halbgefrorene Limonade und fragte mich, was ihr gerade durch den Kopf ging, wie sie über mich dachte, über ihre gerade erst erwachsene Tochter, über das Aufeinandertreffen unserer Welten.

Stella berichtete von Columbia, sie war erst einmal auf der Farm gewesen, seit wir uns im Februar an den Säulen vor Jesse Hall begegnet waren. Janet wollte wissen, was ich von amerikanischen Studenten hielt, von ihren Fähigkeiten, ihrer Motivation.

Ich antwortete mit einer Unverfänglichkeit. Janet schüttelte den Kopf.

Na gut, sagte ich. Sie sind alle dumm und wahnsinnig faul. Unerträglich. Alle außer Stella.

Janet lachte. So etwas wollte ich hören, sagte sie.

Wir schwiegen eine Weile. Stella stand auf und streckte sich neben mir auf den Dielen aus. Sie nahm mein Zigarettenpäckchen und schlug es in den rechten Ärmel ihres weißen T-Shirts ein.

Wie Marlon Brando, sagte ich. Sehr cool.

Fang nicht damit an, sagte Janet.

Mom! Lass mich in Ruhe!

Nein, noch nicht, sagte Janet. Stellen wir eins klar, bevor Dad nach Hause kommt.

Keine Sorge, ich werde nicht mit dem Rauchen anfangen, sagte Stella.

Das nicht, sagte Janet.

Was denn? Was kommt denn jetzt?

Ich gehe davon aus, dass ihr miteinander schlaft, sagte Janet. Ich habe kein Problem damit, ihr seid erwachsen. Aber nicht in meinem Haus. Bitte. Nicht in meinem Haus.

Stella drehte sich energisch um und stützte sich auf. Holzsplitter, die in Haut dringen, dachte ich, ich werde sie heraussaugen und das Blut von ihren Ellenbogen küssen. Was hatte Janet gerade gesagt?

Mom, wir …

Pssst. Ich weiß, dass ihr vorsichtig seid und so. Aber du bist noch immer mein kleines Mädchen, und das ist noch immer mein Haus. Ich mache hier die Regeln. Tut mir leid, Karl, daran habt ihr euch zu halten. Bitte.

Na gut, sagte Stella. Sie nahm eine Zigarette und tat, als würde sie rauchen, ihre Bewegungen waren ausladend und übertrieben. Ich konnte es nicht fassen, dass diese Frau, die ich kaum kannte, dass uns diese Fremde gerade verboten hatte, miteinander zu schlafen. Ich nahm Stella die Zigarette ab, zündete sie an und sank etwas entspannter zurück an den Pfosten. Was bedeutet das?, fragte ich mich. Diese merkwürdige Warnung ihrer Mutter. In dem Verbot verbarg sich eine grundsätzlichere Zustimmung. Im Prinzip ja, aber nicht hier. Trotzdem steckte ich in einer Zwickmühle. Die Entscheidung, ob ich auf der Farm übernachten würde oder nicht, war mir abgenommen worden. Nun blieb mir keine Wahl. Wäre ich abgereist, hätte es ausgesehen, als wäre ich eingeschnappt, oder als hätte ich Angst. Angst vor dieser Frau, die mich ansah, als wäre nichts gewesen. Hatte Stellas Vater hier eigentlich etwas zu melden? Ich war davon ausgegangen, dass Stella der Liebling ihres Vaters war, dass sie als Einzelkind die klassische Tochterrolle spielte. Ich hatte nicht damit gerechnet, dass die Mutter die Gleichung in dieser Weise verkomplizieren würde.

Eine kleine, einmotorige Propellermaschine dröhnte im Tiefflug über die Farm und stieg wieder auf. Doch statt im Zirrusflaum des Spätnachmittags zu verschwinden, kehrte sie in einem weiten Bogen zurück und steuerte erneut die Farm an. Sie landete auf dem Feld unterhalb des Hauses und kam holpernd zum Stillstand. Der Propeller lief aus, das Plexiglasdach wurde zurückgeschoben. Der Pilot trat auf den Flügel, sprang hinunter und hackte mit dem Stiefelabsatz in die Erde.

Fast noch zu weich!, rief er. Er kam zum Haus herauf, umrundete ein Gemüsebeet, das mir noch nicht aufgefallen war. Stella war schon aufgesprungen, sie rannte ihm entgegen und stürzte ihm in die Arme. Hand in Hand liefen sie über die Wiese, Stella im Hüpfschritt neben ihrem Vater. Er war dürr und sehnig, sein langes ungekämmtes Haar war von weißen Strähnen durchsetzt. Seine Gesichtszüge wirkten zu breit für das asketische Gesicht, das spitze Kinn. Er war wesentlich älter als Janet, ich schätzte ihn auf fünfzig. Aber in seinem Blick, in seinem federnden Gang sah ich den Jungen, der er einmal gewesen war.

Das Feld ist noch ziemlich weich. Er sah mich an. Er schien mit mir zu sprechen. Es darf nicht regnen, sonst kann ich am Montag nicht fliegen.

Das ist Karl, sagte Stella. Ich stand auf und schüttelte seine knochige Hand.

Hey, Karl, sagte er. Als würde er einen Nachbarn begrüßen, den er seit Jahren kannte. Er ging zu seiner Frau, legte die Hände auf ihre Schultern und küsste ihre Stirn. Als er sie losließ, gab er der Schaukel einen leichten Stoß.

Ich geh mal rein und mache mich frisch, sagte er und

verschwand. John, erfuhr ich, unterrichtete Physik und Biologie an einer High School im Westen von St. Louis, zwei Autostunden entfernt. Er hatte ein Zimmer in der Nähe der Schule gemietet und kam manchmal drei, vier Nächte hintereinander nicht nach Hause. Jetzt freute er sich darauf, bis zum Ende des Schuljahrs mit dem Flugzeug zu pendeln, er würde mehr Zeit mit der Familie verbringen können.

Als er zurückkehrte, stellte er mir einige recht vorhersehbare Fragen, er wollte wissen, warum ich ausgerechnet nach Missouri gekommen war. Ich erzählte von der Reihe von Zufällen und Gelegenheiten, die dazu geführt hatten, dass ich mich um eine Stelle an der Universität beworben hatte, in einem Staat, den ich auf einer Landkarte nicht einmal hätte bestimmen können. John, der breitbeinig auf dem primitiven Stuhl saß, betrachtete sein Glas, er schien die Zitronenfasern zu zählen, die an der Oberfläche trieben. Als ich erklärte, dass ein Neustart sinnvoll sein könne, dass ein Bruch mit dem alten Leben manchmal der beste Weg sei, nickte er bedächtig.

Wenn das der einzige Weg ist, meinte er, dann hast du dich vorher allerdings irgendwo verlaufen.

Komm, wir machen einen Spaziergang, schlug Stella vor und stand auf. Das Einstellungsgespräch ist beendet. Deine Tasche ist noch im Wagen.

Ich weiß.

Wir ließen uns über die Wiese hinuntertreiben bis zum Flugzeug und nahmen einen schmalen Pfad auf. An einer Gruppe von Eschen stand ein verwitterter Schuppen, auf dessen Dach eine rot-schwarze, aus den Überresten eines zerschlagenen Propellers zusammengeflickte Wetterfahne befestigt war. Wir überquerten ein Feld, blieben stehen und gingen in die Hocke, um die frisch aufgebrochene Erde zu riechen.

In ein paar Monaten steht hier der Mais, sagte Stella, streckte sich und hielt die Hand über den Kopf. So hoch, du wirst sehen. Wir liefen über eine Weide auf die benachbarte Farm zu. Plötzlich nahm Stella meine Hand und blieb stehen.

Dreh dich um, sagte sie.

Ich drehte mich um. Ich sah den Hügel, auf dem Stella aufgewachsen war, das bescheidene Farmhaus im Abendlicht. Es war wie eine Erscheinung, eine magische Insel in einem Ozean von frischer Krume, Präriegras und Blüten. Mein erster Impuls war, das Bild mit den Händen zu rahmen. Die Szene war zu perfekt. Unheimlich perfekt. Ich suchte den Fehler und fand ihn nicht. Stellas Eltern waren im Haus verschwunden.

Wunderschön, sagte ich. Wie ein Traum.

Erst jetzt begriff ich, wie weit ich in den letzten Monaten gekommen war. Ich war mit einem Studentenvisum aus Köln gekommen. Ich hatte in einem Flughafenhotel Kleingeld geklaut und mich über die Snackmaschine hergemacht. Ich hatte an der Universität meinen eigenen, nicht gerade eifrigen Rhythmus gefunden. Ich war hergekommen, um meinen Weg in die Welt zu machen, und diese Welt bestand für mich aus Städten, die durch S-Bahnen und Züge verbunden waren, aus Museumsneubauten und Kneipen, aus Kirchenruinen, Fernsehtürmen und Universitäten, deren Gebäude über urbane Landschaften verstreut lagen.

Das Deutschland meiner Jugend war dunkel gewesen, dunkel und ohne Zauber. Ich erinnerte mich kaum an die

Frühlingstage damals, von Sommern ganz zu schweigen. Selbst Alex' Leben, dem er den Anschein einer einfacheren, ländlicheren Existenz gegeben hatte, wirkte wie eine Bußübung. Es war in gewissem Sinne genauso abstrakt wie meine eigenen Vorstöße in die Prädikatenlogik. Wenn er die Rüben aufgeladen und den Betonboden der Scheune mit der Hochdruckspritze gesäubert hatte, kehrte er in sein Zimmer zurück und las Pokerbücher und Arthur Koestler. Auch Alex träumte davon, den Zufall zu knacken.

Natürlich hatte ich mir erhofft, in Amerika etwas anderes zu sehen und zu entdecken, aber dass ich in eine solche Welt vordringen würde, hatte ich zu keinem Zeitpunkt für möglich gehalten. Dies war der Ort für ein Leben, das nicht einmal in meiner Fantasie existiert hatte. Es hatte nichts mit meinen eigenen Vorstellungen zu tun, nichts mit den kleinen Obsessionen und fixen Ideen, die ich, gemeinsam mit meinen Freunden, über die Jahre entwickelt hatte: dem Rationalismus, der mir so viel bedeutete, den Quoten und Wahrscheinlichkeiten, die ich in meinem Kopf errechnete, Bayes' Theorem. Mit all den Dingen, die ich mit Saul Reich besprach, wenn ich dienstags in seine Sprechstunde ging. Dies hier war eine Welt, die ich längst verloren geglaubt hatte, in den Verwerfungen und Ungeheuerlichkeiten der Moderne, den Werken von Strawinsky, Loos und Grosz, den hierarchisch sortierten, in den Schützengräben des Ersten Weltkriegs erdachten Satzformeln von Wittgensteins *Tractatus*.

Weißt du, sagte ich, mein Urgroßvater ist im Ersten Weltkrieg gefallen, südlich von Péronne. Er wurde erschossen, als er versuchte, eine Wetterfahne auf einem Unterstand anzubringen. Wegen dem Gas.

Stella sah mich an.

Und jetzt bin ich hier.

Ja, sagte Stella, jetzt bist du hier. Mein Gedankensprung schien sie überhaupt nicht zu irritieren.

9

Die Küche des Farmhauses war ein großer und übersichtlicher Raum mit Fenstern nach zwei Seiten. Der runde unlackierte Tisch war das Werk eines amischen Schreiners aus Ohio, wie John erklärte. Er wirkte ebenso bescheiden und bodenständig wie das Essen, das Janet servierte. Die Stühle, American Primitive wie der Stuhl auf der Veranda, waren erstaunlich bequem. John und Janet stellten mir eine Menge Fragen, vor allem über Deutschland, und ich erzählte ihnen von meiner Reise zu Weihnachten, wie fremd mir alles gewesen war. Schließlich erzählte ich ihnen von Katjas Zeitungstext, den ich beinahe auswendig konnte. John sprach über den Land Run von 1893, als wäre er selbst dabeigewesen. Als hätte er selbst sein Fahrrad über die verbrannte Prärie geschoben. Ich plädierte für einen dritten Weg für Deutschland.

Was genau meinst du damit?, fragte Janet.

Der Mauerfall ist eine Chance, sagte ich. Er bedeutet, dass wir alles von Grund auf neu denken können. Es gibt in einer postnationalen Welt keinen Grund für eine Wiedervereinigung, vor allem braucht Deutschland sich nicht für einen militärischen Block zu entscheiden. Die Westbindung war ein Fehler. Eine Kooperation des Westens mit einem freien ostdeutschen Staat, einem von Grund auf erneuerten Sozialismus, könnte ein großes politisches Experiment sein, eine Gelegenheit, der Welt ein besseres Modell vor Augen zu führen.

Das klingt ziemlich vage, meinte Janet. Und etwas realitätsfern, findest du nicht? Es wird überhaupt nichts passieren, wenn die Großmächte es nicht zulassen. Warum sollten wir – und die Russen – erlauben, dass sich ein drittes System etabliert? Eins, das unserem Konkurrenz macht?

Noch dazu ein System, in dem die Menschen tatsächlich die Chance haben, glücklich zu sein, sagte John. Das wird nicht passieren. Zu viele Leute profitieren von der NATO, zu viele Menschen wissen, dass ihre Köpfe rollen werden, wenn der Warschauer Pakt scheitert.

Dad! Muss das sein? Können wir vielleicht in Ruhe essen? Stella nahm den großen Holzlöffel und begann, Bohnen und Hühnerfleisch auf meinen und ihren eigenen Teller zu schaufeln.

So kenne ich dich gar nicht, Stella, sagte Janet. Du bist ja richtig ausgehungert.

Kommt bestimmt vom vielen Lernen, sagte John und grinste.

Wir aßen schweigend. Es dauerte nicht lange, bis der Name Petra Kelly fiel. John fragte sich, wie sie über die deutsche Situation dachte, welche Position die Grünen überhaupt einnähmen.

Wir haben uns über Jahre geschrieben, sagte er, aber irgendwann ist es dann vorbei gewesen.

Wann hast du sie zum letzten Mal gesehen?, fragte ich.

Damals, als sie nach Europa zurückkehrte. Ihre Schwester lag im Sterben. Und sie war der traurigste Mensch, den ich je gesehen habe.

Wann war das?

Siebzig, einundsiebzig. Damals passierte alles gleichzeitig, politisch gesehen.

Du meinst, wegen der Studentenbewegung?

Ja, klar. Vietnam. Das Kent-State-Massaker, das war im Mai siebzig. In Europa genauso. Sie ist in ein anderes Land zurückgekehrt. Alles hatte sich verändert. Schlagartig.

Was wollte sie am Anfang eigentlich?, fragte ich nach einer Pause. Worum ging es ihr in erster Linie? Die Umwelt? Emanzipation?

Zuallererst war sie Pazifistin, antwortete John. Wie wir alle. Der Vietnamkrieg war eine moralische Katastrophe, davon waren wir überzeugt. Das Land, unser Land, war so tief gesunken wie noch nie. In gewisser Hinsicht war es schlimmer als die Sklaverei, schlimmer als der Mord an den Indianern. Fanden wir damals. Unsere Soldaten schlachteten im Namen von Freiheit und Demokratie Kinder ab, wir vergasten Frauen auf ihren Feldern. Da war das Grauen von Mỹ Lai. Nixons Vietnamisierung – reiner Betrug. Dieser Krieg war Amerikas Krieg. Und das ist er bis zum Schluss geblieben.

John sah auf seinen Teller, er schien vollständig in seine Erinnerung abgetaucht zu sein, als hätte er von alldem gerade erst erfahren. In seiner Stimme lag lebhafte Empörung.

Sie hat Deutschland geliebt, fuhr er nach einer Weile fort, wirklich geliebt. Aber sie war überzeugt, dass echter Frieden nur in einem vereinten Europa möglich ist. Deshalb ist sie damals nach Brüssel gegangen.

Dad, sagte Stella, ich habe Karl erzählt, dass ihr damals an der Uni etwas miteinander hattet. Nur damit du Bescheid weißt.

Das stimmt aber nicht, sagte John. Nicht ganz. Wir waren vor allem befreundet. Sie war viel zu ehrgeizig, um eine Beziehung einzugehen. Sie wollte einfach zu viel. Außerdem mochte sie ältere Männer.

Was meinst du mit älter? Wie Mom und du?

Viel älter.

Warst du denn verliebt in sie?

Es hatte keinen Sinn, sich in sie zu verlieben.

Das ist keine Antwort auf meine Frage, sagte Stella und warf ihrer Mutter einen Blick zu.

Es war einen Augenblick still, Stella kratzte an ihrem Teller. Janet stand auf und ging zur Spüle, um die Wasserkaraffe aufzufüllen.

Du wirst dich mit dem Trainer noch umbringen, sagte sie, als sie an den Tisch zurückkehrte. Sie hatte schweigend gegessen und zugehört, als ginge sie all das überhaupt nichts an. Auf ihrem Teller war sie methodisch vorgegangen, von außen nach innen. In der Mitte war eine kleine Insel aus tomatigen Pintobohnen übrig geblieben.

Der Trainer, stellte sich heraus, war das Flugzeug, das John aus gebrauchten Teilen selbst zusammengebaut hatte. Ursprünglich, so John, sei das Modell als Selbstbausatz angeboten worden. In den Sechzigerjahren. Sie haben damals allerdings kein einziges Set verkauft, erklärte er, die Flugzeuge wurden alle montiert ausgeliefert. Dabei ist der Aufbau extrem einfach. Ich mache alles selbst. Die Wartung. Alles. Den Rumpf habe ich von einem Freund in Owensville, die Flügel habe ich bei einem Händler bestellt und selbst angebaut.

Hat er wirklich, sagte Stella.

Du fliegst mit einem selbstgebauten Flugzeug?, fragte ich ungläubig.

Ja, das tut er. Stella nahm meine Hand. Und er wird eines Tages dafür bezahlen.

Wir werden dafür bezahlen, sagte Janet. Das ist der Grund, warum ich mich jedes Mal verabschiede, wenn er fliegt. Ich meine, richtig verabschiede. Für immer. Ich gehe einfach nicht davon aus, dass er zurückkommt. Du weißt, dass John Naturwissenschaften unterrichtet, oder? Biologie unter anderem?

Ich nickte.

Also sollte er wissen, dass die Evolution diese Art von Verhalten nicht honoriert. Die meisten Typen, die sich Flugzeuge bauen, bekommen es früher oder später mit der Selektion zu tun.

Mag sein, sagte John. Aber es ist mir immerhin gelungen, meine Gene weiterzugeben.

So gerade, sagte Janet trocken.

Ich sah auf meinen Teller. Der Schock des Intimen, dachte ich, wie vorhin auf der Veranda. Darauf war ich nicht vorbereitet gewesen.

Willst du noch eine Scheibe?, fragte Stella und sah mich an. Das Brot hat Mom selbst gebacken. Schmeckt es dir? Ich nickte.

Hier gibt es nämlich nirgends eine Bäckerei, sagte Janet, als müsste sie sich für ihre Häuslichkeit rechtfertigen. Stellas Hand flog über den Tisch und stürzte in den Brotkorb. Bis zum nächsten Laden muss man zwanzig Minuten fahren, fuhr Janet fort, und da gibt es nur Munition, Bier und Köder. Sonst eigentlich nichts. Wir sind hier komplett isoliert.

Und deshalb, sagte John, haben wir das Flugzeug.

Deshalb hast du das Flugzeug! Damit du jederzeit hier wegkommen kannst.

Die Ingalls, sagte John, die Bauern nebenan. Ihr habt vorhin das Haus gesehen, oder?

Ich nickte.

Die verkaufen Eier, Milch und Fleisch. Man braucht nur über die Weide zu gehen, es ist ein wunderschöner Spaziergang.

Ja, stimmt, das war wunderschön, sagte ich. Ich war noch immer gerührt von dem Anblick des Hügels, den Wildblüten, dem bescheidenen Farmhaus mit der Scheune.

Janet ist in der Nähe von Washington aufgewachsen, sagte Stella, Washington D. C. Sie hat das Landleben *gewählt*, es war eine Möglichkeit von vielen für sie. Sie hat sich bewusst dafür entschieden. Für meinen Vater dagegen ist es die einzige Möglichkeit.

Ich würde dich überall hinfliegen, sagte John. Du brauchst es nur zu sagen.

Ich steige nicht in diese Kiste, sagte Janet. Johns eigener Onkel ist abgestürzt, in den Vierzigerjahren. Janet richtete sich auf und sah mich an. Nicht im Krieg, nein! Er ist bei einer Flugshow abgestürzt. Bei einer von ihm selbst organisierten Flugshow! Er hat sich sozusagen seine eigene Trauergemeinde eingeladen, und das Unterhaltungsprogramm mit Feuerwerk hat er gleich mitgeliefert. Auch dieser Onkel hielt sich für einen überragenden Piloten und sein Flugzeug für das sicherste aller Zeiten.

Mein Onkel hatte Glück, sagte John mit sanfter Stimme. Es hätte schlimmer kommen können.

Er ist kinderlos geblieben, sagte Janet.

Inzwischen dämmerte mir, dass ich von den Protagonisten eines seit Langem schwelenden Streits missbraucht wurde. Es war, als hätten sie nur auf meine Ankunft gewartet, um zu sagen, was sie von alldem hielten: von der Fliegerei, vom Landleben. Das Gespräch über Kelly war reine Aggression gewesen, angestachelt von Stella. Welche Rolle sie in diesem Streit spielte, war mir allerdings nicht klar. Sie schien, zumindest was das Flugzeug anging, auf der Seite ihrer Mutter zu stehen, warb aber gleichzeitig für ihren Vater, den sie für seinen Mut bewunderte. Wahrscheinlich fehlte ihr einfach die Distanz. Außerdem genoss sie offensichtlich eine Art Narrenfreiheit. Möglich, dass sich ihre Eltern sogar vor ihr fürchteten. Vielleicht war das der Grund, warum sie ihre Fähigkeit, diese fantastische Kraft, als Zirkusstück verharmlosten. Calders Zirkus. Mehr als ein mildes, freundliches Necken erlaubten sie sich ihrer Tochter gegenüber offenbar nicht.

Ich hätte John gern in Schutz genommen. Ich hatte nicht den Eindruck, dass er den Fliegerhelden spielte. Er prahlte nicht, er war kein Hasardeur. Er wirkte auf mich wie der perfekte Lehrer, jemand, der überzeugt war, dass man die Dinge nur zu verstehen, zu durchdringen brauchte, dass sich alles andere daraus ergab. Was er zu sagen schien, war: Wenn man weiß, was man tut, dann macht es nichts, wenn man scheitert. Selbst wenn man katastrophal scheitert. Es gibt schlimmere Arten, zu Tode zu kommen. Man hat alles getan, was man tun konnte, der Rest ist Schicksal. Und manchmal muss man sich diesem Schicksal nicht nur beugen, man muss es akzeptieren und sich sogar an ihm freuen, egal, was andere davon halten, egal wie es in Erscheinung tritt.

Janet legte John die Hand in den Nacken und massierte

ihn leicht. Nachtisch haben wir leider nicht, sagte sie. John löste sich, stand auf und ging zum Küchenschrank, dem er ein Päckchen Zigaretten entnahm.

Komm mit, Karl. Gehen wir eine rauchen.

Wir setzten uns auf die Stufen. John erklärte, dass er nur diese eine Zigarette am Tag rauche, eine Gewohnheit, die er nicht abzulegen gedenke. Einmal am Tag falle ich auf mich selbst zurück, sagte er. Ich würde verrückt, wenn ich das nicht hätte. Mir ist es sogar egal, was für eine Zigarette ich rauche. Sieh dir diesen industriellen Mist hier an.

Ich bot ihm eine von meinen Pall Malls an.

Zu stark für mich, sagte er und zündete sich seine Zigarette an. Wir rauchten eine Weile und sahen in den Sternenhimmel. Er zog ein Einmachglas unter der Stufe hervor, schraubte es auf und stellte es zwischen uns. Ich hatte meine Kippen am Nachmittag einfach unter der Treppe entsorgt.

Hat sie's dir erzählt?, fragte John nach einer Weile.

Hat sie mir …

Calders Zirkus.

Ja, sagte ich leise. Ich schloss die Augen und nahm einen tiefen Zug. Ich hab's sogar gesehen.

Tatsächlich? Du hast Glück gehabt. Und wie war das für dich? Wie hast du es erlebt?

Wie ich es erlebt hatte? Meine Gedanken waren wie glühende Lava gewesen, die in einem brutzelnden, schmelzenden Hirn herumschwappt und jede Verbindung, jeden letzten Fetzen Vernunft versengt. Wie ich es erlebt hatte? Wie konnte ich Stella lieben, deren Welt, deren Erfahrungen mit meinen so wenig zu tun hatten? Wie konnte ich diese riesige, unheimliche Diskrepanz überwinden? Sonne, Mond und Sterne wandern ohne jeden Tiefenabstand voneinander auf der gleichen fernsten Ebene, die alles Sichtbare umschließt, hatte ich bei Uexküll gelesen – aber für wen? Wer sah die Welt so, wie Stella sie sah? Welches Geschöpf spürte nicht die Kraft der Schwere, die uns hinunterzieht? Ein Insekt vielleicht, das von einem Windhauch fortgetragen wird. Eine Qualle, die in einem riesigen, nahrhaften Ozean treibt. Aber ein menschliches Wesen? Die Frau, die ich liebte? Wie sollte ich sie jemals wirklich kennenlernen? Wie verstehen? Was machte sie mit meiner Welt, mit den Regeln von Ursache und Wirkung, um die ich so lange gerungen hatte? Denn das war es, was Aufwachsen, Erwachsenwerden für mich bedeutet hatte: Die Dinge zu verstehen, ihnen einen Sinn zu entlocken, Muster zu erkennen, die sich zu einer Art … Wirklichkeit verfestigten. Warum musste sie mich derart erschüttern? Genügte es nicht, dass ich innerhalb weniger, für mich ereignisarmer Jahre von einem siebenhundertfünfzig Jahre alten Internat am Niederrhein an eine Universität im Mittleren Westen gelangt war? Dass ich das Land, in dem ich aufgewachsen war, nicht wiedererkannte? Stella hatte mich an der Hand genommen, um mich aus dieser neuen Welt hinauszuführen, in der ich mich gerade erst eingerichtet hatte, und ich konnte nichts tun, als mich umzudrehen und zuzusehen, wie das Tor hinter mir ins Schloss fiel. Es war unmöglich, zu einem schlichten naturwissenschaftlichen Weltbild, zur reinen Physik, zu meiner eigenen Unbeschwertheit zurückzukehren. Jetzt konnte es nur noch um ihre Unbeschwertheit gehen, die ganz anderer Art war. Eine andere Kategorie – des Seins, des Denkens. Wie ich es erlebt hatte? Wenn

Stella möglich war, hatte ich gedacht, dann waren auch Engel und Telepathie und Bilokation möglich, der ganze alte Krempel, den ich schon vor Jahren wie Sperrmüll an den Bordstein gestellt hatte, zusammen mit der Jungfrauengeburt und der Transsubstantiation. Und wie, dachte ich jetzt, kannst du das so cool und gelassen hinnehmen? Bist du nicht Lehrer? Solltest du nicht derjenige sein, der klar zwischen dem Möglichen und dem Unmöglichen unterscheidet, dem Wirklichen und dem Unwirklichen, dem Vernünftigen und dem Unvernünftigen? Solltest du mir nicht gleich eröffnen, dass das Ganze ein großer Aprilscherz ist? Eine Täuschung? Ein Zaubertrick?

Na ja, sagte ich schließlich, ich war eigentlich immer davon ausgegangen, dass die Dinge zumindest prinzipiell erklärbar sein müssen. Und dass diese Erklärungen überzeugend und ökonomisch sein sollten, und in ihrer Ökonomie auch schön.

Klassisch, sagte er.

Mag sein. Wenn es keine offensichtliche Erklärung gibt, dann müssten wir zumindest darauf vertrauen können, dass sich eine solche Erklärung eines Tages finden lässt, in einer Welt, die unserer zumindest sehr ähnlich ist, in der dieselben Naturgesetze herrschen. Stell dir vor, wir wachen eines Tages in einer Welt auf, in der es ungesund ist, Gemüse zu essen. Oder in der Telefonleitungen nicht elektrische Impulse übertragen, sondern Wassermoleküle. Das wäre doch nicht wirklich radikal. Es gäbe eigentlich nichts zu sehen, nichts zu bestaunen. Natürlich wäre es ein Riss in meinem Weltbild, aber ich glaube, damit könnte ich umgehen. Ich könnte damit leben. Ich würde einfach einige der Annahmen anpassen, zu denen ich seit Jahren immer wieder zurückkehre, und ich würde mich damit abfinden. Es würde vielleicht sogar Spaß machen, das alles neu zu denken. Wir würden schließlich noch immer in einer Welt leben, die erkennbar unsere eigene ist. Aber das? Dieses Schweben? Ich weiß nicht.

John nickte.

Kennst du dich mit den Sternen aus?, fragte er. Ich schüttelte den Kopf.

Schau, da ist Jupiter, sagte er und zeigte auf einen hoch im Süden stehenden Stern. Sehr hell. Und wenn du von dort ein Stückchen weiter runtergehst, siehst du, dort? Orion.

Ich beugte mich zu ihm, um der Flucht seines Arms zu folgen. Die Glut seiner Zigarette war wie ein weiterer, zittrig irrender Stern.

Sieht aus wie ein stürzendes Mädchen, sagte ich. Sie schlägt mit den Armen.

Ich sehe, was du meinst. In der Mythologie ist Orion ein Jäger. Der rötliche Stern dort ist Beteigeuze. Und der helle da unten Sirius, im Sternbild Canis Major. Sirius besteht eigentlich aus zwei Sternen, die ein gemeinsames Baryzentrum umkreisen.

Ich wusste nicht, was ein Baryzentrum war, und ich traute mich nicht zu fragen. Ich würde es später nachschlagen. Ich versuchte, ihn mir im Klassenzimmer vorzustellen, wie er die Fragen seiner Schüler beantwortete. Wie kam dieser ehrliche, etwas ungepflegt wirkende Asket bei ihnen an? Wenn er mein Lehrer gewesen wäre, hätte ich ihn für seine Ernsthaftigkeit bewundert, für das Fehlen jeglicher Anmaßung. Aber sahen es die Schüler in West St. Louis genauso? Oder schikanierten sie ihn, verhöhnten sie ihn mit taumelnden, stürzenden Papierfliegern? Nannten sie ihn einen Hippie? Einen Träumer?

Manchmal sitze ich hier, sagte er, und ich wähle einen Stern aus, und ich reise hin. Und dann blicke ich zurück, und was ich sehe, ist ein winziger, bläulich schimmernder Lichtfleck. Und ich weiß, dass dies der Ort ist, an den ich gehöre. Dort ist die Farm, das Haus, die Scheune. Natürlich sind die Dinge manchmal komplizierter. Aber ich eile trotzdem immer wieder zurück zu meinem kleinen Planeten, zurück zu meiner Familie. Ich setze so sanft wie möglich auf, einfach um sie zu beeindrucken. Seit ich sie kenne, versuche ich, meine Frau zu beeindrucken. Und ich drehe immer diese zusätzliche Runde, und sie tritt immer vors Haus, wenn sie mich hört. Sie steht auf der Veranda und sieht zu, auch wenn sie tut, als ginge es sie überhaupt nichts an. Es berührt sie mehr, als sie zugibt.

Und hast du wirklich keine Angst abzustürzen?, fragte ich.

Ehrlich gesagt habe ich eher Angst, dass Stella abstürzt. Ich habe Luft unter meinen Flügeln, weißt du, ich kann sie spüren, ganz deutlich, wenn es mal etwas holpriger wird. Die Luft, die mich trägt, kann hart sein wie Beton. Stella dagegen hat nichts, das sie stützt, sie ist einfach da, wo sie ist.

Meine überhitzten Gedanken rasten noch immer, als ich mich auf das Futon im spärlich möblierten Wohnzimmer legte. Ich versuchte mir vorzustellen, in einem riesigen Ozean zu treiben. Wie Plankton. Die Strömung würde mich mitnehmen, nur sie würde bestimmen, wen von meinen Artgenossen ich träfe, wann ich essen, wann ich lieben würde. Gegen fünf kam Stella und weckte mich sanft, und sie nahm meine Hand und führte mich über die kalten, knarzenden Dielen in ihr winziges Zimmer.

Sie hat ja nicht gesagt, dass wir nicht in einem Bett schlafen dürfen, flüsterte sie. Außerdem ist sie total verknallt in dich. Es ist alles gut.

Ich trat, in Boxershorts und T-Shirt, in die Küche und rieb mir die Augen. Janet sah von ihrer Zeitung auf und nickte.

Wo ist Stella?, fragte ich.

Wahrscheinlich streift sie umher und pflückt Blumen, sagte Janet. Sie geht raus und begrüßt das Vieh.

Ihr habt Vieh?

Nein, die Ingalls. Wir haben alles verpachtet, den Stall, die Weide, alles. Das einzige Land, das wir selbst nutzen, ist der Landestreifen. Kaffee?

Sie stand auf. Ich setzte mich und blätterte in einem dünnen Gedichtband mit glänzendem dunkelblauem Umschlag. Er hieß Aqua Marina und hatte Janets Ruf als eine der mutigeren und innovativeren Lyrikerinnen des Mittleren Westens begründet. Sie war erst einundzwanzig gewesen. Die Veröffentlichung ihres letzten Gedichtbandes lag bereits sechs Jahre zurück, er war von der Kritik positiv, aber nicht überschwänglich aufgenommen worden.

Ich fragte sie, woran sie arbeite. Im Haus gab es, soweit ich sehen konnte, keinen Schreibtisch. Ich sah keine Notizbücher, keine Klebezettel, nichts, was auf die Arbeit einer Lyrikerin hinwies.

John? Noch Kaffee?, rief sie. Sie hatte offenbar nicht vor, auf meine Frage einzugehen. John antwortete nicht. Die Tür zu ihrem Schlafzimmer stand einen Spaltbreit offen. Ich hatte das Gefühl, im Weg zu sein, als würde ich sie bei einem vor langer Zeit etablierten Ritual stören. Sie stellte mir einen Becher hin und gab mir Kaffee.

Er korrigiert nicht gern, sagte sie. Im Grunde hasst er es. Er unterrichtet für sein Leben gern, aber das Korrigieren … Er will nicht, dass wir sehen, wie sehr er darunter leidet. Deshalb macht er es im Bett.

Was würden seine Schüler denken, wenn sie es wüssten?

Wahrscheinlich wissen sie es. Wahrscheinlich hat er es ihnen erzählt, und sie schätzen ihn umso mehr. Das ist seine Masche. Er entwaffnet durch seine Offenheit.

Sie setzte sich mir gegenüber und sah mich an. Ich schwieg, trank meinen Kaffee.

Es war kalt im Wohnzimmer, sagte ich und schlug die Augen nieder.

Ich weiß. Ist schon in Ordnung.

Wirklich? Ich sah sie an.

Was soll ich denn sagen?

Sie beugte sich weit vor, streckte die Arme aus und legte die langen schlanken Finger auf ihren Gedichtband. Sie sah mir tief in die Augen. Was erwartete sie von mir? Dass ich das Buch ebenfalls berührte, wie bei einer Séance? Sollte ich ihre Hände nehmen? Was wollte sie mir sagen? Ich kannte die Frage nicht, die sie mir stellte. Und auf keine Frage, die sie mir in diesem Augenblick stellen könnte, hätte ich eine Antwort gehabt. Sie hypnotisiert mich, dachte ich, sie hypnotisiert uns beide. Sie will in meinen Geist hineinkriechen, vielleicht, um ihm etwas zu entreißen. Ein Versprechen? Eine Beichte? Wollte sie uns festhalten und um den Küchentisch wirbeln? Wollte sie uns in dieselbe Umlaufbahn schleudern, damit wir niemals miteinander kollidieren würden?

Ich wusste nicht, was ich sagen, wie ich reagieren sollte. Das Blut schoss mir in den Kopf. Ich stand auf und ging, um mich anzuziehen, und als ich nach einer Weile in die Küche zurückkehrte, wartete auf mich ein komplettes Frühstück. Biscuits-and-Gravy, Orangensaft.

Setz dich, iss, sagte sie. Ich kam mir vor wie ein kleiner schmutziger Junge, ein hungriges Waisenkind, dessen Füße noch nicht einmal zum Boden reichten. Beschämt begann ich zu essen. Schließlich kam Stella herein. Sie zog lärmend eine Schublade auf, entnahm ihr eine Gabel und setzte sich neben mich.

Willst du einen eigenen Teller?, fragte Janet.

Nein, nein, wir kommen zurecht, sagte sie und machte sich über das Essen her. Gemeinsam leerten wir den Teller, und Stella fragte, ob sie noch Frühstücksspeck haben könne.

Nach dem Frühstück bat ich darum, das Telefon benutzen zu dürfen. Jack und Vitoria erwarteten mich gegen Mittag, ich hatte versprochen, im Haus zu helfen. Jack wollte das Kinderzimmer streichen, einen neuen Teppich verlegen. Er nahm ab, und bevor er noch ein Wort sagen konnte, wusste ich, dass er weinte.

Sie hatten das Baby verloren. Ein kleines Mädchen. Vitoria war noch im Krankenhaus.

Sie ist wie erstarrt, sagte Jack. Sie hat noch kein Wort gesagt. Ich weiß nicht, was ich machen soll. Ich habe Angst. Angst vor dem, was kommt.

Als ich auflegte, wusste ich, dass sie sich davon niemals erholen würden, beide nicht.

10

Sonntagvormittag rief ich an. Vitoria war wieder zu Hause. Komm heute nicht vorbei, sagte Jack. Geh zum Earth Day, genieß das prächtige Wetter.

Jack und Vitoria wollten allein sein. Ich kam mir nutzlos vor, vollkommen überflüssig. Sie hatten eigentlich keine Privatsphäre, nicht in dem Sinne, wie ich das kannte. Sie hatten keine Geheimnisse, nichts, das sie vor den Blicken ihrer Freunde verbargen. Die Studenten aus aller Welt, die sich an den Wochenenden um ihren Esstisch versammelten, gehörten zur Familie. Ich besuchte sie nicht nur, um mit ihnen zu feiern, zu essen und zu lachen, ich war Teil einer Gruppe von Freunden, die einander beistanden und, wo nötig, trösteten, die sich in einer komplexen, aber grundlegend gutartigen Welt gegenseitig absicherten und bestärkten. Jack und Vitoria waren überzeugt, dass die allermeisten Menschen im Grunde gut waren, dass sie glücklich sein und dieses Glück auch weitergeben wollten. Je mehr Freunde aus aller Welt – mit ihren jeweils eigenen Perspektiven und Vorstellungen – man an sich binden konnte, desto positiver und geerdeter war das eigene Leben. Freundschaft bedeutete, das Gute zu fördern. Und wo Freundschaft war, da waren auch Liebe und Frieden. Aber jetzt wollten sie allein sein. Sie trauerten, und sie sahen keinen Grund, uns in diese Trauer hineinzuziehen.

Stella war zum Mittagessen mit Patrick verabredet, der dem Earth Day entgegenfieberte. Patrick, das war mir inzwischen klar geworden, fieberte allem entgegen, was mit Stella zu tun hatte. Er liebte sie und war ihr völlig ergeben. Ich wusste es, weil ich selbst einmal Patrick gewesen war. Ich war das Faktotum im Umfeld einer unerreichbaren Frau und ihrer wechselnden Liebhaber gewesen, bis ich eines Tages vor dem Schwimmbad Katja kennengelernt hatte. Katja mochte meine Cowboystiefel, die orangefarbenen Spitzen in meinen Haaren. Sie nahm mich mit in ihre Wohnung. Sie roch nach Chlor. Ich vergaß die andere Frau.

Stella ignorierte Patricks Liebe. Vielleicht merkte sie es nicht. Sie spielte nicht mit Patrick, sie führte ihn nicht vor. Sie betrachtete ihn einfach als ihren besten Freund. Seine Treue war ein Geschenk, eins der vielen Geschenke, die sie in ihrem kurzen Leben bereits erhalten hatte.

Ich ging in die Bibliothek. Ich suchte im Zettelkatalog nach einer Enzyklopädie der Astrophysik oder Astrodynamik, wurde aber nicht fündig. Am Zeitungsschalter holte ich den SPIEGEL ab, den ich reserviert hatte. Dann stieg ich über die enge, vergitterte Feuertreppe in die sechste Etage des Magazins. In einer Schreibtischnische neben dem Treppenaufgang saß ein Pärchen. Sie saß rittlings auf seinem Schoß und hatte seinen Kopf gefasst, ihre Gesichter waren hinter Wellen von schwarzem Haar verborgen. Der kurze Jeansrock war hochgerutscht, die schlanken braunen Beine des Mädchens glänzten. Die Spitzen ihrer schwarzen

Turnschuhe berührten kaum den Boden. Sie bemerkten mich nicht. Vermutlich war ich der einzige, der je diese Treppe benutzte. Ich blieb stehen, rührte mich nicht. Sie drängten und rieben sich aneinander. Das Mädchen schien den Jungen zu verschlingen. Ich spürte ihre Hitze, ich hörte das Schlagen ihrer Herzen in meinem eigenen Herzen, das Rauschen ihres Bluts in meinen heißen Adern.

Vermutlich hatten sie einfach den entlegendsten Ort gewählt, den sie auf dem Campus finden konnten. Aber was, wenn sie die sechste Etage bewusst gewählt hatten? War die naturwissenschaftliche Abteilung nicht die romantischste von allen? War es nicht eigentlich perfekt, den zischenden Dampf junger, ungestümer Liebe in das eiskalte Vakuum wissenschaftlichen Denkens zu pumpen?

Unter den QB-Siglen standen mehrere Exemplare eines Lehrbuchs, dessen Titel, Dynamic Universe, mir vielversprechend erschien. Ich fand bald, wonach ich suchte. Das Baryzentrum, las ich, ist der gemeinsame Massenschwerpunkt von zwei oder mehr Körpern. Erde und Mond zum Beispiel. Der Mond umkreist die massereichere Erde, aber die Erde wird auch vom Mond angezogen. Weshalb sie ein wenig wabbelt. Der gemeinsame Punkt, um den Erde und Mond rotieren, das Baryzentrum des Systems, stimmt mit dem Erdmittelpunkt nicht überein. Er liegt knapp unter der Erdoberfläche.

Das war es, was John mir mitzuteilen versucht hatte. Es war seine Erklärung für Calders Zirkus, seine Art, mir zu sagen, dass eine leichte Verschiebung stattgefunden hatte, die es ihr erlaubte, sich abzulösen. Stella stand unter dem Einfluss einer anderen Masse, einer Masse, die beinahe so groß war wie das Universum selbst. Beinahe deckungsgleich. Aber eben nicht ganz. Das Baryzentrum ihres Systems war ein anderes als unseres, es war um ein paar entscheidende Zentimeter, einen einzigen Herzschlag der Raumzeit verrückt.

Als ich durch das Labyrinth der Regale zur Treppe zurückkehrte, strömte etwas auf mich ein, das Gefühlen ähnlicher war als Gedanken, zumindest jener Art von Gedanken, welche die Welt erfassen konnten, in der ich mich normalerweise aufhielt. Ein ozeanisches Gefühl. Ich bewegte nichts in meinem Kopf, ich verknüpfte und sortierte nichts. Stattdessen schienen die Gedanken mich zu bewegen, wie der Mond das Meer bewegt. Sie zerrten an mir, sie schoben mich, sie zwangen mich, mir Dinge einzugestehen, für die mir die Begriffe fehlten. Meine Füße waren taub, meine Beine schwer, mein Gang war der Gang eines Passagiers an Deck eines im Seegang rollenden Schiffs. Das Pärchen war verschwunden. Auf dem Titel des SPIEGEL war eine D-Mark-Münze auf einem pinkfarbenen Ballon zu sehen, und eine Hand, die mit einer Nadel darauf zusteuerte. Eine gelbe Banderole bewarb die DDR als Reiseziel. Plötzlich erschien mir Deutschland wie eine andere Welt, wie ein Planet in einer fernen Galaxie.

Patrick war ein Fan von Scrawl. Am Nachmittag trafen wir uns im Peace Park und suchten uns einen Platz auf dem Hang. In der Sonne war es bereits jetzt gefährlich heiß. Ylva, die – gemeinsam mit meiner am Freitag entschuldigten Studentin – das Organisationskomitee bildete, stand auf der Bühne und hielt eine flammende, mit isländischen Fetzen durchsetzte Rede über die lebendige Erde, in der sie uns aufforderte, einander zu lieben und eine Menge Kinder zu zeugen, denn: Welchen Grund haben wir, diese Erde zu retten, wenn wir keine Kinder haben? Wer wird auf diesem schönen Planeten leben? Wer wird hier schlafen, lernen, essen, lieben?

Wir aßen Churros aus einer fettigen Tüte. SAVE THE RAINFOREST, stand darauf, ein Kartoffeldruck. Darunter das Emblem eines wütend dreinblickenden Papageien.

Die Band betrat die Bühne, die Frauen stimmten ihre Gitarren. Mit den ersten Akkorden explodierte die Stimmung. Mit allem hatte ich gerechnet, aber nicht damit. Der Rasen vor der Bühne verwandelte sich innerhalb von Sekunden in einen Moshpit. Patrick, in Cargo-Shorts und grauem Unterhemd, war mitten im Gewühl, er sprang und kreischte und schmiss sich gegen die anderen Tänzer.

Stella und ich sahen aus sicherer Entfernung zu. Ich staunte. Es war erst vier Uhr am Nachmittag. Wir waren an einem Ort namens Peace Park, nicht weit von den Säulen, von Jesse Hall und dem Dekanat entfernt. Soweit ich sehen konnte, war kein Alkohol im Spiel. Für mich bedeutete Punk ein wildes, besoffenes Chaos, es bedeutete Gewalt, Dunkelheit, rohe, ungebrochene Emotion. Punk war eine Art Klassenkampf, zumindest ein Ersatz dafür, den ich aus meiner Jugend kannte. Dies hier war nicht der Ratinger Hof, in dem ich mir mit sechzehn, nach einem abenteuerlichen Ausstieg aus meinem Sekundanerzimmer, die ersten blauen Flecken geholt hatte, dies war Earth Day 1990, in Missouri! Ich hatte mit Ricky Lee Jones-Covern gerechnet, einer Tracy Chapman-Kopie vielleicht. Die hellblonde Ylva, die ein langes afrikanisches Kleid und flache Riemensandalen trug, hätte perfekt in die Szene gepasst. Die Leute reichten winzige Graspfeifen herum, die sie eigentlich milder hätten stimmen müssen, entspannter. Aber mit Entspannung hatte das hier nichts zu tun. Es war gewaltige, unterdrückte Wut, eine Masse von Studenten, die alle gleichzeitig durchdrehten. Es war wie eine gewaltige Eruption.

Schließlich gelang es Patrick, die Hand der Bassistin zu fassen, die zwischen zwei Liedern an den Bühnenrand getreten war. Eine kleine, zäh wirkende Frau mit blondierter Mähne und dunklen Augenbrauen. Happy fucking Earth Day!, brüllte sie, als sie zu ihrem Mikrofon zurückkehrte, und wir standen alle auf, und die tanzende Menge kreischte begeistert. Yeaaah! Die Scrawl-Frauen stürzten in ihre Gitarren, bis die Hälse der Instrumente gegen den Bühnenboden schlugen. Sie sangen harte, aus zwei Akkorden bestehende Lieder über das Vergessen, und als sie fertig waren, rollte eine aufblasbare Erdkugel den Hang hinunter, und alle sprangen und streckten ihre Fingerspitzen nach ihr aus. Ich betrachtete das Schauspiel, ohne selbst an ihm teilzunehmen, die grotesken Stimmungsumschwünge nahmen mir den Atem. Die Erde über den Köpfen drehte sich immer schneller, bis ich das Gefühl hatte, ich stünde selbst auf diesem Ball, wie ein Zirkusclown, der das Gleichgewicht nicht halten kann, der mit jedem Schritt, den er tut, seine Lage aussichtsloser machte. Dann gaben meine Beine nach.

Ich öffnete die Augen. Stella kniete über mir und versuchte sich an einer feuchten, zärtlichen Mund-zu-Mund-Beatmung, die sie in einem Ferienlager in den Bergen gelernt hatte. Kollabierte Lungen hätte sie mit diesem Einsatz nicht aufgepumpt. Aber er belebte mich trotzdem.

Du rauchst zu viel, Süßer, sagte sie. Du rauchst zu viel

und trinkst zu wenig. Hast du heute überhaupt schon Wasser getrunken? Du musst mehr trinken!

Genau, sagte Ylva, die über uns aufgetaucht war. Trink so viel Wasser, wie du kannst, bevor die großen Konzerne die letzten Quellen aufkaufen und unser Grundwasser vergiften, was sie ja längst schon tun!

Wo?, fragte ich kraftlos.

In Afrika! Wo sonst? Ist alles okay?

Stella reichte mir das Wasser, das von einem global agierenden Konzern auf öffentlichem Land abgefüllt worden war. Eine andere Band, junge, bärtige Männer mit aufgerollten Hosenbeinen und Hosenträgern, machten ihren fiependen Soundcheck. Ich richtete mich ein wenig auf und trank.

Wunderschön, was du da vorhin über die Kinder gesagt hast, meinte Stella. Ich hatte Ylvas Rede beinahe schon vergessen. Die Scrawl-Frauen hatten ihre Worte ausgelöscht, vielleicht auch nur überschrieben, mein Ohnmachtsanfall hatte das Übrige getan. Jetzt kehrte mein klarer Geist zurück. Earth Day! Schön! Ich sah mich zufrieden um.

Danke, sagte Ylva. Das mit den Kindern, das habe ich wegen Vitoria gesagt. Ich konnte nicht anders. Ich war heute morgen bei ihr.

Mein Herz zog sich zusammen, ganz kurz nur, aus einem Gefühl heraus, das ich so nicht kannte. Eine Art Eifersucht. Es war nicht mehr als das Aufblitzen eines Gedankens, eines halben Satzes: Warum hat sie nicht mich angerufen? Natürlich war Ylva für Vitoria da, natürlich war sie es, der sich Vitoria in diesen Stunden anvertraute. Nicht Kjetil oder ich. Ylva mit ihren hellen blauen Augen, mit ihrer weichen, warmen Stimme, ihren schlanken, mit

Henna verzierten Händen war Vitorias beste Freundin. Jetzt war sie auch ihre Sprecherin, ihre Verbindung nach draußen zur Welt. Ylva fiel die Aufgabe zu, die Freundschaften, die im Haus an der Route 63 entstanden waren, zu pflegen und weiterzuführen. In Abwesenheit der Matriarchin war sie verantwortlich für den Zusammenhalt der Familie.

Jack ruft dich an, wenn sie etwas brauchen, sagte Ylva. Er wird sich melden, bestimmt. Sie hatte gespürt, dass ich mich ausgeschlossen fühlte.

Die beiden müssen erst einmal ein wenig zu sich finden.

Natürlich. Wie geht es ihnen denn?

Sie sind so unfassbar traurig. Ich glaube, sie werden eine lange Zeit mit diesem Gespenst leben.

Ylva zog mit spitzen Fingern ein Churro aus der Tüte und ging, ihr Kleid schleifte über den Rasen. Als sie fort war, kam Patrick den Hang hinauf. Er sah, dass wir ihn entdeckt hatten, warf seinen Kopf in den Nacken, breitete die Arme aus wie ein blonder Prophet und begann sich zu drehen. Er taumelte, fiel mit hysterischem Lachen ins Gras und blieb vor uns liegen. Sein dünnes Haar war feucht, er hatte eines seiner Brillengläser verloren. Stella bot ihre Hilfe an. Aber er hatte schon überall gesucht.

Wir haben es zerstampft, sagte er, wir haben es mit unseren stampfenden Sohlen in den Rasen gedrückt. Das Glas, das aus Sand gemacht wurde, ist wieder zu Sand geworden. Ist egal. Ich komme schon zurecht.

Ein Fotojournalist ohne Brille?, sagte Stella. Bist du dir sicher?

Ich besorge mir eine neue, sagte Patrick. Meine Mutter

wird sie bezahlen. Irgendwann. Was soll sie denn sonst machen?

Wir wussten, dass Patricks Eltern nicht viel Geld hatten. Er bezahlte die Studiengebühren mit einem Stipendium für Studenten aus sozial schwachen Familien.

Aber die Bilder für den Maneater! Du wolltest hier fotografieren. Hast du das vergessen?

Der Maneater war die Studentenzeitung, ein ziemlich stolzes und professionell aufgemachtes Blatt mit einer langen Tradition. Niemand wusste mehr, was es mit dem Namen auf sich hatte. Vermutlich war Alkohol geflossen vor fünfzig oder hundert Jahren, als die Zeitung gegründet worden war.

Nein, Stella, heute mache ich keine Fotos, sagte Patrick. Ich habe nicht mal die Kamera mitgebracht.

Als hätte ich das nicht längst bemerkt! Aber du kannst sie noch holen.

Nein, heute will ich einfach nur ich sein. Es war toll da unten, ich liebe diese Mädchen. Ich liebe diese wahnsinnige Energie. Gib mir mal das Wasser.

Noch einmal bot Stella an, mit ihm das Brillenglas zu suchen. Sie hatte gesehen, dass es mir besser ging. Jetzt richtete sie ihren Helferinstinkt, den sorgenden Blick auf Patrick. Ich wischte mir den Schweiß von der Stirn, zündete mir eine Zigarette an und starrte in den wolkenlosen Himmel.

Wieder lehnte Patrick ab. Weißt du, sagte er, es ist perfekt so. Ich habe die Tiefe verloren, das räumliche Sehen. Ich sehe nur die Fläche. Tatsächlich sehe ich Bilder, und irgendwie bin ich selbst auch in diesen Bildern. Ist es euch noch nicht aufgefallen? Wir spielen Manets *Frühstück im Grünen*, nur an den Rändern wird's ein bisschen unscharf.

Ich kann uns sehen, wie in einem Rahmen. Und das gefällt mir. Es gefällt mir, die Welt so wahrzunehmen, auch wenn mir nicht immer alles gefällt, was ich sehe. Vielleicht sollten wir uns Augenklappen besorgen, du und ich, wie Piraten. Links oder rechts? Was meinst du, Stella? Komm, lass uns beide Augenklappen kaufen, eine rechts, eine links, wir werden die Stars in unserem Programm sein, so wie Karl der Star der Abteilung …, wie heißt sie noch?

FRG, antwortete ich, French, Russian and German. Die Wahrheit ist, dass sie mich nicht leiden können. Die meisten dort. Sie meinen, dass ich sie im Stich gelassen habe. Und irgendwie stimmt es leider auch. Aber wie schwach muss eine Institution sein, wenn sich die Verantwortlichen im Stich gelassen fühlen von einem, der erst seit ein paar Monaten hier ist und der sich in dieser Zeit nicht einmal richtig bemüht hat? Und dann ist da noch dieser Russisch-Professor, Timofey. Er hasst mich regelrecht.

Am Abend ging ich in die Wilson Avenue. Ich arbeitete bis in den frühen Morgen an einer Übung zur Prädikatenlogik. Als ich keine Zigaretten mehr hatte, legte ich mich ins Bett, ohne die Übung beendet zu haben. Ich lag noch lange wach und dachte nach, aber die Lösung entglitt mir immer wieder.

11

Eine Stunde Gefängnis. Das war die Bußübung, die sich Tom ausgedacht hatte. Neben seinem Deutschkurs im FRG unterrichtete er in einem Gefängnis in Jefferson City, und er drängte mich, seinen Unterricht zu besuchen und für seine Personalakte ein Gutachten zu schreiben. Diese gegenseitigen Begutachtungen waren die einzige didaktische Maßnahme, zu der wir verpflichtet waren, wir waren selbst verantwortlich dafür, die nötige Anzahl der Unterrichtsbesuche zu organisieren.

Ja, Tom, sagte ich, das verstehe ich. Ich komme mit. Er war der gekreuzigte Leib der Lehrassistenten in der Abteilung, er nahm alles auf sich, was uns als Gruppe betraf. Er zahlte für unsere Anmaßungen, er litt für unsere Sünden. Er zahlte für meine Faulheit und mein Glück, und wenn auch Timofey den Kurs von Simone übernommen hatte, die im November so plötzlich verschwunden war, so trug er doch in gewisser Weise auch diese Last.

Während er sich im FRG abmühte, lag ich im Bett, auf meine Arme gestützt, sah Stella beim Träumen zu und blies ihr eine sonnengebleichte Locke aus der glatten Stirn. Während er im Germanistikseminar ein Schallplattenset von Schillers *Don Carlos* hören musste, in dessen Rillen sich der Kreidestaub von Jahrzehnten festgesetzt hatte, folgte ich vergnügt einer Vorlesung über Stochastik, etwas, das mir so natürlich erschien, dass ich mich nicht erinnerte, es je gelernt zu haben. Es war immer da gewesen, in meinem Gehirn, ein fest verbautes System. Es war mir ein Rätsel, warum die eigentlichen Philosophiestudenten, die teilweise schon an ihren Dissertationen arbeiteten, nicht einsehen wollten, dass sich die Wahrscheinlichkeiten auch beim fünfzigsten Münzwurf nicht änderten, egal, was vorher gewesen war. Kopf oder Zahl, Rot oder Schwarz … Was ist ein Ereignis? Münder stehen offen, Köpfe kochen. Saul Reich schüttelte schließlich selbst den Kopf, vermutlich träumte er sich gerade nach Princeton oder Harvard. Aber er war in Missouri gelandet, auf dem Scheitelpunkt der Normalverteilung.

Es soll sogar vorkommen, sagte er, dass die Münze auf der Kante stehen bleibt, und wer sagt eigentlich, dass sie zwei verschiedene Seiten hat? Wer sagt, dass sie überhaupt fallen muss? Beginnen wir also mit einigen Bedingungen. Angenommen, die Welt ist alles, was der Fall ist. Angenommen, sie besteht nur aus Rot und Schwarz, und Rot ist nicht Schwarz, und Schwarz …

Viel später erst verstand ich, dass es meine Naivität gewesen war, die mich vor den Fehlschlüssen der Philosophiestudenten bewahrt hatte. Sie waren wie Seefahrer, die ihre Position bestimmten, indem sie die Geschwindigkeit durchs Wasser maßen, ohne die Strömung zu berücksichtigen. Auch ich wusste nichts von Strömungsvektor oder Querabweichung, aber ich besaß ein wunderschönes, aus Messing gearbeitetes Gerät, das ich auf die funkelnden Sterne richtete. Fixsterne. Sie arbeiteten mit einem Log, ich mit einem Sextanten.

Bei dem Ausflug nach Jefferson City ging es, wie sich herausstellte, weniger um das Gutachten als um die Mitfahrgelegenheit. Laura hatte einen Führerschein, Tom nicht. Oder er hatte einen, konnte aber nicht fahren. Normalerweise nahm er den Bus, die Fahrt dauerte weit über eine Stunde. Der Unterricht begann um halb zehn. Entsprechend groß war seine Enttäuschung, als ich ihm erklärte, dass ich ihn nicht nach Columbia zurückbringen würde. Ich hatte verabredet, nach dem Unterricht zur Farm zu fahren und frisches Gemüse zu holen, und ich hatte nicht vor, ihn den Eltern meiner Freundin vorzustellen oder ihm zu zeigen, wo ich meine Frühlingswochenenden verbummelt hatte. Ich bringe dich zum Busbahnhof, weiter nicht, sagte ich. Sorry. Vielleicht kriegst du den Bus um zwölf.

Es war ein Gefängnis der niedrigsten Sicherheitsstufe. Menschen gingen ein und aus. Die Beamtin am Empfang erkannte Tom und winkte ihn durch. Ich trug mich in eine Liste ein, musste mich aber nicht ausweisen. Ich wurde auch nicht abgetastet. Niemand fragte, was ich hier zu suchen hätte. Der Kurs fand in einem normalen, sehr freundlichen Seminarraum im zweiten Stock statt. Ich lehnte dankend ab, als uns ein Aufsichtsbeamter mit seiner Schlüsselkarte den Aufzug öffnen wollte.

Teppichboden, graue, saubere Pulte. Es gab eine Tafel und ein Whiteboard. Etwa fünfzehn Häftlinge waren schon versammelt, sie genossen den Blick auf eine große gepflegte Rasenfläche, in deren Mitte eine auf einem weißen Marmorsockel montierte Skulptur aufragte: an den Gelenken gefesselte Hände, die sich, zum Kelch geformt, zum Himmel streckten, als hätten sie gerade eine Friedenstaube entlassen.

Die Häftlinge hatten nicht das geringste Interesse an der deutschen Sprache. Es war mehr als offensichtlich, dass auch die Verwaltung der Haftanstalt kein Interesse daran hatte, dass ihre Schützlinge etwas derart Unnützes lernten. Offenbar war es eine Art Betrugsmasche, an der sich Häftlinge und Verwaltung stillschweigend beteiligten, vermutlich ging es um öffentliche Gelder, die im System herumschwappten wie Bilgewasser und irgendwie abgepumpt werden mussten. Möglicherweise, dachte ich, neigt der Gefängnisdirektor zum Sarkasmus: Hey, wir könnten doch Deutsch anbieten! Oder Ikebana! Es war also eine Situation, in der sich alle Beteiligten leicht auf eine einzige Regel hätten einigen können: Lassen wir einander einfach eine Stunde lang in Frieden, genießen wir die Aussicht, die Stille, das gegenseitige Wohlwollen. Die Häftlinge schienen es so zu sehen. Sie waren tief in ihre Stühle gerutscht. Nur Tom sah es anders.

Er unterrichtete mit einer fast schon unheimlichen Verve. Er verteilte eng mit Übungen beschriebene Matritzenabzüge, zog den verdutzten Teilnehmern ein unverständliches Wort nach dem anderen aus der Nase, er bedrängte und umschmeichelte sie, um ihnen ein einziges verständliches Sprachsignal zu entlocken. Die Körpersprache, die er dabei einsetzte, war ausladend, geradezu überwältigend: Er sprang auf, klatschte urplötzlich mit der flachen Hand gegen die Tafel, drehte sich lachend um, pumpte mit der Faust, schwang mit Händen und Armen wie ein Einwinker am Flughafen. Sein ganzer Körper winkte, um auch die letzte Reihe, auch den letzten gelangweilten Häftling zu aktivieren. Ich hatte den Eindruck, dass die bestürzten Teilnehmer, die nicht einmal sicher waren, welche Sprache sie eigentlich lernen sollten, kaum wussten, ob sie dankbar sein sollten oder einfach nur entsetzt. In didaktischer Hinsicht war der Unterricht, der eher eine Darbietung war, eine Katastrophe. Eine Katastrophe, die sich in Zeitlupe zu entfalten schien.

Ich saß in der letzten Reihe, lehnte mich zurück und machte ein paar missmutige Notizen für das Gutachten. Plötzlich meldete sich ein junger Mann, der bis dahin noch kein Wort gesagt hatte: Herr Breckenstein, fragte er in tadellosem Deutsch, sind Sie eigentlich Deutscher?

Er hatte den Arm über eine Stuhllehne gelegt und saß ein wenig schräg. Er war etwa in unserem Alter, vielleicht noch etwas jünger. Er trug eine dünne Metallbrille, seine Gesichtszüge waren fein und schmal. Sein spärlicher Bart lief spitz am Kinn zusammen. In seinen Haaren schimmerten die Reste einer alten Wasserstoffblondierung.

Es war wie ein Donnerschlag. Hatte da gerade ein Häftling gesprochen, in dem Idiom, das in den Fremdsprachenabteilungen der Universität als die auf immer unerreichbare, beinahe mythische »Zielsprache« bezeichnet wurde? Hatte er die sogenannte Interimssprache überwunden? Und hatte er versucht, mit seiner durchaus freundlich vorgebrachten Frage die Autorität des Lehrers zu untergraben? Tom stand schockstarr an der Tafel, sein Mund war geöffnet. Er war wie ein eingefrorener Computer, ein Flipperkasten auf Tilt. Die ganze außerordentliche Energie, die er in den Raum getragen hatte, war blockiert. Sein Denken selbst schien sich verkantet zu haben.

Schweigen. Sekunden, die sich zu Ewigkeiten dehnten.

Ich ertrug die Stille nicht mehr.

Nein, sagte ich schließlich auf Deutsch. Herr Breckenstein ist kein Deutscher, aber sein Deutsch ist, wie Sie sehen, ausgezeichnet.

What did he just say? Die ganze Klasse drehte sich um, die meisten hatten mich bisher überhaupt nicht wahrgenommen. Vielleicht war es ihnen auch einfach egal gewesen. Aber jetzt waren sie plötzlich hellwach. Ich lobte den Häftling und erklärte dem Rest der Klasse, dass Tom ein ausgesprochen kompetenter Lehrer sei, der an der Uni viel Erfahrung gesammelt habe, dass sein Deutsch hervorragend sei, dass es ihr Schaden sei, wenn sie ihm nicht zuhörten.

Ich bin nämlich Deutscher, sagte ich, um meiner Darstellung Nachdruck zu verleihen. Sein Deutsch ist hervorragend. Ich kann dafür bürgen.

Es war das Herablassendste, das ich je gesagt hatte, aber es schien zu funktionieren. Es hatte ohnehin niemand verstanden, was der Häftling mit der Brille gesagt hatte. Aber Tom war mir dankbar. Ich hatte die Situation gerettet. Er fuhr mit dem Unterricht fort. Zwei-, dreimal bat er den jungen Mann, mit einem Wort auszuhelfen oder einen Satz vorzusprechen, kurz vor Schluss führten sie gemeinsam eine kleine Dialogszene vor.

Ich heiße Tom, und wie heißen Sie?

Ich heiße Jamey.

Wie geht es Ihnen, Jamey?

Den Umständen entsprechend, Herr Breckenstein.

Und woher kommen Sie?

Hier spielt es keine Rolle, woher man kommt. Im Gefängnis stellt man sich keine persönlichen Fragen, Herr Breckenstein, das sollten Sie eigentlich wissen.

Nach dem Unterricht wurde Tom am Pult bedrängt. Er beantwortete gutmütig alle Fragen, die meisten hatten mit dem Unterricht nichts zu tun. Jamey blieb sitzen. Ich ging zu ihm und stellte mich vor. Er erzählte, dass er die Hälfte seines Lebens, dreizehn volle Jahre, in einer Kaserne in Frankfurt verbracht habe, wo seine Mutter stationiert gewesen sei.

Mir war klar, dass ich ihn nicht nach seinem Verbrechen fragen durfte, mag sein, dass Tom mich gewarnt hatte. Vielleicht war es auch etwas, das ich gelesen oder in einem Film gesehen hatte. Lieber nicht fragen! Bei der ersten Antwort konnte man es schließlich schlecht belassen. Also fragte man weiter: Und? Warst du es? Hast du es wirklich getan? Wie hat sich das angefühlt, als die Klinge deines Springmessers in die heißen Gedärme des hilflosen Opfers fuhr?

Ich wollte all das nicht wissen. Außerdem, fiel mir jetzt ein, waren wir in einem Gefängnis der niedrigsten Sicherheitsstufe. Mörder und Sexualverbrecher gab es hier wohl keine. Trotzdem wollte ich nicht erfahren, was er verbrochen hatte.

Ich habe Cannabis angebaut, sagte Jamey, als hätte er meine Gedanken gelesen. In den Ozarks, im Haus meiner Mutter.

Ach ja?

Das wolltest du doch wissen, oder? Du hast dich nicht getraut zu fragen.

Mag sein.

In ihrem Schlafzimmer, erklärte er. Mom war gestorben, sie brauchte das Haus nicht mehr. Es war eine richtig große Anlage, Gewächshauslampen, alles. Der Stromanbieter hat die Spitzen im Verbrauch bemerkt und die Polizei informiert.

Seine Entlassung stand bevor. Im Oktober. Er war sich noch nicht sicher, wie es weitergehen sollte. Er solle sich melden, falls er nach Columbia komme, sagte ich. Das würde mir gefallen. Ein Postfach in der Abteilung FRG, ich würde fast täglich nachsehen.

Federal Republic of Germany?

So etwas Ähnliches, sagte ich.

Gegen drei traf ich auf der Farm ein. Ich ging ums Haus. Janet stand auf eine Hacke gelehnt im Gemüsebeet. Sie blinzelte mich an und schob sich mit dem Handrücken eine schweißnasse Strähne aus der Stirn. Mit ihren dreckverkrusteten Holzpantinen, dem übergroßen, an den Beinen aufgekrempelten Overall und dem pfirsichfarbenen, ärmellosen Top schien sie eben aus einem Gemälde gesprungen zu sein. Die Weide, der Schuppen, die Ausläufer der benachbarten Farm bildeten den Hintergrund einer zutiefst pastoralen Szene.

Bring mir das Wasser!, rief sie, bevor ich den Hang hinuntergehen konnte, und zeigte auf das Haus. Ich nahm die Bügelflasche, die auf der Verandastufe stand, und ging auf sie zu. Am Rand des Beets blieb ich stehen, die schwarze, glänzende Erde zu meinen Füßen war wie ein Abgrund. Sie nahm mir die Flasche ab und küsste mich auf die Wange. Ihr Handrücken hatte einen Dreckstreifen auf ihrer Stirn hinterlassen.

Wie war's im Gefängnis?, fragte sie und trank.

Ganz gut, eigentlich, antwortete ich. Interessant.

Sie stellte die Flasche ab, kehrte zur Mitte des Beets zurück und brachte eine mit Gemüse gefüllte Holzkiste.

Da, nimm, sagte sie und drückte die Kiste gegen meine Brust. Alles Blattkohl und Erbsen. Rhabarber, ich habe Unmengen davon, ihr könnt haben, soviel ihr wollt. Ich habe keine Lust, das alles einzukochen. Den Süßmais habe ich sehr früh gepflanzt, er ist trotzdem noch nicht soweit. Gehen wir rauf zum Haus. Ich muss mir die Hände waschen. Brot habe ich auch gebacken. Sauerteig. Keine Ahnung, warum, aber ich backe immer, wenn es draußen richtig heiß wird.

Was für ein Redeschwall, dachte ich, sie ist nervös. Wir gingen zum Haus hinauf.

Machst du uns einen Eiskaffee?, fragte sie. Ihre Holzpantinen rumpelten auf den Verandadielen. Schau mal, ob du das hinbekommst, es ist alles da.

Ich stellte die Kiste ab und folgte ihr ins Haus. Sie verschwand im Bad. Keine Spur von John. Auf dem Herd stand eine volle, bereits abgekühlte Bialetti-Kanne, sie hatte alles im Voraus geplant.

Dies also sollte das ernste Gespräch werden, dem ich mich so gern entzogen hätte, die mütterliche Ermahnung zu Behutsamkeit und Vorsicht, vor der ich mich seit Wochen und Monaten drückte. Vielleicht würde sie sogar ihren Versuch fortsetzen, mich um den Küchentisch zu wirbeln, mich zu hypnotisieren und zu unterwerfen. Ich hatte eigentlich gehofft, dass wir diese Phase hinter uns hätten, dass sie mir vertraute. Waren wir nicht schon viel weiter? Wir hatten uns ein paarmal länger am Telefon unterhalten. Sie hatte in der Hitt Street angerufen, und ich war ans Telefon gegangen, um ihr zu sagen, dass Stella nicht zu Hause war. Und dann hatte sie mich in ein Gespräch verwickelt, sie hatte sich erkundigt, wie es uns ergangen war, sie wollte wissen, wie ich aufgewachsen war, welches Verhältnis ich zu meiner Familie hatte. Sie hatte mich regelrecht ausgefragt. Ich hatte ihr von meiner Mutter erzählt, dass sich die Bilder, die ich von ihr hatte, schon lange nicht mehr bewegten.

Sie lächelt nicht, sie altert nicht.

Sie ist gefangen im Kodachrome, sagte sie.

Genau.

Janet hatte mir im Gegenzug von ihrer Zwillingsschwester erzählt, die in Colorado wohnte. Manchmal sahen sie sich ein ganzes Jahr nicht, und sie telefonierten nur selten. Und trotzdem gehörte Jenna zu ihrem Leben dazu, ein Leben ohne sie war nicht denkbar. Es gab immer diese zweite, potentielle Tonspur, die zeitgleich zu ihrem eigenen Leben abgespielt wurde. Das Bewusstsein, was Jenna in einer bestimmten Situation sagen oder wie sie handeln würde, war immer da. Zu jeder ihrer Ideen, jedem ihrer Gedanken, selbst zu ihren poetischen Einfällen gab es eine Kopie, die unter dem Namen ihrer Schwester einsortiert war im riesigen Archiv ihres gemeinsamen Lebens. Und wenn sie morgens in den Regen hinaustrat, damit die Tropfen ihre Haut weckten, weckten sie auch die Haut ihrer Schwester. Gerade in ihrer Abwesenheit war die Schwester immer zugegen, und es entstanden Mehrdeutigkeiten, die Janet als verstörend empfand: Jede Berührung, jeder Kuss, den sie erhielt, war es nicht die Berührung oder der Kuss ihrer Schwester? Es gab immer dieses Negativ, das Hypothetische, ein Gespenst. Oder war das Andere das Wirkliche? Und sie war das Gespenst?

Ein- oder zweimal hatte ich gespürt, dass sie wusste, dass Stella nicht da sein würde. Sie hatte trotzdem angerufen. Sie wollte mit mir reden, aus welchem Grund auch immer. Vielleicht spielte sie mit mir. Aber sie war auch fürsorglich und rücksichtsvoll. Sie wollte Teil unseres Lebens sein. Ich mochte ihre Stimme, sie war klarer und heller als die von Stella. Manchmal vergaß ich, dass sie Stellas Mutter war.

Ich fand das Eis und machte mich an die Arbeit. Das Ergebnis konnte sich sehen lassen: Ein süßer Sommer-Cocktail in hohen Gläsern, mit winzigen Minzblättchen dekoriert, die ich aus einem Kasten auf der Fensterbank gepflückt hatte.

Ich saß rauchend auf der Veranda, als sie herauskam. Sie trug ein blau-weißes Sommerkleid mit einem Matisse-Muster, das an ihrer nassen Haut klebte. Sie hatte sich sehr eilig abgetrocknet oder überhaupt nicht. Sie setzte sich neben mich auf die Schaukel, nahm ihren Eiskaffee, schob uns leicht an und hob das Glas.

Cheers.

Cheers, sagte ich. Und wo ist John?

Er übernachtet in St. Louis, antwortete sie. Ich glaube, er hat da eine Freundin.

Seit ich angekommen war, seit ich sie in ihrem Gemüsebeet angetroffen hatte, hatte sie alles getan, um mich aus dem Gleichgewicht zu bringen. Ihr ganzer Auftritt wirkte geplant. Das Outfit, der Overall, dieser bäuerliche, unordentliche Look, selbst der Dreck auf ihrer Stirn schienen Teil einer sorgfältigen Inszenierung zu sein. Und mit dieser beiläufigen, hingeworfenen Mitteilung war es ihr tatsächlich gelungen, mich aus der Bahn zu werfen. Ich war verwirrt. Ich wagte es nicht nachzuhaken, mir fiel auch keine Erwiderung ein. Ein Wort des Trostes? Sie hätte mich ausgelacht. Hatte sie es überhaupt ernst gemeint? Ich betrachtete die Vanillepfütze in meinem Glas, den winzigen zerrissenen Kaffeewirbel darin, eine mokkafarbene Galaxie.

Das wollte ich nicht, sagte sie. Ich wollte dich nicht verlegen machen. Sie sah mich von der Seite an. Ich rührte mich nicht, hielt ihr nur mein heißes Ohr hin, das bei der Vorstellung, dass sie es betrachtete, noch heißer wurde. Ich stellte das Glas ab.

Es geht dich nichts an, sagte sie und legte die Hand auf meinen Arm. Und es braucht dich nicht zu kümmern. Ich hätte es nicht erwähnen sollen. Tut mir leid. Sag Stella bitte nichts. Erzähl mir von deiner Freundin Vitoria. Wie geht es ihr? Wie haben die beiden das verkraftet?

Es ging ihnen dreckig. Ich hatte sie ein paarmal gesehen, zum Abendessen mit Ylva und Kjetil, mit Ylvas Mutter und anderen Freunden und Verwandten von Vitoria. Ein paarmal hatte ich auch Stella mitgenommen. Aber diese Abende waren weniger ausgelassen gewesen als früher, es fehlten die Offenheit und die alte Innigkeit. Wir tranken keinen Wodka. Die Geschichten aus Honduras waren weniger abenteuerlich, weniger wild als noch im Winter, und um elf war alles vorbei.

Vitoria mochte Stella, aber sie ließ sie nie ganz an sich heran. Sie zog sie nicht ins Vertrauen, wie ich erwartet oder gehofft hatte, und sie stellte ihr nur wenige Fragen.

Die Depression blieb immer sichtbar, sie war unterschwellig immer da, auch wenn Vitoria alles tat, um ihre Trauer vor uns zu verbergen. Aber es wollte ihr nicht gelingen, und manchmal schien es, als würde ihre Schwermut auch uns erfassen, als müssten auch wir im Treibsand ihres Gemüts versinken.

Jack war eher verwirrt als deprimiert. Er konnte nicht begreifen, warum gerade ihnen so etwas passiert war, gerade ihm, der immer bemüht gewesen war, ein gutes Leben zu führen, ein Leben der Freundschaft und Güte. Warum hatte es gerade Vitoria getroffen, deren Liebe er, wie er meinte, nicht verdient hatte. Sie waren beide überzeugt, dass sie nie mehr Kinder bekommen würden, und tatsächlich hatte ihnen der Arzt, der sie mit dem buchstäblichen Schulterklopfen nach Hause geschickt hatte, eine Einschätzung gegeben, die, so Jack, wenig Hoffnung machte. Er hatte Jack ans Herz gelegt, über Adoption nachzudenken.

Und? Möchtest du irgendwann einmal Kinder haben?, fragte Janet.

Mir stockte der Atem. Auch Stella hatte das Thema bereits zwei-, dreimal angesprochen. Manchmal flocht sie es geschickt in ein Gespräch ein, manchmal genügte ihr der fadenscheinigste Anlass. Janet hatte mit ihrer Frage zwar nicht das Thema gewechselt, aber den Ton, was kaum besser war, und eigentlich sogar schlimmer, da die Frage von der Mutter meiner Freundin kam, die, wie ich jetzt bemerkte, keinen BH trug. Ich rang um Fassung. Ich zögerte. Ich schwankte. Sollte ich versuchen, die Erwartungen zu senken? Oder sollte ich mich herausreden, vielleicht sogar mit einem Witz? Ich suchte nach dem einen Satz, der das Thema aus dem Himmel schießen würde wie eine Tontaube. Der Rauch meiner Zigarette blies ihr ins Gesicht, es schien sie nicht zu stören.

Weiß nicht, sagte ich. Bei allem, was so passiert, bin ich mir nicht sicher, dass es eine gute Idee ist, Kinder in die Welt zu setzen. Tschernobyl, Waldsterben, du weißt schon. Sie hätten etwas Besseres verdient.

Was ist das, Waldsterben? Das deutsche Wort klang weich aus ihrem Mund, rauschend wie wogende Baumwipfel.

Die Wälder, sie sterben. Saurer Regen, verstrahlte Pilze

werden von Wild gefressen, das auf den Tellern der Menschen landet. Wir sind alle längst verstrahlt, in Polen und der Tschechoslowakei steigen schon heute die Krebsraten. Bis zum Ende des Jahrhunderts werden wir alle Mutanten sein.

Ach so, ja dann. Sie ließ ihren Blick über die sattgrünen Wiesen schweifen, die voller Leben waren.

Aber ich mag Kinder, sagte ich. Wirklich.

Sie ging darauf nicht ein.

Ist das ein Einstellungsgespräch?, fragte ich. Angriff, dachte ich, ist die beste Verteidigung.

Ein Einstellungsgespräch? Wofür?

Wirklich? War sie wirklich so naiv?

Du weißt genau, was ich meine, sagte ich. Du willst mich prüfen. Ob ich als Schwiegersohn tauge.

Oh, nein, sagte sie. Das tut mir leid. Nein, ehrlich, ich wollte dich nur besser kennenlernen. Ich will wissen, wie du denkst. Ich wollte damals nämlich keine Kinder haben. Ich war sechzehn, als ich schwanger wurde. Zum Glück hat sie sich schon damals ziemlich leicht angefühlt. Das ist wohl auch der Grund, warum wir ihr diesen Namen gegeben haben. Ich weiß es nicht, es war Johns Idee. John ist der Sterngucker in unserer Familie. Aber das hast du ja schon mitbekommen.

Ich liebe ihren Namen, sagte ich.

Natürlich. Hey, was ist denn hier passiert?

Sie hatte meine Hand genommen und betastete die Narbe auf dem Handrücken. Eine Chirurgin, dachte ich, die die Arbeit eines Kollegen begutachtet. Wie aufgedreht Stella gewesen war, als sie mich nach dieser Narbe gefragt hatte. Wie es gekitzelt hatte, als sie sie berührte. Ich spürte Janets Blick auf den hervortretenden Adern, ich spürte die

Hitze in ihnen, das Blut, das nur Millimeter unter der Haut pulsierte.

Sieht aus, als hättest du dir damals fast die Sehne durchgetrennt, sagte sie. Gleich steht sie auf, dachte ich, und holt das Skalpell.

Das Beste an dem Olds war, dass sich die Heckscheibe mit einem Tastendruck am Armaturenbrett herunterfahren ließ. Es war wie Magie. Wie Kino. Ich fuhr, und auf mein Kommando senkte sich im Rückspiegel lautlos das Rückfenster ab, die Bäume und Scheunen und Menschen wurden immer kleiner und die gewundenen Landstraßen verloren sich am Horizont. Es war besser, als ein Cabrio zu fahren – überraschender und außerdem angenehmer.

Ich hatte das Rückfenster offen gelassen, als ich geparkt hatte, und als wir zum Wagen kamen, hob ich die Kiste einfach auf die Ladefläche. Janet stellte eine regenbogenfarbene Tasche daneben, schob beides in die Ecke, damit auf der Fahrt nichts verrutschte, und warnte mich, das Fenster bei der Fahrt zu schließen. Sie meinte, es würde Abgase ins Wageninnere ziehen, Kohlenmonoxid.

Das ist schlimmer als saurer Regen, sagte sie. Daran kann man sterben.

Machte sie sich lustig über mich? Über meine Sorge, die auch Stellas Sorge war? Machte sie sich über mich lustig, weil ich mich unter Hinweis auf die drohende Umweltkatastrophe aus der Verantwortung stahl? Waren John und Janet nicht Back-to-the-Landers gewesen? Hatten sie in ihrer Jugend nicht selbst gegen Atomwaffen und Agent Orange demonstriert?

Ich ging zur Fahrertür, sie folgte mir. Als ich mich umdrehte, um mich zu verabschieden, stand sie direkt vor mir. Sie nahm meine Hände, zog mich an sich und küsste mich auf den Mund. Ich erstarrte, meine Reflexe funktionierten nicht. Der Vanillegeschmack auf ihren Lippen. Sie sah mich an und küsste mich noch einmal. Sie biss meine Unterlippe, leicht und verspielt. Mir war schwindlig. Ihr Blick, die Hitze ihres Körpers. Es gelang mir, mich zu lösen. Ich stieg in den Wagen, ließ den Motor an. Der V-8 röhrte. Statt zu wenden, fuhr ich den ganzen Weg hinunter rückwärts. Der Unterboden kratzte über Gras und Schotter. An der Kurve sah ich noch einmal hinauf. Sie stand vor der windschiefen Scheune, ihr Sommerkleid war getrocknet und wehte leicht im Wind. Sie winkte.

Unten an der Straße drückte ich mit zitternden Händen auf den Zigarettenanzünder und wartete. Es gelang mir, die Zigarette anzuzünden. Ich nahm einen tiefen Zug und fuhr davon. Was war geschehen? Wer war diese Frau? Was wollte sie von mir? Hatte ich etwas getan, um ihrem Verhalten Vorschub zu leisten? Hatte ich es zugelassen? Hätte ich mit ihr geschlafen, wenn sie mich noch stärker bedrängt hätte? Konnte es eine groteskere Versuchung geben?

Am Westphalia Inn hielt ich an. Ich trat in die schummrige Wirtsstube, es waren keine Gäste da. Hinter der Theke wartete eine kleine teigige Frau um die vierzig und sah mich erwartungsvoll an. Vor ihr stand ein Turm von CDs, deren Folien sie eine nach der anderen mit einem Korkenzieher schlitzte, um sie abzuziehen.

Dürfte ich mal Ihr Telefon benutzen?, fragte ich. Ich bin ein Freund von Tom Breckenstein.

Ah, ja, die Breckensteins. Tom ist in Columbia an der Uni, oder? Er und seine Frau …

Laura.

Genau, Laura.

Darf ich mal telefonieren? Es ist dringend.

Sie stellte den Apparat auf den Tresen, das braune Plastik klapperte. Ich wählte und sah die Wirtin an. Sie legte den Korkenzieher hin und verschwand hinter einer Tür.

Stella? Es fühlte sich an, als würde ich eine Sonde in den knisternden Himmel senden, ein einziges Wort, in der Hoffnung darauf, dass es im Weltall gehört wurde.

Hallo, Liebling, sagte sie überrascht.

Stella?

Was hast du denn?

Ich liebe dich. Es war das erste Mal, dass ich es gesagt hatte.

Karl, ja, ich … liebe dich auch! Ihre Stimme klang unsicher, beinahe wimmernd.

Ich bin auf dem Heimweg.

Ich weiß. Ich habe gerade mit Mom gesprochen.

Ja?

Ja. Wir haben gerade aufgelegt, vor ein paar Sekunden. Wo bist du denn?

In dem Hotel in Westphalia.

Im Inn?

Ja.

Machst du schon Pause?

Ich wollte einfach anrufen, damit du Bescheid weißt.

Wie lieb von dir. Komm schnell nach Hause!

Das mache ich. Bis nachher …

Warte. Leg noch nicht auf. Fahr vorsichtig. In der Tasche sind Eier, ein ganzes Dutzend.

Okay, ja. Eier. Brot.

Ja. Das Auto riecht wahrscheinlich wie eine Bäckerei.

Ja, stimmt. Ich soll das Rückfenster nicht offen lassen, wenn ich fahre, hat sie gesagt.

Ich weiß. Hat sie mir erzählt.

Und was hat sie dir noch erzählt?

Sie lachte. Du bist so lieb, sagte sie. Keine Sorge. Sie mag dich. Sie mag dich wirklich. Vergiss nicht, dass ich der Teenager in dieser Beziehung bin, nicht du.

Okay. In einer Stunde bin ich zu Hause.

Ja. Wie war's im Gefängnis?

Ganz gut. Erzähl ich dir, wenn ich da bin.

Ich legte auf. Sofort kam die Wirtin zurück, wahrscheinlich hatte sie alles mitgehört. Es war mir egal. Sie bat mich, Grüße an Tom und Laura auszurichten, und bot mir eine Tasse Kaffee an. Ich lehnte dankend ab.

Wirklich nicht?

Nein danke. Was schulde ich Ihnen?

Nichts. Was soll ich nur mit den ganzen Kassetten machen? Sie zeigte auf die kleinen Fächer über der Kasse, in denen jeweils eine Kassette steckte. Die meisten waren handbeschriftet, einige in Schwarz-Rot-Gold.

Ich sagte nichts.

Ich kann sie doch nicht einfach wegschmeißen, oder? Ich heiße übrigens Helga. Sie reichte mir über den Tresen hinweg die Hand. Er wird sich schon erinnern. Er war ein süßer Junge. Die waren schon in der achten Klasse ein Paar, glaube ich. Wahnsinn. Ich hab sie länger nicht gesehen. Schon verrückt, die Liebe, wie das ist, wenn sich zwei Menschen finden, die füreinander bestimmt sind. Finden Sie nicht?

Patrick saß in der Küche auf der Fensterbank. Er reichte mir eine alte Postkarte, die er in einem Trödelladen entdeckt hatte. Sie zeigte einen Muskelmann, der einen auf dem Kopf stehenden Elefanten stemmte. Der Muskelmann trug einen gemusterten Lendenschurz und übergroße Stiefel. Die Stiefel sahen aus wie Elefantenfüße. Ich drehte die Karte um und gab sie ihm zurück.

Vorsichtig öffnete ich die Tür zum Schlafzimmer und trat ein. Sie lag auf der Bettdecke, zur Seite gedreht. Ihre Augen waren geschlossen. Sie trug eine blaue Adidas-Hose und ein rotes, samtiges Top mit weiten Ärmeln.

Hey, Liebling, sagte sie und drehte sich um. Sie rieb sich die Augen und streckte die Arme nach mir aus. Die Decke war nicht eingedrückt, das Bett sah aus wie frisch bezogen.

12

Die Prüfungswoche war vorbei, der Campus leerte sich. Ich schlief ein letztes Mal in der Wilson Avenue. Am Morgen legte ich die Rückbank um, hievte den Koffer durch das Heckfenster und fuhr zur Hitt Street, um Stella den Wagen zu übergeben und sie zu verabschieden. Zehn Tage ohne Stella, zehn Tage, bis wir uns in Colorado wiedersehen würden. Eine Ewigkeit, dachte ich.

Stella hatte nur wenig Gepäck: Fotoausrüstung, Wanderstiefel, ein kleines Zelt in einer gelben Hülle. Aber Janet hatte mehrere Kisten vorbeigebracht, für ihre Schwester in Estes Park. Die Ladefläche war so groß, dass alles sorgfältig verstaut werden musste, damit es auf den Bergstraßen von Colorado nicht verrutschte.

Janet hatte Stella dreitausend Dollar in die Hand gedrückt, für die Sommerreise, für uns beide. Außerdem hatte sie darauf bestanden, eine gründliche Inspektion des Olds zu bezahlen und einen Satz Reifen. In den letzten Wochen des Semesters war sie mehrmals nach Columbia gekommen, um Gemüse aus dem Garten zu bringen. Einmal hatte sie das Igluzelt mitgebracht. Sie wird schon wissen, wie man es aufstellt, hatte sie gesagt. Stella ist schließlich in einer Berghütte zur Welt gekommen.

John erwähnte sie kaum. Ich mied es, mit ihr allein zu

sein und ging in der Wohnung nicht ans Telefon. Wenn Stella dabei war, benahm sie sich völlig normal. Aber mir fiel auf, dass sie ihre Tochter mehr als sonst umsorgte. Sie rief auch öfter an.

Und wenn sie mit ihren Kisten und Tüten in der Hitt Street auftauchte, wenn sie mich schweigend ansah, erwartungsvoll und mit fragendem Blick, dann schmeckte ich wieder die Vanille auf ihren Lippen, als wären nicht Wochen vergangen, seit sie mich geküsst hatte, sondern Sekunden. Ich konnte gar nicht anders, als die Szene immer von Neuem zu umkreisen. Jedes Wort, das sie zu mir sagte, jeder Blick verwirrte mich zusätzlich. Manchmal, wenn sie mich als eine Erweiterung von Stella anzusehen schien, als jemand, der unter den Schutzmantel ihrer mütterlichen Sorge gekrochen war, fühlte ich mich erleichtert und missachtet zugleich. Manchmal schien es, als würde ein Teil von ihr, ein leichtes, unheimliches, schillerndes Selbst sich abspalten wollen, um unter denselben Schutzmantel zu kriechen.

Stella ließ das Fenster herunter und fuhr winkend davon. Zehn Tage! Wir sehen uns in Estes Park!, rief ich ihr hinterher. Sie war winzig in dem riesigen Auto, trotz der Kissen, die sie auf dem Fahrersitz gestapelt hatte. Sie hupte, bog in die University Avenue ein und verschwand.

Ich blieb allein zurück, um mein Zimmer zu räumen, um Patrick bei seinem eigenen Umzug zu helfen und einen Aufsatz fertigzuschreiben. Lawrence hatte mich einem Sprachwissenschaftler in Berkeley empfohlen, der gerade eine Anthologie mit dem Titel Shifting Visions zusammenstellte. Es ging um Deixis, Sinn und Bedeutung von Wörtern wie hier, du oder gestern, von Wörtern also, deren Bedeutungen sich ändern, je nachdem, wer sie verwendet, in welchem Kontext dies geschieht, zu welchem Zeitpunkt und so weiter. Die Arbeit an dem Aufsatz war komplizierter, als ich anfangs gedacht hatte. Es war mir auch nicht gelungen, Stella zu erklären, warum dieses Thema für mich wichtig war oder warum Linguisten und Philosophen seit Jahrzehnten, wenn nicht Jahrhunderten darüber stritten.

John, der ganz versessen darauf gewesen war, mich nach Colorado zu fliegen, hatte gefragt, wie lange ich für alles brauchen würde. Zehn Tage, hatte ich geantwortet. Es war das erste Mal, dass ich mir mit einem mehr oder weniger willkürlich gesetzten Termin einen derartigen Druck machte. Es war Lawrence gewesen, der mir den Rat gegeben hatte, in akademischen Dingen nicht zu zaudern, und ich war fest entschlossen, seinem Rat zu folgen.

Die meisten normalen Leute, hatte Lawrence auf dem Weg zu Rasheed gesagt, denken, dass man geradezu krachend intelligent sein muss, um es an der Uni zu etwas zu bringen. Die meisten Akademiker hingegen sind überzeugt, dass wir an die Grenzen unserer Leidensfähigkeit gehen müssen. Wir ziehen unsere Projekte endlos in die Länge. Es tut schließlich weh, all dieses Wissen zu extrahieren und wieder zu verdichten und neu verpackt an irgendein Herausgebergremium zu schicken. Wie Zähneziehen ist das! Jede kleine Vorlesung, jeder Artikel. Sieh dir nur Timofey an und all die anderen Professoren in den sogenannten Geisteswissenschaften. Wie sie leiden, wie sie sich martern. Es ist beinahe, als würden sie trauern.

Wir waren stehen geblieben. Lawrence war sehr laut geworden, das Thema schien ihn zu erregen. Ich sah mich auf dem leeren Platz vor der Bibliothek um.

Karl, hör mir zu, sagte er etwas leiser. Nichts liegt mir ferner, als dir väterlich herablassende Ratschläge zu erteilen. Aber da ist doch etwas, das ich dir mit auf den Weg geben möchte. In der Wissenschaft geht es nur um eins: Man muss es einfach hinter sich bringen. Du musst es machen, statt ewig darüber zu reden, dann bist du den anderen immer mindestens einen Schritt voraus. Hast du die neue Werbung von Nike gesehen?

Nein, hatte ich nicht. Ich hatte keine Ahnung, wovon er sprach.

Just do it!, rief Lawrence. Das ist ihre neue Kampagne. Nike, du weißt schon, die Laufschuhe.

Ich nickte. Ich hatte in Deutschland ein Paar Nike Air Max besessen. In den Sohlen waren kleine Fenster gewesen, und in der Kammer dahinter: Luft. Auf Luft gehen, fliegen wie Michael Jordan. Das war das Versprechen gewesen.

Just do it, wiederholte Lawrence, als wir endlich weitergingen. Den Slogan hätte ein Universitätsprofessor erfinden sollen. Der Dekan. Oder ich.

Jack und Vitoria hatten entschieden, nach Portugal zu fliegen, ihre Abreise stand kurz bevor. Vitoria hatte ihre Stelle bei der Consulting-Firma gekündigt, sie wusste nicht, wie lange sie in Santa Maria de Sardoura bleiben würde. Vielleicht würde sich in Lissabon etwas für sie ergeben. Jack allerdings hatte keine Wahl, als im Juli zurückzukehren, bevor die ersten internationalen Studenten eintreffen würden. Ich ging zu ihnen, um mich zu verabschieden, beinahe ein Jahr war vergangen, seit ich zum ersten Mal ihre Veranda betreten hatte. Ylva und Kjetil waren da, sie würden den Sommer über das Haus hüten. Als ich ankam, kniete Kjetil im Gras vor dem umgedrehten Rasenmäher und zupfte etwas aus dem Messerwerk.

Ich blieb nicht lange. Vitoria wünschte mir, so ihr Ausdruck, alles Glück der Welt. Ich konnte nicht erkennen, ob das Endgültige, das in ihrem Abschied anklang, beabsichtigt war oder nicht. Jack breitete die Arme aus und zog mich an seine Brust. Als er mich losließ, sah ich, dass er weinte.

Stella rief am Morgen an. Sie war weit nach Mitternacht angekommen. Die scharfe Schönheit der Berge, ihre schiere Erhabenheit sei überwältigend. Ich habe die Augen aufgemacht, sagte sie, und ich habe nicht mal den Kopf bewegt. Und da waren sie! Gleich da draußen vor meinem Fenster! Die Rockies, der tiefblaue Himmel. Alles wirkt unfassbar nah, wie durch ein Teleobjektiv.

Die folgenden Tage verbrachte ich damit, Patrick zu helfen, der in eine neue Wohnung in Douglass Park zog. Nachts schrieb ich meinen Aufsatz über Deixis. Ich arbeitete bis Mitternacht in der Bibliothek und schrieb am Küchentisch in der Hitt Street weiter. Beinahe in letzter Minute fügte ich einen Abschnitt mit dem Titel »Somebody up there/likes me« ein, in dem ich die deiktischen Verhältnisse von »dort oben«, »hier unten«, von »aufsteigen«, »niedersinken« und so weiter untersuchte. In einer längeren Fußnote diskutierte ich die Frage – erstmals formuliert von einem obskuren Kritiker von Gottfried Wilhelm Leibniz –, ob eine hypothetische Antiterra, eine Gegen-Erde, eine andere Universalsprache benötigte als die von

Leibniz geforderte. Nach Sonnenaufgang fiel ich erschöpft aufs Bett und schlief, bis Patrick mit Kaffee und einem Mohn-Bagel hereinkam. Wir räumten sein Zimmer aus und strichen die Wände, aus der Columbia Tribune und dem kleinformatigeren Maneater falteten wir Malerhüte und fotografierten uns mit dem Selbstauslöser. Eines dieser Fotos wurde später im Maneater abgedruckt und gab den Anstoß zu einer über mehrere Jahre laufenden Bildrubrik unter dem Titel: »Was man mit dem Maneater machen sollte und was lieber nicht.«

Patricks Hand zitterte, als er mir seine Schlüssel überreichte. Schreib mir eine Postkarte aus San Francisco, du Wichser, sagte er. Wenn du nicht gut zu ihr bist, bringe ich dich um. Als Patrick weg war, sah ich mich um. Das also sollte unser Arbeitszimmer werden. Der Boden glänzte. Fenster auf zwei Seiten. Links vom Eingang war ein zugemauerter, von einem verschnörkelten Holzsims eingefasster Kamin. Über dem Kamin hing ein angelaufener Spiegel. Erst als Patricks Ausrüstung, die Fotokartons und Diakästen, der ganze Krempel, der das Zimmer beinahe bis zur Unterkante der Fensterbänke gefüllt hatte, entfernt war, begriff ich, wie groß es eigentlich war.

Ich brachte die wenigen Sachen, die ich im vergangenen Jahr angesammelt hatte, aus der Wilson Avenue herüber. Der Vermieter überreichte mir auf der Stelle meinen Kautionsscheck, den ich sofort zur Bank trug.

In Lawrences Büro war E-Mail installiert worden. Lawrence hatte an einer Schulung teilgenommen, er wollte es unbedingt ausprobieren. Mit klopfenden Herzen öffneten wir das Programm. Nach dem dritten Versuch gelang es uns, eine Mail an den Herausgeber der Anthologie in

Berkeley zu schicken. Ich schrieb, dass der Deixis-Aufsatz – gedruckt und auf Floppy-Disk – in der Post sei, dass ich später im Sommer in der Bay Area sein und mich freuen würde, wenn ich mit ihm meine Pläne für die Zukunft besprechen könnte.

Ich klickte auf Senden. Was kommt als nächstes?, fragte Lawrence, der hinter mir stand. Der Teleporter? Das hydrodynamische Telefon? Das Orgasmatron?

Als ich im Büro nach meiner Post sah, lauerte mir Timofey auf. Es war, als wollte er mich anspringen mit seinem karierten Jackett, dem weißen Hemd und der zornigen Krawatte. Draußen waren es dreiunddreißig, vierunddreißig Grad.

Der Dekan will dich sprechen, sagte er. Ich komme gerade aus Jesse Hall.

Was denn, jetzt?

Ja, warum eigentlich nicht. Geh am besten gleich rüber, ich rufe ihn an und sage ihm, dass du unterwegs bist. Es klang nicht, als hätte ich eine Wahl.

Worum geht es denn?

Geh einfach rüber. Dann erfährst du es.

Bill Bryce war nicht nur Dekan, er war auch der bekannteste Literaturprofessor der Universität und hatte über Jahre die Anglistik geleitet. Er war in der Verwaltungsstruktur, im Hauptgebäude und auf dem Campus derart präsent, dass es manchmal schien, als gehörte ihm der ganze Laden – nicht nur sein Fachbereich oder Jesse Hall, sondern die gesamte Universität. Seine Aura war beinahe physisch spürbar, eine frühmorgendliche Ausdünstung seines Körpers, die bis zum Mittag die gesamte Institution einhüllte. Wenn er mit riesigen Schritten den Campus durchquerte, wirkte er wie ein Erwachsener, der über den Spielplatz eilt, um sein Kind zu retten.

Er konnte den freundlichen, onkelhaften Typen genauso spielen wie den Tyrannen. Lawrence hatte mich vor ihm gewarnt. Er sei eher Politiker als Akademiker. Er strahlte sorgende Güte aus, wenn es ihm nützlich war, und er schüchterte jeden ein, der ihm nah genug kam, um den angewärmten Moschusdunst einzuatmen, mit dem er seinen Achselschweiß bekämpfte. Je nachdem, wo man stand und wer man war, konnte seine Stimme säuseln oder donnern, es war wie ein akustischer Trick, eine Beiläufigkeit, als würde er sich selbst um den Effekt überhaupt nicht scheren.

Er war an die 1,90 Meter groß, mit breitem Kreuz und einem Bart wie ein Kuhfänger, der ihm eine verstörende Ähnlichkeit mit Karl Marx verlieh, einem seiner frühen Helden. Er hatte alle Auszeichnungen erhalten, welche die Universität ihrem Lehrpersonal für besondere Leistungen verlieh. Einige hatte er sich selbst verliehen. Jedes Frühjahr unterrichtete er einen Kurs über die Lyrik des Mittleren Westens, der in einer bestimmten Szene nervöser, erregbarer Studentinnen und ihrer spindeldürren, Skateboard fahrenden Freunde überaus beliebt war. Sie waren wie Groupies. Bryce gehörte außerdem dem wissenschaftlichen Beirat des Missouri Review an, einer weit über die Region hinaus bekannten Literaturzeitschrift. Seine Studenten brachten ihm eine derart tiefe und unerschütterliche Verehrung entgegen, dass er sich aufführen konnte, wie er wollte, ohne jemals seinen Ruf zu gefährden. Auf dem Campus erzählte man sich eine Menge Geschichten darüber, wie er seine eigenen Studenten niedermachte, wie er sie quälte und sogar körperlich bedrohte, weil sie ein paar Füllwörter zu viel benutzt oder auf dem Höhepunkt seiner Vorlesung über »T. S. Eliots Wurzeln im Mittleren Westen« mit dem Strohhalm das Schmelzwasser aus ihren Cola-Bechern geschlürft hatten. Es war erst wenige Wochen her, dass Tom Breckenstein sich in der Cafeteria das letzte Stück Käsekuchen aus der Vitrine genommen und es gleich wieder zurückgestellt hatte, als er Bill Bryce hinten in der Schlange entdeckte. Vielleicht hatte der Dekan ja gerade an diesem Tag Lust auf Käsekuchen.

Eine Sekretärin führte mich ins Büro und zog die Tür zu. Die Klimaanlage rauschte leise. Ich hatte erwartet, dass er das alte Machtspielchen mit mir spielen würde, dass er erst einmal nicht aufsehen, vielleicht noch ein paar Todesurteile unterzeichnen oder einige Exemplare von »Das Kapital« signieren würde. Stattdessen nahm er die Brille ab, die tief in sein Gesichtsfleisch schnitt, lehnte sich zurück und sah mich von oben bis unten an.

Er zeigte auf einen Mahagonistuhl. Ich setzte mich. Er tippte mit dem Kugelschreiber auf die Schreibtischunterlage und schien auf etwas zu warten.

Ich schwieg. Keine Angriffsfläche bieten, dachte ich. Ich will erst einmal hören, worum es geht.

Sagen wir mal so, begann er. Sie sind hier im Land der unbegrenzten Möglichkeiten.

Er hielt inne und wartete erneut. Er schien die Spannung zu genießen, das Knistern.

Der *nahezu* unbegrenzten Möglichkeiten, sagte er schließlich. Anders gesagt: Man kann hier eine Menge machen. Finden Sie nicht?

Ich nickte.

Tolles Land, tolle Universität, nicht wahr? Sie stimmen mir zu? Von mir aus können Sie auf der großen Wiese die Berliner Mauer wieder aufbauen. Ich erlaube es Ihnen. Gehen Sie. Reißen Sie die Säulen nieder, ziehen Sie Ihre hässliche Betonwand hoch.

Ich hatte keine Ahnung, worauf er hinauswollte.

Wissen Sie, wir sind hier sehr aufgeschlossen. Wir haben sogar Ihre ostdeutsche Kollegin, sagen wir mal, toleriert.

War das der Grund, warum er mich herzitiert hatte?

Wie meinen Sie das?, fragte ich.

Tun Sie nicht so. Sie wissen so gut wie wir, dass sie für den Geheimdienst arbeitet.

Ich habe damit nichts zu tun!, sagte ich. Ich kannte sie kaum. Ich komme aus Köln, das ist ganz im Westen …

Das wissen wir alles. Ich weiß, wo Köln ist. T. S. Eliot ist in Köln gewesen, 1914, auf seiner Flucht aus Marburg. Keine Sorge, wir hatten alles im Griff. Sie wurde überwacht.

Simone war überwacht worden? Waren wir alle überwacht worden? Hatten sie uns im Büro abgehört? Was wollte Bryce von mir?

Erinnern Sie sich, was ich in der Einführungswoche gesagt habe?, fragte er.

Ich schüttelte den Kopf und sah ihn an. Was meinte er? Was hatte das mit Simone zu tun?

Ich habe Ihnen damals gesagt, dass es auf dem Campus praktisch nur eine Regel gibt. Ein Gesetz. Ein einziges Gesetz. Erinnern Sie sich?

Ich schwieg.

Keine Beziehungen zwischen Lehrenden und Studenten!, rief er. Kein Techtelmechtel! Erinnern Sie sich?

Ich schwieg. Darum also geht es, dachte ich, erleichtert, dass es nichts Politisches war.

Jetzt ziehen Sie auch noch bei ihr ein! Verdammt! Was erlauben Sie sich eigentlich?

Ein Spucketropfen spritzte unter seinem Schnurrbart hervor und landete auf dem grünen Linoleum der Schreibtischoberfläche, neben einem Stapel von drei schmalen Büchern. Obenauf lag *Flight Plan*, Janets letzter, bereits sechs Jahre alter Gedichtband. Der Umschlag war von einem tiefen Himmelblau, das von vier weißen Kondensstreifen zerschnitten wurde. Die anderen beiden Bücher waren, wie ich nun bemerkte, ebenfalls von Janet. Tatsächlich war der kleine Stapel auf dem Schreibtisch des Dekans Janets gesamtes Werk. Offensichtlich hatte er die Bücher dort platziert, damit ich sie entdeckte. Ich begann zu ahnen, warum er sich für mich überhaupt interessierte.

Ich …

Ich weiß, was Sie jetzt sagen werden, unterbrach er. Na gut, sagen Sie es trotzdem.

Sie ist nicht mehr meine Studentin.

Es war die einzige Rechtfertigung, die ich hatte. Aber sie reichte nicht aus. Die Angelegenheit war längst noch nicht erledigt. Obwohl der größere Teil seines Gesichts von Barthaaren bedeckt war, konnte ich sehen, wie es vor Wut zuckte. Er wird mich zerfleischen, dachte ich. Er wird mich zerreißen und auf dem antiken Seidenteppich ausspucken, der sein gediegenes Büro schmückte.

Das ist Blödsinn!, sagte er. Sie studiert in Ihrer Abteilung. Vielleicht wird sie ein zweites Hauptfach anmelden.

Das glaube ich eher nicht.

Woher wollen Sie das wissen?, fragte er. Bettgeflüster?

Wir haben über ihre Studienpläne geredet, sagte ich. Gleich als ich sie zum ersten Mal getroffen habe. Ich habe sogar versucht, sie zu überreden, Deutsch als zweites Hauptfach anzumelden.

Lassen Sie mich das verstehen. Sie kommen hierher, aus ihrem Grenzstädtchen in Deutschland, und in dem ersten Kurs, den Sie unterrichten, sitzt diese süße Studentin. Große braune Augen, ganz anders als ihre Mutter. Ich weiß es, ich habe sie gesehen.

Wen hatte er gesehen? Stella – oder Janet? Bryce ist Professor für Englisch, dachte ich, er sollte seine Pronomen und deren Bezüge eigentlich im Griff haben.

Und Sie treffen sich mit ihr.

Es ging also um Stella. Stella hatte er gesehen.

Wahrscheinlich haben Sie sie nicht im Büro getroffen, fuhr er fort, sondern irgendwo, wo es ein bisschen kuscheliger ist. Und der Form halber machen Sie einen halbherzigen Versuch, sie zu einem zweiten Hauptfach zu überreden. Und dann, sobald das Semester vorbei ist und Sie Ihre Noten eingereicht haben, ficken Sie sie. Sie denken, Sie haben jetzt freie Bahn, und ficken sie. Entspricht das ungefähr den Ereignissen? Sind wir uns bis hierher einig?

Ich schwieg und starrte auf Janets Bücher.

Ist es so gewesen?

Wir … lieben uns, sagte ich leise. Der Satz platschte wie ein Stein in einen tiefen Brunnen. Der Dekan grinste. Meine Verteidigung war erbärmlich angesichts seines kruden Angriffs. Es war, als stünde ich einem Gladiator in der Arena gegenüber und wedelte mit einer bunten Feder. Liebe? Verständnis? Menschlichkeit? Dass ich nicht lache.

Ich will Ihnen mal was sagen, sagte er. Ich würde Ihnen am liebsten den Kopf abreißen oder die Eier. Aber ich habe genug Romane gelesen, um zu wissen, dass das nichts ändern würde. Ganz im Gegenteil. Es würde Sie bestärken. Er klang auf einmal beinahe nachsichtig.

Ich werde die Beziehung nicht beenden, sagte ich.

Genau, sagte er. Weil Sie sie lieben. Das haben Sie gerade gesagt. Humbert Humbert hat's ja auch nicht gemacht.

Humbert Humbert? Was wollte er damit sagen? Dass ich die Mutter verzaubert hatte, um mich an ihre Tochter heranzumachen? Mit wem hatte er gesprochen? War das die Version der Geschichte, die Janet ihm erzählt hatte? Kannte er sie denn?

Was werden Sie tun?, fragte ich und sah ihn an. Er wirkte plötzlich müde und abgekämpft. Ich begriff, dass seine Möglichkeiten begrenzt waren. Er konnte mich nicht feuern. Das FRG brauchte mich, besonders seit Simone verschwunden war. War sie überhaupt verschwunden? Hatten sie sie mitgenommen?

Und auch der Disziplinarausschuss würde ihm nicht helfen. Sie würden den Fall nicht einmal annehmen, er würde ihnen höchstens ein Gähnen entlocken. Mir kam der Gedanke, dass mich der Dekan körperlich angreifen könnte. Damit würde ich auf dem Campus allerdings genauso berühmt werden wie er. Das konnte nicht in seinem Sinne sein, das würde er auf keinen Fall zulassen. Die einzige Gefahr bestand also darin, dass er irrational handelte, zornig. Dass er die Konsequenzen seines Handelns nicht absah.

Lolita, sagte ich, um dem Gespräch eine andere Wendung zu geben, ein großartiger Roman, aber moralisch natürlich zutiefst verwerflich.

Ich warne Sie, sagte er matt. Es gibt hier eine Menge Leute, die ein Problem mit Ihnen haben. Ich warne Sie.

Die Tür ging auf. Die Sekretärin erschien, und ich wurde ohne ein weiteres Wort entlassen.

13

John wartete im Schatten eines dunkelgrünen Hangars. In einiger Entfernung stand eine lange Reihe weißer, glänzender Flugzeuge, die allesamt aussahen, als wären sie gerade aus der Fabrikhalle gerollt. Der Trainer am äußersten Ende war wie der schmutzige Junge aus der Gasse, mit dem niemand spielen wollte. Das Plexiglasdach stand offen. Ich ging los, John kam aus dem Schatten, am Flugzeug trafen wir uns. Meine Schuhsohlen klebten am heißen Asphalt, ich war schweißgebadet. Er nahm mir den Rucksack ab, in dem sich kaum mehr befand als meine Zahnbürste, mein Tagebuch und ein Empfehlungsschreiben von Lawrence. Alles, was ich sonst für den Sommer benötigen würde, hatte Stella mitgenommen. John wog den Rucksack in der Hand, nickte zufrieden und warf ihn in den Kofferraum hinter den Sitzen. Er zeigte mir den Tritt auf der Tragfläche und einen Griff an der Kabine, ich zog mich hoch und schwang mich auf meinen Sitz. Ich war noch benommen, ich hatte in den letzten Nächten selten mehr als vier Stunden geschlafen. Stärker als jedes andere Gefühl jedoch war die Erleichterung. Der Druck war von mir abgefallen, ich hatte den schwierigen Aufsatz fertiggestellt, Patrick war, wenn auch nicht aus unserem Leben, so doch aus der Wohnung verschwunden. Ich saß da und wusste, dass ich in den kommenden Stunden nichts anderes tun konnte, als die Dinge auf mich wirken zu lassen. Die Kabine war eng, ich zog die Beine an, mein nasses Rayonhemd klebte am Kunstleder.

Es dauerte eine Weile, bis wir die Starterlaubnis erhielten. Die Instruktionen, die uns über Funk erreichten, klangen wie eine weitere Fremdsprache. Selbst Johns Stimme in meinem Kopfhörer klang seltsam verzerrt und – im Kontrast zu der sanften, freundlichen Stimme der Fluglotsin – überraschend tief.

Wir bogen auf die Startbahn und beschleunigten. Der heiße Wind peitschte in die offene Kabine. Meine Knie blockierten das zweite Steuerhorn, das mit seinem gekoppelt war, John konnte das Flugzeug nicht hochziehen. Er schob, ohne den Blick von der Startbahn zu nehmen, meine Beine zur Seite, kraftvoll und ohne Panik. Als wir in der Luft waren, griff er hinter seinen Kopf und schloss das Plexiglasdach. Das durch die schweren Kopfhörer gedämpfte Dröhnen des Motors hüllte uns ein. Wir stiegen ruckelnd durch einige leichte Wolken, glitzernde Tropfen rollten aufwärts über die Windschutzscheibe und schimmerten in Regenbogenfarben. Wir flogen nördlich an Kansas City vorbei und folgten der I-70, einem schnurgeraden, bis zum Horizont reichenden Asphaltband, das sich durch eine Landschaft von gigantischen Feldern zog. Nur die Getreidesilos, die hier und dort verstreut lagen wie Muttermale, störten die Ordnung der Felder und Wege und Bahnen. Es war jetzt keine Wolke mehr am Himmel. Auf achttausend Fuß schnurrte der Motor, er schien kaum etwas leisten zu müssen. Die Fluglotsin aus Kansas City wünschte uns eine gute Reise und verabschiedete sich.

Ich hatte die sanfte, unaufgeregte Stimme der Lotsin noch im Ohr, als wir hart aufsetzten. John stieg in die Bremsen. Colby!, rief er, als ich ihn erschrocken ansah. Er gab mir ein Zeichen, den Kopfhörer abzunehmen. Zweihundert Meilen Kansas!, rief er. Und du hast dich nicht einmal gerührt. Sehr beeindruckend!

Habe ich geschlafen? Was machen wir hier?

Tanken, sagte John.

Wir rollten direkt bis zur Tankstelle. John löste den Riegel und schob das Dach zurück. Ich stieg aus und fragte den Tankwart, ob ich irgendwo rauchen könne. Er zeigte auf eine Hecke. Ich schleppte mich über die betonierte Parkfläche. Es kribbelte in meinem Nacken, ich hatte das Gefühl, vom Tower beobachtet zu werden. Hinter der Hecke standen ein paar umgedrehte Milchkästen in einem Kreis. Der getrocknete Schlamm war übersät von Zigarettenstummeln. Auf einem der Kästen lag ein Stapel Zeitschriften. Madonna mit einer Dauerwelle, im Hintergrund ein verschwommener Warren Beatty. Ich rauchte zwei Zigaretten und behielt John durch die Sträucher im Auge, als könnte er ohne mich weiterfliegen.

Noch zweieinhalb Stunden bis Loveland, sagte er, als wir wieder in der Luft waren. Entspann dich. Schlaf noch ein bisschen. Ich wecke dich, wenn wir da sind, der Landeanflug ist spektakulär.

Loveland?

So heißt der Flughafen!, rief er und lachte. Karl, ich glaube, du wirst gerade rot!

Mit ihren schneebedeckten Gipfeln sah die breite Bergkette aus wie Meeresbrandung, wie eine gigantische Welle mit tausend kleinen Schaumkronen, die über die Ebene hereinzubrechen und den kleinen Flughafen, die Straßen und Industriehallen fortzuwaschen drohte. Wir landeten taumelnd wie ein schläfriges Insekt und wurden von einem Mann im Overall eingewiesen. Wir stiegen aus. Der Flughafenangestellte, der seinen Nacken mit einem unter die Kappe gesteckten Tuch vor der grellen Sonne schützte, half John, das Flugzeug in die Parkposition zu ziehen.

In der Pilotenlounge rief John seine Schwägerin an. Stella, erfuhr er, hatte Estes Park vor einer halben Stunde verlassen, sie würde bald da sein. Ich zog ein Papierhütchen und trank drei Becher in schneller Folge. Das Wasser war eiskalt. Als ich mich umdrehte, gluckerte der Wasserspender.

John unterhielt sich mit der Rezeptionistin, ich ging nach draußen. Ein Weg führte in Windungen, für die es keinen Anlass gab, durch ein sattgrünes, frisch gesprengtes Rasenstück. Ich setzte mich auf eine Bank, steckte mir eine Zigarette an und sah mich um. Auf dem Parkplatz standen drei oder vier große Autos. Die Bäume raschelten in der leichten trockenen Brise. Über dem mit Wellblech verkleideten Flughafengebäude flog ein Privatjet ein.

Ich dachte an das, was vor uns lag. Ein langer Sommer, Highways und Motels, Städte und Strände, von denen ich immer geträumt hatte. Ich sah uns mit heruntergelassenen Fenstern durch die Wüste fahren. Sie saß am Steuer, die linke Hand im Schoß, ich drehte am Radio, and thoughts meander, and they tumble blindly as they make their way …

John kam heraus und setzte sich neben mich. Er wirkte

nervös. Was ihn unruhig machte, war die Aussicht, seine Schwägerin wiederzusehen.

Sie hat dir ja gesagt, dass sie Zwillinge sind. Oder?

Es hatte ihn immer irritiert. Jenna war wie eine Erscheinung, ein Nachbild ihrer Schwester, wie der Abdruck auf dem Turiner Leichentuch. Positiv. Negativ. Vielleicht auch gar nicht da.

Du wirst schon sehen, was ich meine, sagte er. Wenn man die beiden addiert, bekommt man – nichts! Sie heben einander auf, sie kürzen sich gegenseitig weg, verstehst du? Wie positiv und negativ geladene Teilchen. So wie überall im gesamten Universum.

Across the universe, sagte ich.

Genau.

Ich steckte mir eine weitere Zigarette an, ich war jetzt hellwach. Ich konnte es kaum erwarten, Stella zu sehen, und hörte ihm nur mit halbem Ohr zu.

Materie ist instabil, fuhr John fort, sie fällt am Ende in sich zusammen. Tatsächlich ist ja Materie genau das, diese Spannung vor dem Zerfall, aber bei den beiden sieht man es halt, es geschieht vor deinen Augen. Ich habe mich nie ganz daran gewöhnt. Aber lass dich nicht beunruhigen, sie ist wirklich sehr nett.

Ich nickte, während in meinem inneren Ohr dieses Lied weiterspielte, das ich liebte. Across the universe … Johns Stimme wurde von der Stimme von David Bowie überlagert, der perfekte Soundtrack, dachte ich, für das, was vor mir lag. Wir waren Young Americans.

Ich fragte mich, ob ich die beiden, Janet und Jenna, jemals zusammen sehen würde, ob ich eines Tages das Wunder dieses Nullsummenspiels selbst erleben würde. Die Aussicht, Jenna kennenzulernen, überraschte mich.

Ich hatte den geplanten Aufenthalt in Estes Park, den Besuch bei Jenna und ihrer Partnerin, in meiner Vorstellung übersprungen, ich war im Geist schon viel weiter, auf der Reise mit Stella, auf einsamen Landstraßen in Idaho und Oregon. Wir hatten Janet hinter uns gelassen und auch Patrick, und als nächste würden wir John und Jenna zurücklassen. Erst wenn wir allein waren, waren wir frei. Erst dann erlangten wir die Freiheit, die der amerikanische Westen versprach und immer versprochen hatte.

Der Olds bog mit Schwung auf den Parkplatz, Stella hatte sich offenbar an das große Auto gewöhnt. Ich trat die Zigarette aus, stand auf und nahm den Rucksack. Es war, als hätte ich vergessen, dass John neben mir saß. Stella hupte wild und fuhr in einem weiten Bogen über den Parkplatz. Sie hielt am Bordstein und sprang heraus, und als sie um den Wagen lief, zögerte sie den Bruchteil einer Sekunde, und da fiel mir John wieder ein. Er stand hinter mir. Ich ging auf sie zu, ließ den Rucksack fallen und schloss sie in die Arme. Wir küssten uns. Ich sog den Duft ihrer sonnenwarmen Haare ein. Ich spürte den Puls an ihrem Hals.

Lass dich umarmen, Kind, sagte John.

Mein Koffer war noch immer auf der Ladefläche, und die Rückbank war noch immer umgelegt. Sie bestand darauf, dass ich fuhr, und setzte sich in die Mitte. Es gefiel ihr, zwischen mir und ihrem Vater zu sitzen, sie sah von einem zum anderen und redete in einem fort. Manchmal vergaß sie, die Antworten zu den Fragen abzuwarten, die sie gestellt hatte. So aufgedreht hatte ich sie noch nie erlebt. Wie war der Flug? Trish ist sehr nett, wirklich, wir sind ein paarmal zusammen wandern gewesen. Trish ist Jennas Freundin, also Partnerin. Hast du Patrick gesehen, bevor du abgefahren bist? Hat er dir seine neue Telefonnummer gegeben? Ich kann es gar nicht erwarten, dir Estes zu zeigen, es ist so schön hier, zum Heulen schön. Ihr Haus ist wahnsinnig toll, man sieht niemanden, keine Nachbarn, keinen Menschen weit und breit. Dad kennt das ja alles. Das Haus liegt ziemlich hoch, weit über der Stadt, die Aussicht ist fantastisch. Trish nennt es Camp Climax, sie findet das lustig, aber Jenna meint …

Karl ist über Kansas eingeschlafen, unterbrach John.

Stimmt das? Stella sah mich von der Seite an. Im Trainer? Du bist in dieser Kiste eingeschlafen? Während ich hier unten Blut und Wasser geschwitzt habe?

Tatsächlich schlief ich nirgends so gut wie in Flugzeugen. Vielleicht war es dieses Gefühl, in der Luft zu treiben wie in Wasser, frei zu sein, über den Dingen zu schweben. Vielleicht war es auch nur die sanfte Stimme der Fluglotsin gewesen, die mich eingelullt hatte.

Ich erzählte von den letzten Tagen in Columbia, wie ich Patrick geholfen hatte. Das hatte ich ihr allerdings alles bereits am Telefon berichtet. Was ich ihr verschwiegen hatte, war, dass ich Patrick den Schlüssel abgenommen hatte. Obwohl sie mich nicht ausdrücklich darum gebeten hatte. Vielleicht hätte es ihm über den ersten Schmerz geholfen, den Schlüssel vorerst zu behalten. Er war ein enger Freund, er hätte ein- und ausgehen können wie der Mitbewohner, der er gewesen war. Tatsächlich hätte es mir gefallen, ihn hin und wieder in der Küche anzutreffen. Ich mochte ihn, auch wenn ich ihn nie ganz ernst genommen hatte. Er war harmlos, ein netter Typ.

Trotzdem hatte ich an der Tür die Hand aufgehalten, als wäre es selbstverständlich, und er hatte den Schlüssel hineingelegt. Erst jetzt begriff ich, wie erschüttert er gewesen war.

14

Das Haus war mit dunkelbraunen Holzschindeln verkleidet, die weit ausragende Traufe ruhte auf mächtigen Sparren. Das Dach war angelegt, weit über einen Meter Schnee zu tragen. Im Winter, erzählte Trish später, sah das Haus aus wie ein Schokoladenkuchen mit einer dicken Schicht Zuckerguss. Das Garagendach ruhte auf den gleichen Sparren, der Anbau hatte dieselbe flache Neigung wie das Haus. Das Grundstück selbst war klein, ein schmaler Hang im Osten ging in ein Waldstück über.

Im Eingang, an den Türrahmen gelehnt, stand Janet. Genau die Janet, die auf der Farm in ihrem Gemüsebeet gestanden hatte. Ich trat auf die ratschende Feststellbremse, wir stiegen aus. John sah mich an und zog vielsagend die Augenbrauen hoch.

Das hab ich gesehen, John, sagte Jenna.

Hi, Jenna.

Kommt rauf.

Sie kam uns nicht entgegen, sie rührte sich überhaupt nicht vom Fleck. Ihr rotblondes Haar war aufgesteckt, der schlanke Körper schien Teil der Architektur zu sein, Teil der Statik dieses geduckten Hauses. Sie trug Jeans und ein weites weißes Herrenhemd mit aufgeschlagenen Ärmeln. Ihre nackten, sommersprossigen Unterarme waren gekreuzt, als würde sie ein Kätzchen halten. Sie lächelte vage und sah uns der Reihe nach an. Zum Schluss fiel ihr Blick auf mich. Ich war schockiert. Nicht, weil dort eine Kopie von Janet stand, ihre perfekte Doppelgängerin. Damit hatte ich gerechnet, ich war schließlich gewarnt worden. Natürlich war es nicht Janet, die dort oben stand, sondern ihre Schwester. Janets Doppelung war völlig normal in der physischen, monozygotischen Welt, in der die Schwestern existierten.

Was mich verstörte, war das Gefühl, plötzlich selbst eine Art Nachbild zu sein, eine Spur. Es war, als hätte ich meinen Körper in Missouri zurückgelassen, und ein Aspekt von mir, vielleicht nur ein Teil meines Geistes, war durch die Luft geflogen und in Loveland gelandet und stand nun vor diesem Haus. Ich selbst war die Erscheinung, ich selbst war das Gespenst. Ich war in eine andere, etwas nervösere, zittrige Realität eingetreten, ohne die alte vollständig hinter mir gelassen zu haben. Die Farm und dieses Haus, so unterschiedlich sie waren, verbanden sich zu einer einzigen rustikalen Vorstellung. Die Diskrepanzen waren offensichtlich und wegen der Bilder und Nachbilder, die in mir aufblitzten, beinahe unerträglich. Ich konnte sie bis zum Schluss nicht auflösen. Bis zu unserer Abreise zwei Tage später sollte ich das Gefühl, in Estes Park zu sein, ohne jemals vollständig dort angekommen zu sein, nicht abschütteln.

Wir wollten gerade hinaufgehen, um Jenna zu begrüßen, als ein Pick-up die Auffahrt hinaufgefahren kam und hinter uns parkte. Eine kompakte Frau mit frühzeitig ergrautem Haar sprang heraus: Trish, Janets Partnerin. Sie nickte, als Stella mich vorstellte, und reichte mir von der

Ladefläche zwei große Einkaufstüten, die ich, da sie keine Henkel hatten, gegen die Brust drückte. Ich ging die Stufen hinauf zum Eingang. Ich musste mich mit den Tüten seitlich an ihr vorbeischieben, sie hatte sich noch immer nicht von der Stelle gerührt. Sie schien eine Art elektrische Spannung abzugeben, es war, als würde sie vibrieren, schneller, als es das menschliche Auge zu erkennen vermochte. Sie sah mich amüsiert an.

Immer geradeaus, sagte sie.

Ich ging in die Küche und stellte die Tüten ab. Stella folgte mir. Sie stellte sich auf die Zehenspitzen, wir küssten uns. Sie hauchte mir ihre Liebe ins Ohr. Ich schloss die Augen. Was wäre, wenn John sich damals nicht in Janet verliebt hätte, sondern in die Schwester?, dachte ich. Vielleicht war es reiner Zufall gewesen, dass er Janet zuerst kennengelernt hatte. Was wäre, wenn er Jenna geheiratet hätte? Wenn Jenna nicht lesbisch wäre? Wäre Stella dann eine andere? Genetisch wäre sie … ihre eigene Kopie. Aber hätten wir uns überhaupt gefunden? Hätte sie mir diesen feuchten Satz ins Ohr gehaucht? Würde sie nicht in einer ganz anderen Welt leben, in der ich überhaupt nichts zu suchen hatte? Oder hätten wir uns doch kennengelernt, zu einer anderen Zeit, an einem anderen Ort? In einem Iglu? Auf einem Kreuzfahrtschiff?

Ich schloss sie noch einmal in die Arme, und als ich sie ein wenig anhob, bemerkte ich, wie leicht sie geworden war. Sie hatte Gewicht verloren, vielleicht beim Wandern. Aber auch ich fühlte mich leichter, meine Schritte waren federnder. Selbst die Tüten, die ich getragen hatte, waren weniger schwer gewesen, als ich erwartet hatte. War es möglich, dass es an der Höhe lag? Schon draußen auf der Einfahrt hatte ich gierig die dünne Luft eingesogen. Ich hatte über Kansas, auf einer Höhe von achttausend Fuß, traumlos geschlafen. Ich war an einem Ort namens Loveland, im Vorland der Rocky Mountains, gelandet und gleich wieder hinaufgefahren, auf siebeneinhalbtausend Fuß. Der Motor des Olds hatte in der dünnen Luft gestottert. Ich bin näher am Baryzentrum von Stellas kompliziertem System, als ich je gewesen bin, dachte ich.

Der großzügige Wohnbereich war nach Westen komplett verglast, der Ausblick über die Terrasse auf die Silhouetten der Berge, die sich gegenseitig zu übertrumpfen schienen, die Aquarellstriche der feinen rosafarbenen Zirruswolken – all das war atemberaubend schön, schöner als alles, was ich je gesehen hatte. Der lange Esstisch, dessen dunkles Holz im Abendlicht rötlich schimmerte, stand unmittelbar am Fenster. Ein zweiter Tisch draußen auf der Terrasse erschien wie seine Verlängerung. Die Tische wirkten wie eine einzige große Tafel, die sich in die Dämmerung erstreckte. Als es dunkler wurde, spiegelten sich die Schüsseln und Teller und Kerzen in der Scheibe und deuteten ein zweites, geheimnisvolles Festmahl an, das sich in unbekannter Ferne verlief. Und dort, vor den bald düster aufragenden Bergen, sah ich sie wieder, die Zwillingsschwester. Sie oszillierte zwischen Anwesenheit und Abwesenheit, zwischen Sein und Scheinen, sie war wie eine Spur, eingebrannt auf einem Bildschirm. Ein flackerndes, unstetes Bild.

Sie sah mich an, schweigend und unverwandt, als hätte sie Zweifel an meiner Urteilsfähigkeit. Was machst du da, Karl?, fragten ihre Augen, die im Kerzenschein funkelten. Du bist auf der falschen Seite! Du bist einer von uns! Ihre rechte Hand lag auf der linken Schulter, als wollte sie das feine Zittern dämpfen, das ihren ganzen Körper erfasst hatte, die polarisierte Energie der Materie selbst, das drohende blitzartige Umschlagen eines lebendigen Bildes.

Die Hitze stieg mir ins Gesicht, ich sah auf meinen Teller und nahm unter dem Tisch Stellas Hand. Ich war froh, ihre Wärme zu spüren, die Feuchtigkeit ihrer Haut. Sie beantwortete meinen Druck, versicherte mich ihrer Gegenwart. Aber sie war in ein Gespräch vertieft. Trish hatte gerade gefragt, ob wir schon einmal von Alice Waters gehört hätten.

Ich sah Trish an. Hatte sie bemerkt, dass ich rot geworden war? Und John? Wussten sie, konnten sie sehen, was ich gesehen hatte? Jenna, die zwischen John und Trish saß, starrte in die leere Ferne, sie schien an dem Gespräch keinen Anteil zu haben.

Wer ist Alice Waters?, fragte Stella. Die Konturen der Bergkette waren jetzt nur noch zu erahnen.

Eine Restaurantpionierin in Berkeley, erklärte Trish. Wir müssten unbedingt dort essen gehen, das Restaurant heiße Chez Panisse, das dürfe man nicht verpassen, dort würde das beste und interessanteste und gesündeste Essen serviert, das es derzeit gebe, eine kleine kulinarische Revolution.

So etwas können wir uns nicht leisten, Trish, sagte Stella.

Dann lade ich euch ein. Morgen gebe ich euch das Geld.

Sie gab uns das Geld nicht, sie hatte es am Morgen vergessen. Wir erinnerten sie nicht daran. Es war eine überhebliche, wenn auch gut gemeinte Geste gewesen, wir waren froh, nicht an die Einladung gebunden zu sein.

Ich vergaß Alice Waters und ihr Restaurant, bis ich einige Wochen später im Olds am Chez Panisse vorbeifuhr. Ich hatte einen Termin auf dem Campus. Stella hatte ich mit Wanderschuhen, Sonnenbrille und Wasserflasche in Tilden Park abgesetzt. Ich war zu früh und fuhr, halbherzig nach einem Parkplatz suchend, durch die Straßen von Berkeley. Und ich dachte an diesen Abend in Estes, an die Erscheinung auf der Terrasse, an das Haus und an die Farm, deren Bilder sich bereits überlagert hatten. Wo war Janet? Schrieb sie? Dachte sie manchmal an uns?

Trish und Jenna räumten den Tisch ab, unsere Hilfe lehnten sie ab. Stella nahm meine Hand und zog mich nach draußen, es war bereits nach Mitternacht. Ein paar Minuten später folgte John. Er bat mich um eine Zigarette. Stella setzte sich auf den Tisch, ließ die Füße baumeln und starrte in den Himmel. Die Nacht war mondlos und sternenklar. Der Zigarettenrauch verfing sich im Wirbel der Milchstraße. Wir sprachen kein Wort, und unsere Gedanken drehten sich umeinander, und alles, was der Fliehkraft und der Schwerkraft unterlag, befand sich in einem nahezu perfekten Verhältnis zueinander.

Nach dem Frühstück zeigte mir Stella einige ihrer Lieblingsplätze im Ort: Wir tranken Kaffee im Stanley Hotel, spazierten Hand in Hand über einen Staudamm, blätterten im Besucherzentrum des Nationalparks in den Broschüren. Am frühen Nachmittag kehrten wir zum Haus zurück. Der Himmel hatte sich zugezogen, das Gewitter war kurz und heftig. John lag auf dem Sofa und las Zeitung. Jenna, die als Lektorin für einen Schulbuchverlag arbeitete, war in ihrem Schreibzimmer. Wir hörten das

Klappern ihrer Tastatur: kurze heftige Salven, zwischen denen lange Pausen lagen. Als das Gewitter vorüber war, packten wir Proviant und fuhren mit John zum Ausgangspunkt eines Wanderwegs. Janet wünschte uns viel Vergnügen, sie besaß nicht einmal Wanderstiefel.

Das sind die Twin Sisters Peaks, sagte John und lachte. Sucht euch einen aus!

Wir erreichten den westlichen Gipfel gegen sechs. Die Sonne stand tief über dem schroffen, abweisenden Longs Peak. Eisige Luft strömte von den Rockies herab, die Sonne schien ruckend hinter den Berg zu rutschen, wie in einem zu langsam abgespielten Film. Nach Sonnenuntergang eilten wir zurück, es war düster, als wir den Parkplatz erreichten.

Am zweiten Tag fuhren Stella und ich über die Trail Ridge Road. Alle paar Minuten hielten wir an, und Stella fotografierte. Winzige Wildblumen brachen durch die krustigen schmutzigen Schneereste. Eine Gruppe von Dickhornschafen betrachtete uns aus der sicheren Entfernung eines Hangs. Mir gefiel es, den Assistenten für Stella zu spielen. Ich trug ihre Tasche, reichte ihr Objektive, Zwischenringe, Filter und Film. Es machte mir Spaß, ihr zu gehorchen und nützlich zu sein. Als wir einen einzelnen Elch sahen, hager nach einem langen Winter, bremste ich wieder, aber sie wollte nicht aussteigen.

Das ist charismatische Megafauna, sagte sie, es interessiert mich nicht sonderlich. In dem Ausdruck lag ein Sarkasmus, der mich überraschte und der nicht zu ihr passen wollte. Aber Stella meinte es ernst: Warum, fragte sie, wecken gerade die größeren Kreaturen, besonders die Säugetiere, unser Interesse? Ist es nicht viel schwieriger, hier draußen als eine Hummel zu überleben oder als eine winzige Gebirgsschwertlilie?

Wenn wir im Haus waren, bemühte ich mich um Jenna. Ich sprach sie immer wieder an. Sie antwortete freundlich, blieb aber unverbindlich. Ich stellte ihr einige Fragen zum Haus, und sie erzählte von dem Architekten, der es vor vierzig Jahren für sich und seine Familie gebaut hatte. Seine Tochter hatte es ihnen vor acht Jahren verkauft.

Neun, korrigierte Trish, die vor dem Kamin kniete und die Asche des Vorabends zusammenfegte.

Jenna fragte nicht, warum ich mich für Architektur interessierte. Ich hatte nicht den Eindruck, dass sie mich wirklich kennenlernen wollte, auch wenn sie mich fortwährend beobachtete. Sie ließ mich kaum aus den Augen, ging auf meine Gesprächsangebote aber nur selten ein. Ich hätte ihr gern von der Architektenvilla am Ende unserer Straße erzählt, in der Ulrike aufgewachsen war. Ulrikes Vater hatte sie selbst entworfen, und wenn ich ihn im Haus antraf, ließ er es sich nie nehmen, mir das eine oder andere Detail zu erklären und mich sogar nach meiner Meinung zu fragen. Ich kannte jeden Winkel dieser Villa, es gab kein Fenster, von dem ich nicht wusste, welchen Zweck und Ursprung es hatte. Ich wusste, welche Materialien er verwendet hatte und warum, ich kannte den Plan, der allem zugrunde lag. Die Villa war ein Geheimnis, das sich mir langsam, über Jahre erschlossen hatte. Sie bestand nicht aus normalen Etagen und Zimmern, sondern aus versetzten Schichten und ineinander verkanteten Modulen, die an einer Seite hoch aufragten. Von außen, aus der Ferne, vor allem an den grauen Wintertagen um die Karnevalszeit, wirkte das Haus wie der Aufbau eines herannahenden Flugzeugträgers. Tatsächlich war die Mauer, die den erhöhten Vorgarten zur Straße hin abschloss, mit grauen, genieteten Stahlplatten verkleidet. Ulrikes Vater arbeitete, gemeinsam mit drei oder vier Angestellten, in einem der unteren Module, in das man durch einen schmalen Gang gelangte, der von dramatischen, zum Büro hin immer enger gesetzten Lichtschlitzen beleuchtet wurde. Die Augen sollten sich am Morgen nach und nach an die Helligkeit gewöhnen können. Ulrike ging nach der Schule nicht nach Hause wie alle anderen Kinder in der Nachbarschaft, sie kehrte in ihr graublaues Modul zurück, das über eine Außentreppe und – seit ihrem fünfzehnten Geburtstag – auch über eine eigene Dunkelkammer verfügte.

So entwickelte ich zwar ein Gespür für Jennas Haus, aber keines für ihre Persönlichkeit. Das Haus war ganz im amerikanischen Geist gebaut, es schützte vor den Elementen wie die fensterlose Blockhütte eines Siedlers und wandte sich der grandiosen Landschaft doch mit Staunen zu. Es war wie ein Kind, das sich die Augen zuhielt und aus Angst, etwas verpassen zu können, immer wieder zwischen den Fingern hindurchblinzelte.

Und Jenna? Ich hätte nicht einmal sagen können, ob sie mit ihrem Leben und ihren Umständen zufrieden war oder nicht. Sie war eine perfekte Gastgeberin, aber sie ließ sich nicht aus der Reserve locken. Jedes Mal, wenn ich sie im Haus antraf, hatte ich das Gefühl, dass sie noch auf der Terrasse saß, hinter dem Panoramafenster, unerreichbar hinter einer Wand aus Glas.

Und doch bestand zwischen uns eine gewisse Vertrautheit, die Vertrautheit von Menschen vielleicht, die sich aus einem früheren Leben kannten. Was mich neben der gespenstischen Zwillingsvision am meisten irritierte, war, dass sie ein höhnisches Angebot der Natur selbst zu sein schien, den Konflikt aufzulösen, in dem ich mich befand. Wenn ich tatsächlich so verstört war, dass ich der Faszination zu erliegen drohte, die die Mutter meiner Freundin auf mich ausübte – eine Frau, die mit mir gespielt hatte wie mit einem Jo-Jo, die möglicherweise sogar den Dekan benutzte, um mich zu manipulieren –, dann gab es wohl kein besseres Heilmittel, keine gründlichere Therapie für mich als eine Zwillingsschwester, die zu allem Überfluss auch noch lesbisch war. Die Natur lachte. Sie lachte mich aus. Jenna erschien mir wie eine jener Notfallspuren, die wir auf dem Weg vom Flughafen gesehen hatten: Ich raste mit defekten Bremsen einen Hang hinab, und da war dieser lebensrettende Abzweig, dieses tiefe Kiesbett, das mich auffangen und zum Stillstand bringen würde.

15

John ignorierte den gewundenen Pfad und ging quer über den Rasen zur Pilotenlounge. Er sah sich noch einmal um, winkte kurz. Wir stiegen in den Wagen und fuhren los. Nach einer halben Stunde auf dem Freeway holte er uns ein, flog zum Abschied einen tiefen, weiten Bogen, winkte noch einmal und verschwand im Osten. Am Abend erreichten wir Laramie. Wir fuhren mehrere Motels ab, bis wir eins fanden, das uns preiswert genug erschien. Am Morgen erwachten wir aus tiefem Schlaf und liebten uns, bis wir nassgeschwitzt in die Kissen sanken. Wir zogen die Vorhänge zurück, schoben das Fenster auf. Die Morgenluft über dem Freeway war staubig. Lastwagen rauschten vorbei. Wir gaben den Schlüssel ab und fuhren über einen riesigen, beinahe leeren Parkplatz zu Denny's, wo Stella mich mit dem Grand Slam bekanntmachte, einem Teller voller Pancakes, Spiegeleier, Würstchen, Bacon und Bratkartoffeln. Ich wusste nicht, wo ich anfangen sollte. Ich zeig dir mal, wie das geht, sagte Stella und lachte. Sie drehte die Plastikflasche um, und der Sirup zerfloss auf meinen Pancakes, und der salzig-süße Matsch aus Sirup und Butter und Bacon-Fett verband sich für immer mit dem lauten, fiebrigen Sex, der uns so hungrig gemacht hatte.

An einer Tankstelle kaufte ich eine braun-goldene Sporttasche mit dem Logo der Wyoming Cowboys. Ich hatte keine Lust, meinen schweren Koffer jeden Abend aus dem Wagen zu heben und seine vollständige Auflösung zu riskieren, ich hatte die Judogürtel in Estes vergessen.

Wir fuhren nach Westen und hörten die Tom-Waits-Kassette, die mir Ulrike im Winter geschickt hatte.

Jetzt sind wir wirklich unterwegs nach Burma Shave, sagte Stella. Ich habe diese Kassette in Kansas gehört, immer wieder, und ich habe mich die ganze Zeit gefragt, warum die Leute in Deutschland solche Sachen hören. Warum, wenn man überhaupt keinen Bezug dazu hat? Wenn man noch nie auf einem amerikanischen Highway unterwegs war?

Ich weiß nicht. Wir haben ja alle Bilder im Kopf von dieser Landschaft, wir haben zumindest eine grobe Vorstellung davon, wie sie aussieht. Außerdem kann amerikanische Musik sehr melancholisch sein. Die Deutschen sprechen vielleicht auf diese undeutliche Sehnsucht an. Burma Shave. Was ist das? Wo soll das sein? Bring mich hin. Deutsche Musik war auch einmal so melancholisch. Immer auf der Suche nach etwas. Aber das ist schon lange her, sehr lange.

Wie lange?

Hundertfünfzig Jahre oder so. Es wirkt vielleicht bis heute nach. Die Deutschen lieben Tom Waits.

Wir hielten an einem Truck Stop und tankten. Im Restaurant tranken wir bitteren Kaffee. Wir schoben Kleingeld durch den Schlitz eines Greifautomaten, und der Kran blitzte in der Sonne und warf einen scharfen Schatten, der aussah wie ein Fledermausflügel, und das einzige, was wir für unser Geld bekamen, waren ein paar Minuten voller Spaß und Übermut.

Wir verbrachten zwei Tage in Boise bei Patricks Bruder Lynden. Als wir eintraten, saß seine Frau Lori im Schneidersitz auf dem Boden, im Schoß ein zehn Monate altes Baby, mit dessen Ärmchen sie uns entgegenwinkte. Sie wohnten in einem winzigen chaotischen Holzhaus, das jedes Mal, wenn jemand die Toilette spülte, bis ins Fundament erschüttert wurde. Das Wohnzimmer war ein Schlachtfeld. Überall lagen Fahrradteile herum: Kabel, Ritzel und Speichen. An der V-förmigen Fernsehantenne fehlten die Kopfschrauben. Lori und das Baby schienen inmitten all dieser scharfen und spitzen Gegenstände auf dem Boden zu leben, Möbel gab es kaum. Ein Puzzle aus roten und grauen Gummimatten, die mich an die Matten meines Judo-Dojos erinnerten, war der Ausgangspunkt für die gefährlichen Erkundungsausflüge des Babys. Lynden hatte mit einem Freund eine Fahrradwerkstatt gegründet, sie hatten sich in den Kopf gesetzt, puristische Bridgestone-Räder mit geraden Lenkern und dicken Reifen zu verkaufen.

Die Fahrräder seien perfekt für die Berge, erklärte Lynden. Tatsächlich nannte er sie Mountain Bikes. Mit dem Fahrrad durch die Berge zu fahren, schien mir eine abwegige, geradezu verrückte Idee.

In Salt Lake City nahmen wir an einer Führung durch den Tempel Square teil. Es war das erste, vielleicht sogar das einzige Mal, dass uns etwas gleichermaßen fremd war. Bis dahin hatten wir uns hauptsächlich auf Stellas Territorium bewegt, außer in meinem Deutschkurs an der Uni. Es war ihr Land, ihre Familie, die Farm war der Ort, an dem sie aufgewachsen war. Selbst die Musik, die ich aus Deutschland mitgebracht hatte, war in gewisser Weise ihre Musik. Jetzt erlebten wir etwas, das ebenso gut auf einem anderen Planeten hätte stattfinden können, aus ihrer Perspektive wie aus meiner. Wir waren befremdet von dem überwältigenden Kitsch. Die Lehren dieses Glaubens, die wir den Bildern und den Erklärungen unserer Führer entnahmen, waren so fern von allem, was uns wahr oder wenigstens möglich schien, dass es auch Science Fiction hätte sein können. Ich wusste mehr über puerto-ricanische Santería als über das Mormonentum, die Landschaft von Tarkowskis Zone war mir vertrauter, als es der Tempel Square jemals hätte sein können. Als ich den Kinderchor hörte, der durch die Lautsprecher in die Hallen gepumpt wurde, dachte ich an Pink Floyd.

Und trotz des Kitsches und trotz all der Absonderlichkeiten, die uns begegneten, ermahnten wir uns gegenseitig immer wieder, nicht zu urteilen. War das, was ich immer als unseren magischen Humanismus bezeichnet hatte – die Stelle, an der unsere instabilen, veränderlichen Überzeugungen miteinander verschmolzen –, nicht auch eine Art Religion? Hatten wir nicht unsere eigenen heiligen Schriften, unsere kaum hinterfragten Begriffe und Vorstellungen wie Freiheit, Gleichheit und *random kindness*? War nicht Swifts magnetische Insel Laputa unser Neues Jerusalem?

Trotzdem war es schwer, sich ein Urteil zu verkneifen. Es war schwer, sich in Menschen hineinzuversetzen, die in diesem Glauben aufgewachsen waren, die nichts anderes kannten oder schlicht noch nicht so weit waren, die Wahrheiten ihrer Eltern über Bord zu werfen. Als wir schließlich auf Wandgemälden Heilige entdeckten, die auf Wolken schwebten, freundeten wir uns doch noch ein wenig mit dieser Religion an. Sie schienen gerade schwer genug, dass ihre Füße in den weichen Flaum der Kumuli sanken. Selbst Schafe ruhten federleicht im Himmel, und die strahlenden Figuren, denen Joseph Smith, der erste Prophet der Mormonen, in seiner Vision begegnet war, standen wie Trampolinspringer in der Luft.

Am Abend, in Aristo's Greek Restaurant, zog Stella einen Zettel aus dem Portemonnaie, den Janet ihr zu ihrem sechzehnten Geburtstag gegeben hatte. In roter Tinte hatte sie auf liniertem Papier geschrieben:

Als nur einer wird er vielfach, und vielfach geworden wird er wieder einer. Er wird sichtbar und unsichtbar. Auch durch Mauern, Wälle, Felsen schwebt er hindurch wie durch die Luft. Er taucht auf der Erde auf und unter wie im Wasser. Er wandelt auf dem Wasser, ohne unterzusinken, wie auf der Erde. Er fährt durch die Luft sitzend dahin wie der Vogel mit seinen Fittichen. Er befühlt und berührt mit der Hand selbst den Mond und die Sonne, die so mächtigen, so gewaltigen.

Am Unabhängigkeitstag erreichten wir den Columbia River. Raketen zischten, ein blau-weiß-roter Regen fiel glitzernd auf den dunklen Fluss, in dem, wie Stella erklärte, zu dieser Jahreszeit Unmengen von pazifischen Lachsen zu ihren Laichplätzen zogen. Am nächsten Morgen fuhren wir nach Stevenson, um meinen Gasteltern aus der High-School-Zeit einen Besuch abzustatten. Das Letzte, was ich von Christie und Steve gehört hatte, war, dass sie Ridgefield und die kleine Gemeinde dort verlassen hatten und nach Stevenson gezogen waren, wo Steves Eltern wohnten.

Wir hatten sie einmal dort besucht, ich erinnerte mich aber weder an ihre Namen noch an ihre Gesichter. Doch der Plan der kleinen Stadt am Hang und der Weg hinauf zu ihrem Bungalow auf der Roosevelt Street waren unauslöschlich in mein Gedächtnis gebrannt. Wir gingen über den schattigen Plattenweg zum Haus. Ich probte in meinem Kopf eine kleine Rede, eine Erklärung: Wer wir waren, woher wir kamen, was wir wollten. Wir waren noch nicht am Haus, als sich mit zartem Geläut die Tür öffnete und eine alte, sehr gepflegte Dame mit silbernem Haar und einem dunkelblauen Kleid heraustrat. Karl!, rief sie freudig. Es war, als hätte sie mich erwartet.

Stella, der ich erzählt hatte, dass ich mich nicht an die Eltern erinnerte, war ebenso erstaunt wie ich, aber gefasster. Ich war derart verblüfft von diesem Empfang, dass ich trotz allem begann, meine kleine, vorbereitete Rede zu halten: Ich heiße Karl, ich bin, also ich war, der deutsche Schüler, der im Herbst 1982 …

Das weiß ich doch alles, unterbrach mich die Frau. Ich erinnere mich sehr gut an dich. Sie sah Stella an. Sie schien zu spüren, dass ich ihren Namen vergessen hatte und dass ich keine elegante Möglichkeit sah, meine Freundin vorzustellen.

Ich bin Laura, sagte sie und winkte uns heran. Und du?

Stella. Guten Tag. Es freut mich sehr.

Laura bestand darauf, uns beide an ihre Brust zu ziehen und zu küssen. Als ich ihr Parfüm roch, stieg eine vage Erinnerung in mir auf, und es dämmerte mir, dass ihr Mann, Steves Vater, Tom hieß und dass ich, als ich im Herbst Tom Breckenstein und seine Frau Laura kennengelernt hatte, die beiden Namen als eine ausgesprochen harmonische und zeitlose Kombination empfunden hatte.

Tom und Laura, Laura und Tom. Sie gehörten zusammen und würden immer zusammengehören. Ich hatte mir ausgemalt, wie Tom und Laura, meine Freunde in Columbia, gemeinsam alt werden würden. Wie sie vor ihrem Haus in Westphalia sitzen würden, nach dem langen, erfüllten Leben, das sie so sorgfältig geplant hatten. Tom und Laura, Laura und Tom – diese Namenskombination wirkte auf mich wie eine sprachliche Wendung: Messer und Gabel, Haus und Hof, Himmel und Erde, Sonne und Mond, zwei Gestirne, die sich umkreisten, bis eines aus der Bahn geschleudert würde ... Tom und Laura, Laura und Tom waren die Klammern um die verlorenen Jahre, die ich zwischen 1983 und 1989 in Deutschland verbracht hatte. Tatsächlich fiel mir jetzt ein, dass es Laura, die alte Dame, die vor uns stand, und ihr Ehemann Tom gewesen waren, die mich am Ende meines Aufenthalts nach Seattle zum Flughafen gefahren hatten. Ich sah sie hinter der Absperrung stehen und winken, während ich schuldbewusst mit einer Stange Pall Mall in der Hand an der Kasse des Duty-Free-Shops stand.

Ist Tom auch da?, fragte ich. Ein Fehler, dachte ich sofort. Die Wahrscheinlichkeit, dass Tom inzwischen gestorben war, war in jedem Fall groß genug, dass eine behutsamere Formulierung angebracht gewesen wäre.

Er ist drinnen. Kommt rein. Ich rufe Christie an. Sie ist bei der Arbeit.

Die Klarheit und Kürze ihrer Sätze beruhigte mich, erst später begriff ich, dass ihr Satzbau der Satzbau einer Asthmatikerin war.

Tom saß in einem beigefarbenen Fernsehsessel, eine Häkeldecke über den Beinen. Er trug karierte Pantoffeln, die weißen Strähnen seines feinen Haars waren ordentlich von links nach rechts gekämmt. Er grüßte uns herzlich und aufmerksam, wie es schien.

Karl. Hallo, Karl! Erinnerte auch er sich an meinen Namen? Oder hatte er unser kurzes Gespräch vor der Haustür mitgehört? Noch einmal sagte er: Hallo, Karl, dann schwieg er.

Der Fernseher war aus, in seiner Reichweite befanden sich weder Bücher noch eine Zeitung, nicht einmal ein Glas Wasser. Er hatte offenbar einfach dagesessen. Er starrte, wie ich erst jetzt bemerkte, durch ein breites, beinahe bodentiefes Fenster in den Garten, auf ein Tableau von lebensgroßen Tierfiguren. Gipsabgüsse, realistisch bemalt. Grasende Rehe, eine Bärin, die ihre tollenden Jungen beschützte. Aus dem Teich schaute frech ein Biber hervor.

Laura ging, um ihre Schwiegertochter anzurufen. Stella verschwand im Bad. Ich versuchte, den Garten durch die Augen des alten Mannes zu betrachten. Ich wollte sehen, was er sah. Und tatsächlich wurde die Szene lebendig. Ich hörte Vögel zwitschern, ich hörte das Rascheln der Äste, die der Biber ins Wasser zog. Tom hatte sich in eine Welt zurückgezogen, in der Bären und Rehe und Biber friedlich und ohne die Einmischung der Menschen beisammen lebten. Und mir kam der Gedanke, dass der andere Tom, der in Columbia eine beträchtliche Sammlung von Horrorfilmen besaß, hier ein heilloses Gemetzel, ein Blutbad gesehen hätte.

Christie arbeitete in einer Drogerie. Laura erklärte, dass sie frühestens in einer halben Stunde ihre Mittagspause nehmen und zum Haus heraufkommen könne. Sie bot uns Kaffee an. Tom antwortete nicht auf meine Fragen, er wiederholte nur immer wieder meinen Namen: Ja, Karl, ja. Laura bedeutete uns augenzwinkernd, dass er nicht in der Lage war, unserem Gespräch zu folgen. Als ich mich nach ihrem Gesundheitszustand erkundigte, schenkte sie mir ein verräterisches Lächeln und füllte Kaffee in eine Schnabeltasse. Sie ließ den Kaffee ein wenig abkühlen, stand auf und ging zu ihrem Mann.

Darf ich das machen?, fragte Stella. Laura nickte überrascht und reichte ihr die Tasse. Stella kniete sich neben dem alten Mann auf den Boden und hielt ihm die Tasse an die aufgesprungenen Lippen. Sie sah ihn schweigend an und strich ihm über die fleckigen Handrücken, die auf der Häkeldecke lagen, beinahe, als wollte sie ihn beruhigen.

Christie begrüßte mich frostig und nickte nur kurz in Stellas Richtung. Ich war bestürzt. Das war nicht der Empfang, den ich erwartet hatte. Ich erinnerte mich gern an sie und an Steve, ich war ihnen immer dankbar gewesen, weil sie mich aufgenommen und versorgt hatten, weil sie mir mehr Wohlwollen und Verständnis entgegengebracht hatten als meine eigenen Eltern. Sie hatten sich mit mir auseinandergesetzt und versucht, mich zu bestärken und mir eine Richtung zu geben. Meine Mutter war gestorben, bevor ich ihr die großen Fragen stellen konnte, und mein Vater interessierte sich nicht für mich. Wenn es nach ihm gegangen wäre, wäre ich Ingenieur geworden, ein Bürger mit einem Golfhandicap. Genau das, was er selbst war. Aber letztendlich war ihm auch das egal gewesen.

Christie lud uns nicht ein. Sie bat uns nicht, am Abend vorbeizukommen, vielleicht einige Tage zu bleiben, wie ich erwartet und gehofft hatte. Sie fragte nicht einmal, wohin wir unterwegs waren. Als sie wieder fort war, ging ich in den Garten. Ich setzte mich auf ein Mäuerchen und rauchte. Die Rehe sahen mir dabei zu. Ich empfand einen tiefen Verlust und eine Trauer, als hätte man mir etwas weggenommen, zum zweiten Mal. Stella kam und setzte sich neben mich. Sie legte den Arm um mich und strich mir übers Haar. Sie wischte mir mit dem Ärmel die Tränen von der Wange. Nach einer Weile gingen wir wieder hinein.

Immerhin wollte Steve uns unbedingt sehen, Laura hatte mit ihm telefoniert. Er war auf Geschäftsreise in Seattle und würde am nächsten Tag zurückkehren. Er schlug ein Treffen in einem Autobahnrestaurant vor, auf halbem Weg. Wegen Christie sollten wir uns keine Gedanken machen. So ist die manchmal, sagte Laura.

So banal dieser Satz war, aus dem Mund der alten Dame klang er beinahe weise. Es hat nichts mit dir zu tun, schien sie zu sagen. Wer weiß, vielleicht hatte Christie Angst vor etwas. Vielleicht hasste sie ihr Leben. Konnte das stimmen? Oder wollte Laura mich nur beruhigen?

Das Hotel lag auf der anderen Seite des Columbia River, hoch über dem Tal. Der Blick von der Restaurantterrasse ging auf eine weite Flussbiegung. Boote, Kanus vielleicht, sahen aus wie Spielzeug. Die Reihen der Weingärten an den Hängen wirkten wie Schraffur.

Ich stützte mich auf das Geländer und rauchte. Stella fragte, warum Christie mich so behandelt hatte. Warum sie so eiskalt gewesen war.

Ich wusste es nicht, ich wusste es wirklich nicht. Nach meiner Rückkehr nach Deutschland hatte ich ihnen nie geschrieben und sie nur ein einziges Mal angerufen. Ich war mit anderen Dingen beschäftigt gewesen. Ich war siebzehn, achtzehn Jahre alt gewesen, lebendig begraben in einem katholischen Internat. Den Verlust meiner Mutter hatte ich nicht verwunden. In gewissem Sinn stand ich noch immer unter Schock. Ich verstand nicht, was mit dem Leben geschehen war, in das ich mich gerade erst hineingefunden hatte.

Scheiß drauf, sagte ich. Was weiß sie schon über mich? Über meine Geschichte?

Stella schwieg. Verurteilte sie mich? Stellte sie sich gegen mich? Sie suchte einen Grund für Christies Feindseligkeit, und sie suchte ihn bei mir. Aber ich hatte mich ja bemüht. Spät, aber immerhin. Schließlich waren wir über tausend Meilen von Estes bis hier hinauf gefahren, um sie zu besuchen. Ich hatte mir vorgestellt, wie sie reagieren würde, wenn ich ihr meine amerikanische Freundin vorstellte. Bestimmt gab es dankbarere und treuere Austauschschüler als mich. Aber hier war ich. Ich war zurückgekehrt, um sie zu sehen.

Windsurfer kreuzten auf dem breiten Fluss. Der Schatten der Stahlbrücke, über die wir gefahren waren, sah aus wie ein Fadenspiel.

Hast du gesehen?, fragte Stella. Bridge of the Gods. Stand auf dem Schild an der Rampe.

Ich nickte. Die Brücke der Götter. Was verbarg sich hinter diesem Namen? Wer hatte sich das ausgedacht? Tausend zusammengefügte Stahlträger, ein Werk der Ingenieurskunst, so offensichtlich, so berechenbar in seiner Konstruktion, dass jeder Mythos vor ihm vergehen musste. Welcher Gott setzte seinen Fuß auf grauen Stahl?

Haben wir eigentlich noch genug Geld?, fragte ich. Das Zimmer war teuer. Außerdem gab es hier oben keine Geschäfte, keinen Supermarkt, nichts. Nur das Hotelrestaurant. Wir würden für den Blick bezahlen, es würde unser teuerstes Abendessen bisher werden. Eigentlich hatten wir gehofft, ein paar Nächte umsonst zu wohnen. Als Christie zur Arbeit zurückgekehrt war, hatte uns Laura, der meine Enttäuschung nicht entgangen war, für die Nacht ein Zimmer angeboten. Stella hätte das Angebot gern angenommen, doch ich hatte darauf bestanden weiterzufahren. Stella mochte den alten Mann, der ihre Zuneigung zu spüren schien, vielleicht gefiel ihr auch die Welt, in der er lebte: Bär und Reh und Biber in friedlicher Koexistenz.

Ich weiß nicht, sagte sie. Es wird schon reichen.

Hast du es denn mal gezählt?

Nein.

Und hast du es vor?

Nein. Wenn du dir Sorgen machst, kannst du das Geld ja nehmen. Du kannst dich darum kümmern. Mir bedeutet es nichts, es ist nur Papier. Ich gebe dir nachher den Umschlag, er ist in meiner Tasche im Zimmer.

Das hört sich an, als wolltest du sagen, dass mir das Geld mehr bedeutet als dir, sagte ich. Als würdest du über den materiellen Dingen stehen und ich nicht. Das ist nicht fair. Ich mache mir bloß Sorgen, dass es am Ende nicht reichen wird. San Francisco ist teuer, alle sagen das. Vergiss nicht, was Trish gesagt hat.

Trish, die mehrere Jahre in San Francisco gelebt hatte, hatte mit Skepsis reagiert, als wir ihr erzählten, dass wir zwei, vielleicht sogar drei Wochen in der Bay Area bleiben wollten.

Nein, habe ich nicht vergessen, sagte Stella.

Ich will nur vermeiden, dass wir irgendwo in der Wüste liegen bleiben, weil wir kein Benzin mehr haben.

Ich weiß. Ist schon in Ordnung, Süßer. Ich gebe dir nachher den Umschlag. Ich glaube, ich lege mich ein bisschen hin.

Sie ging auf unser Zimmer, ich blieb auf der Terrasse zurück und las. Nach dem Abendessen gab sie mir den Umschlag. Am Morgen bezahlte ich an der Rezeption die Rechnung, während Stella das Auto vom Parkplatz holte. Auf der Rechnung war ein Telefongespräch vermerkt, zwanzig Minuten, Vorwahl von Columbia. Hatte sie mit Patrick telefoniert? Was hatte sie ihm erzählt?

Steve wartete in einem Jack-in-the-Box an der I-5, in der Nähe von Centralia. Ich erkannte ihn sofort. Er hatte zugenommen und seine rötlichen Haare und seinen Schnauzer kurz geschnitten, war aber ansonsten beinahe unverändert. Er bestand darauf, unser Essen zu bezahlen. Wir nahmen unsere Tabletts und setzten uns an einen Tisch. Er erzählte von seiner Arbeit. Er verkaufte Baumaschinen für eine Firma in Seattle. Kranwagen, Bulldozer, solche Sachen, sagte er. Die Geschäfte liefen gut, sehr gut sogar. Er spiele mit dem Gedanken, ein größeres Haus in Stevenson zu kaufen.

Ich habe in Ridgefield als Baggerfahrer gearbeitet, damals als Karl bei uns war, sagte er und sah Stella an.

Davon träumt jeder kleine Junge, sagte sie.

Ja. Es war ein Kindheitstraum von mir, tatsächlich. Und es war eine gute Vorbereitung auf das, was ich jetzt mache. Ich kenne mich mit Schwermaschinen aus, ich weiß, wie man mit Bauarbeitern redet – und mit ihren Chefs.

Ich dachte, du warst damals Pastor.

Ja, das stimmt, sagte er und sah auf sein Tablett. Kleine Kirche. Kleine Gemeinde. Sechzig Leute, zehn, zwölf Familien.

Seine Stimme war plötzlich wärmer, er wirkte nachdenklich. Es kam mir vor, als hätte er diesen Teil seines Lebens vergessen. Als hätte erst Stellas Frage ihn wieder daran erinnert.

Davon konnte ich natürlich nicht leben, sagte er. Ich habe immer auch auf dem Bau gearbeitet.

Und in Stevenson? Warst du da auch noch als Pastor tätig? Stella stellte genau die Fragen, die ich mich nicht zu fragen traute.

Wir gehen nicht mal mehr in die Kirche, sagte er und sah uns an. Ich dachte, sie hätte es euch erzählt?

Wer?, fragte ich.

Christie.

Nein, hat sie nicht. Was ist denn passiert?

Das ist alles nicht wahr. Ich habe nie daran geglaubt. Selbst damals nicht.

Aber es war doch dein Leben, oder?, sagte ich. Hat sich bei euch nicht alles um die Kirche gedreht?

Ja, klar, sagte er. Die Gemeinde, die Freundschaften, daran haben wir geglaubt. Und so viele Kinder. Wir haben die Kinder geliebt. Wir hatten ja keine eigenen. Alle haben sich gegenseitig geholfen, jeder war für den anderen da. Das war toll. Wir waren ja alle ziemlich arm. Aber dann, als du weg warst, verließen die ersten die Gemeinde. Sie verschwanden einfach. Sie waren wie vom Erdboden verschluckt. Erinnerst du dich an Pat und Linda? Mit den langen Haaren?

Ich nickte. Ich erinnerte mich vage an ein freundliches Hippie-Paar mit einem Hund und mehreren kleinen Kindern, die in einem Doppelwohnwagen auf dem Land wohnten.

Also, Pat wurde verhaftet, ich weiß nicht weshalb. Linda und die Kinder sind zurück zu ihren Eltern, irgendwo im Osten, Tennessee, glaube ich. Sie waren wie trockenes Laub – ein einziger Windstoß, und sie waren verstreut. Und genauso war es mit den anderen Familien. Sie waren unsere Freunde gewesen, unser Leben. Und dann, plötzlich: nichts mehr. Einfach weg.

Wir aßen eine Weile schweigend.

Spielst du eigentlich noch Trompete?, fragte ich schließlich.

Und wie!, sagte Steve. Er war genauso erleichtert über den Themenwechsel wie ich. Ich spiele, sooft ich kann! Ich versuche nur nicht mehr, die Mauern von Jericho zum Einsturz zu bringen. Ich spiele jetzt softere Sachen, Jazz und so.

Kurz bevor wir uns verabschiedeten, nahm ich meinen Mut zusammen und fragte nach Christie. War sie mir böse? Hatte ich sie verletzt? Hatte ich etwas falsch gemacht, als ich damals nach Deutschland zurückkehrte? Oder vorher?

Nein, nicht wirklich, sagte er. Natürlich war sie enttäuscht.

Er sah mich an.

Erinnerst du dich an Dennis, den Austauschschüler aus den Philippinen, der nebenan gewohnt hat? Als du weg bist, ist er bei uns eingezogen. Er war so nett. Wir lieben Dennis, wir haben noch immer Kontakt.

Deshalb ist sie mir böse? Weil ich nicht war wie er?

Nein, nicht nur das, antwortete er. Sie hatte sich einfach sehr um dich bemüht. Wahrscheinlich hatte sie sich zu viel vorgenommen. Sie wollte dir die Mutter ersetzen, die du verloren hattest. Sie hat dir wirklich ihre ganze Liebe geschenkt. Deine Familiengeschichte, der Tod deiner Mutter, das Internat. Wir fanden das alles furchtbar. Wir dachten, wir könnten dich irgendwie retten. Einfach durch unsere Liebe.

Ich war sprachlos. Stella, die schon begonnen hatte, den Tisch abzuräumen, blieb stehen. Sie nahm meine Hand.

Du warst ziemlich durcheinander, Karl, sagte Steve.

Ich weiß.

Sie hatte es sich zur Aufgabe gemacht, dir zu helfen. Und du hast sie zurückgewiesen. Ich glaube, ich weiß jetzt, warum. Aber sie dachte, dass sie gescheitert wäre. In gewisser Weise brauchte sie dich mehr als du sie.

Die Rauchwolke stand noch immer unbeweglich über dem abgesprengten Gipfel des Vulkans. Mount St. Helens. Verkohlte Baumstämme säumten die frisch asphaltierte, unmarkierte Straße. Wir fuhren durch eine Sperre, die Schranke war geöffnet. Warnschilder begrüßten uns. Weiter unten, an den Rändern einer riesigen gleißenden Ascheebene, lagen unzählige Baumstämme. Alle zeigten in dieselbe Richtung, wie Metallspäne in einem magnetischen Feld. Die Hänge waren von schwarzem faltigem Lavagestein zerschnitten. Wir hielten an und stiegen aus. Die Sonne brannte. Was würde geschehen, wenn ich mich bücken und meine Zigarette an den Stein halten würde? Würde sie zu glimmen beginnen? War es noch da, das Feuer von damals? Verbarg es sich noch unter der Oberfläche? Aber alles war hart und tot. Stella fotografierte. Eine Spinne verschwand in einem Riss im Gestein, sie war das einzige Lebewesen, das wir sahen. Wir fuhren weiter, ein riesiges Lupinenfeld tauchte vor uns auf, ein schwellendes Meer, blau und violett. An einem See hielten wir an und stiegen aus.

Ein Feuersalamander klebte an einem Felsen. Die Erde war mit einer dünnen hellgrauen Ascheschicht bedeckt. Stella nahm die Kamera und ging los. Ich setzte mich auf die Motorhaube, rauchte und betrachtete ihre kleiner werdende Silhouette. Sie sah aus, als würde sie auf Wasser wandeln. Sie ging auf die Knie, fotografierte mit dem Makro. Sie lief weiter. Sie drehte sich nicht um.

Als sie zurückkam, berichtete sie von winzigen Sprossen, die sich mühsam in Ritzen hielten, von Mulden und Senken, nicht größer als die hohle Hand, die sich langsam mit Erde füllten, von zarten hellgrünen Grasbüscheln, die sich darin hielten. Diese Landschaft ist überhaupt nicht tot, sagte sie. Das Leben kehrt zurück, wie immer.

16

Wir fuhren über die Golden Gate Bridge und nahmen ein Zimmer in dem ersten Motel, das wir sahen, an einer sechsspurigen Straße. Der Swimming Pool war von einem hohen Zaun umgeben, der voller Verbotsschilder hing. Niemand badete. Wir brachten unser Gepäck ins Zimmer, Stella ging ins Bad, sie wollte sich duschen. Ich ging, um mich nach einem Münztelefon umzusehen.

Alex saß am Frühstückstisch. In Kranenburg war es acht Uhr am Morgen, er hatte bereits drei Stunden gearbeitet. Er gab mir die Adresse einer Pension in der Clayton Street, die Katja auf eine Postkarte geschrieben hatte.

Ich habe sie hier vor mir, die Karte, sagte er. Das Bild hat einen Kippeffekt. Eine steile, flimmrige Straße, einmal mit und einmal ohne Cable Car.

Und die Telefonnummer?, fragte ich.

Offenbar gibt es in der ganzen Pension nur ein Telefon, antwortete er, und das hängt im Flur. Wie in der DDR. Am besten geht ihr einfach mal hin. Clayton Street, wie gesagt. Das ist in diesem Flower-Power-Viertel.

Alex wirkte niedergeschlagen, zum ersten Mal hatte ich das Gefühl, dass er mit seinem Leben nicht zufrieden war, dass er nicht an dem Ort war, an dem er sein wollte.

Am Morgen spazierten wir Hand in Hand durch die Stadt. Nach einer guten Stunde erreichten wir Haight-Ashbury. Von dem kühlen Morgennebel, vor dem uns Trish gewarnt hatte, war nichts zu sehen. Stella war nervös. Ich hatte versucht, ihr das Verhältnis zwischen Katja, Alex und mir zu erklären, das jugendliche, experimentelle Dreieck, das wir gebildet und über die Jahre immer wieder in Frage gestellt hatten, unsere Freundschaft, die aus dem, was kaum als Trennung durchgehen mochte, entstanden war. Es war eher eine gemeinsame Entscheidung, die Dinge in einem anderen Licht zu sehen, sagte ich. Wir sind sanft, beinahe unmerklich auseinandergegangen, um auf andere Weise wieder zueinanderzufinden.

Alex würde ich gern mal kennenlernen, sagte Stella. Du hast doch gesagt, dass er Farmer ist, oder?

Das Haus war hellgrün, eine Treppe führte hinauf zum Eingang. Die Wirtin kam an die Tür. Katja sei schon unterwegs, sagte sie und führte uns in die große Küche. Ich schrieb einen Zettel, den sie an Katjas knallrote Zimmertür heftete, gleich neben der Küche. Stella fragte, ob sie vielleicht ein Zimmer für uns hätte, etwas Kleines, das wir uns leisten könnten. Die Frau führte uns nach oben und zeigte uns ein helles, buntes Dachzimmer ohne Bad. Wir nickten zufrieden und erklärten, dass wir um fünf mit dem Gepäck wiederkämen.

Wir erkundeten die Stadt und begannen, unsere Vorstellung von diesem Ort, der so vielen Menschen so viel bedeutete, der Wirklichkeit anzupassen. San Francisco war eine Collage von Standfotos und Nachrichtenbildern, von Geschichten und Menschen, die wir aus der Ferne bewundert hatten. Es waren Bilder mit Kippeffekt. Wir erkannten vieles wieder und wussten doch, dass nichts so war, wie wir es uns vorgestellt hatten. Jedes Gebäude, jeder Mensch, jede Straße konnte jederzeit verschwinden. In der City Lights-Buchhandlung ließen wir uns treiben, bis sich unsere Wege trennten. Ich ging nach oben in den Lyrikraum, und das erste Buch, das ich sah, war Janets *Aqua Marina*. Sie verfolgt uns, dachte ich, sie spukt durch mein Leben. Wenn sie dort in einem Sessel gesessen hätte, ein Buch in der einen und einen Eiskaffee in der anderen Hand, hätte ich mich kaum gewundert. Im Regal gleich neben Janets Gedichtband stand eine Übersetzung von Heines *Buch der Lieder*. Ich zog den Band heraus, blätterte darin und las: That child is so like her sister/especially when they smile/She has the same soft glances/which tortured me a while. Ich ärgerte mich, weil mir die Rückübersetzung nicht gelingen wollte.

Unten bei den Romanen fiel mir ein Buch in die Hand, dessen Titel, *A Bend in the River*, etwas Unbestimmtes in mir auslöste. Der Titel selbst schien zu fließen. Ich dachte an den mächtigen Columbia River, die Surfer unter der Brücke der Götter, die Weinberge am Südhang. Auf dem Umschlag stand, dass das Buch in Afrika spielte. Ich beschloss, es zu kaufen.

Ich fand Stella in der Wissenschaftsabteilung im Untergeschoss. Sie saß auf einem Hocker, einen Stapel Bücher auf dem Schoß. Obenauf lag Darwins *Fahrt der Beagle*.

Es ist *eine* Sache, sagte sie unvermittelt, im Abstrakten über geologische Veränderungen nachzudenken und über das Ökosystem, das sich immer wieder neu anpasst. Es ist etwas ganz anderes, diese Veränderungen konkret, am eigenen Leib, zu erfahren. Wir meinen immer, dass man die geologische Zeit nicht beobachten kann. So bekommen wir es in der Schule beigebracht. Die Erdkruste verschiebt sich viel zu langsam, als dass wir die Veränderung wahrnehmen könnten. Nur das Ergebnis, das sehen wir natürlich. Wenn man aber wie Darwin auf seiner Reise mit eigenen Augen sieht, wie es passiert, wenn man zum Beispiel erlebt, wie sich bei einem Erdbeben ganze Landschaften verändern, wie Vulkane ausbrechen, wie sich ganze Städte und Küsten heben oder senken, alles innerhalb von Minuten oder gar Sekunden; und wenn man dann sieht, wie das Leben zurückkehrt, wie es die Landschaft zurückerobert – das ist Wahnsinn! Das haut mich um. Wenn aber der Lehrer sagt, irgendetwas hat Jahrmillionen gedauert, dann sagt er im Prinzip: Mach dir am besten gar nicht erst die Mühe, das zu verstehen. Das kriegst du in dein kleines Hirn sowieso nicht rein. Dazu lebst du nicht lang genug. Wir haben keine Bilder davon, wir haben keine Vorstellung von diesen Dingen.

Denkst du dabei an deinen Vater?

Nein. Mein Vater würde so etwas nie sagen. Für ihn ist die Vorstellungskraft das Wichtigste überhaupt. Das innere Sehen. Er ist sozusagen ein Visionär.

Deshalb mögen sie ihn so sehr.

Die Schüler? Ja, stimmt.

Sie zeigte mir eine Ausgabe von Humboldts *Ansichten der Natur*, die sie im selben Regal gefunden hatte. Eine große, ausklappbare Illustration zeigte zwei Männer, der eine nackt, der andere von Kopf bis Fuß bekleidet: enges Beinkleid, Zylinderhut und Stock. Vor ihnen lag ein staubig-graues, unfruchtbares Feld, auf dem sich mehrere konische Hügel erhoben, klein wie Minigolfschikanen. Am Rand reckten sich Palmen in die Höhe, üppige, tropische

Vegetation schien von allen Seiten in die Wüste zu drängen, die nicht größer war als ein Gemüsebeet. Der Naturforscher zeigte auf einen der Hügel. Er spie Gas, an seinen Hängen rann flüssiger Stein hinab. Der Forscher schien dem Eingeborenen etwas zu erklären.

Siehst du, sagte Stella, die Welt verändert sich vor ihren Augen. Ihre Perspektive ist die eines Gottes. Die Welt ist klein, die Zeit zusammengeschrumpft. Die Frage ist natürlich: Wer erklärt, und wer lernt? Wer besitzt hier die grundlegenderen Einsichten? Der westliche, wissenschaftlich denkende Forschungsreisende oder der Eingeborene, dessen Welt es ist?

Sie legte den Zeigefinger in das Buch und ließ es in den Schoß sinken. Ich lehnte mich ans Regal, rutschte herunter, bis ich vor ihr hockte. Ich sah zu ihr auf. Ich liebte sie für diesen Geist, die Reife, auch die Ruhe, die sie ausstrahlte. Das war nicht die Weisheit einer Neunzehnjährigen, sondern die Weisheit einer Frau mit einer außerordentlichen Gabe. Sie nahm die Welt als etwas wahr, dessen Geheimnis mit ihrem eigenen Geheimnis zutiefst verbunden war. Es war ihre Welt. Sie war der Ausdruck ihrer Natur, sie war ihr eigentlicher Bewohner. Wir, die anderen, waren nur Besucher, Naturforscher, Staunende.

Die meisten dieser Prozesse, warf ich ein, dauern länger als ein Leben. Wir sehen immer nur einen winzigen Ausschnitt. Selbst im Fernsehen, wenn die Hubschrauber über der Katastrophe kreisen, sehen wir nur die Zerstörung.

Vielleicht, sagte sie. Und doch begreifen wir, dass die geologische Zeit, Jahrtausende oder Jahrmillionen, dieselbe Zeit ist, die wir in unserem täglichen Leben erfahren. Die vier Jahre, die man für sein Studium braucht. Die Sekunden, die es dauert, bis ein Bild in der Entwicklerflüssigkeit zum Vorschein kommt. Jeder Mensch ist ein Visionär. Und manchmal verändert sich in kürzester Zeit alles. Grundlegend. In dem Zeitraum, den es braucht, um eine Tasse Kaffee zu trinken. Hast du nicht gesagt, dass es mit Staaten, Dynastien und Ideologien genau dasselbe ist?

Ja, das stimmt, sagte ich. Wir halten sie für unglaublich dauerhaft und beständig. Alles, denken wir, muss immer so bleiben. Wir halten an der Vorstellung fest, dass eine Nation, die über Jahrzehnte oder Jahrhunderte entstanden ist, auch unser Leben überdauern müsste. Gerade wenn wir jung sind. Aber manchmal reicht eine einzige Nacht, um ein Land hinwegzufegen. Dann stehen wir da, und alles ist unvertraut.

Mir ist überhaupt nichts unvertraut, sagte Stella. Ich weiß überhaupt nicht, was das bedeutet.

Ich weiß, sagte ich.

Können wir uns das leisten?

Was?

Dieses Buch. Darwin. Ich will es lesen.

Es war halb sieben, als wir in der Pension ankamen. Katja stand oben an der Tür und strahlte über das ganze Gesicht. Sie eilte uns entgegen, nahm Stella eine Tasche ab. Sie hatte beinahe schon nicht mehr geglaubt, dass wir noch kommen würden. Wir stellten das Gepäck im Flur ab und folgten ihr in die Küche. Sie setzte sich neben Stella, beugte sich vor und legte die Arme in den Schoß, um sich kleiner zu machen. Wir erzählten von unserer Reise. Sie strich sich das glatte, schulterlange Haar hinters Ohr, hörte aufmerksam zu und nickte gelegentlich. Auch wenn ich sprach, behielt sie Stella stets im Blick.

Stella erzählte von unserer Stadterkundung, und Katja sah sie an und hakte nach. Wo wart ihr genau? Welcher Pier? Wie hieß die Straße? Es dauerte nicht lange, bis Stella Vertrauen zu ihr gefasst hatte. Als Katja uns ihr großes, spärlich möbliertes Zimmer zeigte, flehte Stella sie an, mit uns wandern zu gehen und uns die Stadt zu zeigen.

Wir bezogen unser Zimmer unter dem Dach. Als wir uns fertig eingerichtet hatten, klopften wir an Katjas Tür. Zu dritt liefen wir quer durch die Stadt. Wir aßen in einem grell beleuchteten Taco-Shop in der Mission und gingen kurz vor Mitternacht in einen Club. Stella trug eine kurze Jeans und ein Neckholder-Top, das dieselbe Farbe hatte wie die Tamarinden-Limonade, die wir in dem mexikanischen Restaurant getrunken hatten. Sie drehte eine Pirouette, winkte kokett in alle Richtungen und verschwand in Richtung Tanzfläche. Katja und ich fanden zwei Sessel auf einer Empore. Wir sahen Stella zu, die sich mit geschlossenen Augen durch die Menge bewegte wie eine Eiskunstläuferin. Jetzt erst begriff ich, dass ihr die Wanderstiefel, die sie so gern trug, halfen, den Kontakt zur Erde zu behalten. Sie war wie eine Astronautin, eine Taucherin vielleicht, die mit einem Bleigurt beschwert über den Meeresboden hüpfte.

Stellas selbstvergessener Tanz erinnerte mich an etwas, das mir vor Jahren einmal Ulrikes Vater erklärt hatte, der in seinem Modul im Erdgeschoss der Architektenvilla Hallendächer und Fußgängerbrücken entwarf. Letztendlich tue er nichts anderes als ein Marionettenspieler. Der bewege nämlich nicht die einzelnen Glieder, die schlackernden Arme und Beine der Puppe, sondern manipuliere ihren Schwerpunkt. So entstehe etwas, das man früher einmal Anmut genannt habe.

Der Architekt kehrte also die Schwerkraft um, genauso wie der Puppenspieler, der Zug ging nach oben. Die Bewegung entstand nicht durch eine Nachahmung der Natur, sondern durch ihre Überwindung. So war es bei den Marionetten, und so war es auch bei Dächern und Brücken, nur dass die Bewegung eine Null-Bewegung war, das Innehalten. Und wenn es dem Künstler – egal welche Kunst er betrieb – gelang, die Künstlichkeit zu perfektionieren, erlangte er etwas wieder, das er schon verloren geglaubt hatte: Natürlichkeit. Möglich, dass er sie sogar übertraf.

Katja hatte aus Köln wenig zu berichten. Sie hatte versucht, ihre Mutter zu einer Entziehungskur zu überreden, erfolglos. Sie war nicht einmal bereit gewesen, zuzugeben, dass sie ein Problem hatte. Ulrike hatte sich in einen Jungen verliebt, der ihr beim Fotografieren die Leiter hielt. Sie fotografierte jetzt Menschenmengen: Aufläufe und Demonstrationen aus einer leicht erhöhten Perspektive. Eine Serie über den Karneval war in einer Wuppertaler Galerie ausgestellt worden, ein Kritiker hatte vom Neuen Pointillismus geschrieben.

Ich finde trotzdem, sie sollte bei den Porträts bleiben.

Warum sagst du Junge?

Er ist achtzehn oder neunzehn. Er hat noch nicht mal Bartwuchs.

Aber er ist groß genug, um ihr die Leiter zu halten?

Er ist riesig. Ein riesiges, kräftiges hübsches Kind. Sie sind wie Samson und Delilah.

Ich fragte mich, wann Katja etwas über Stella sagen würde. Ich sehnte mich nach ihrer Zustimmung. Aber genügte es nicht, dass sie ihr gegenüber vom ersten Augenblick aufgeschlossen und freundlich gewesen war? Was wollte ich mehr?

Wir schwiegen eine Weile und sahen Stella zu. Die Tanzfläche wurde immer voller. Katja überraschte mich mit der Ankündigung, dass sie in den USA bleiben wolle. Sie hätte kein Interesse daran, nach Deutschland zurückzukehren. Sie hasste die Energie des neuen Deutschland, beinahe alles ging ihr gegen den Strich.

Stell dir das doch mal vor, Wiedervereinigung! Die Menschen hat niemand gefragt. Und historisch gesehen ist es natürlich ein Rückschritt.

Kann schon sein.

Interessiert dich das denn überhaupt nicht mehr?

Doch, schon, ich denke nur nicht gerade jeden Tag darüber nach. Ich habe hier ein neues Leben, weißt du?

Es geht nur ums Geld. Um die Wirtschaft. Sie peitschen die Menge auf, sie manipulieren ihre Gefühle, aber tatsächlich geht es nur ums Geld. Die DDR ist pleite und der Westen kauft sie den Sowjets zu einem Spottpreis ab. Am Anfang waren es nur einige Spekulanten, die über die Dörfer gezogen sind und den Leuten ein paar Tausend Mark für ihre Häuser angeboten haben. Jetzt kaufen sie das ganze Land. Sie wollen Berlin wieder zur Hauptstadt machen und den hässlichen Deal mit der dicken Pampe des Nationalstolzes überdecken.

Einer Pampe, deren Verfallsdatum längst abgelaufen ist, meinst du.

Natürlich!

Du willst also lieber hier bleiben? Wo vor jedem Supermarkt eine riesige Flagge weht? Wo jeder Schultag mit einem Fahnenschwur beginnt?

Wenigstens sind sie ehrlich. Sie glauben das alles wirklich. Sie singen ihre Hymne mit echter Inbrunst. Die Amerikaner lieben ihr Land, ist das so schlimm?

Und was willst du hier machen?, fragte ich.

I guess you'd say/I'm on my way/to Burma Shave. Erinnerst du dich an das Lied?

Natürlich!, rief ich und lachte. Stella und ich hatten es auf der Fahrt wohl hundertmal gehört.

Katja erzählte, dass sie Jura studieren wolle. Sie würde weiter schreiben, aber sie wolle auch einen richtigen Beruf ausüben. Etwas, mit dem man Geld verdienen könne, meinte sie. Das Recht und die Schriftstellerei, beides sei schließlich Arbeit mit der Sprache.

Und was ist mit Alex?, fragte ich.

Was soll mit ihm sein? Du weißt doch, wie er ist. Er tut, was er tun muss. Er liebt sein Vieh und seine Zuckerrüben. Ich glaube, er wird versuchen, den Hof zu übernehmen. Wenn ich genug Geld verdiene, kann ich es ihm vielleicht sogar finanzieren. Er will einen Biohof daraus machen. Er meint, dass Bio die Zukunft ist. Er wird für immer dort draußen im Schlamm wühlen. Weil das sein Leben ist. Es kommt ihm gar nicht in den Sinn, auf die Wünsche anderer Rücksicht zu nehmen.

Auf deine Wünsche, meinst du.

Sie schwieg. Sie beugte sich vor und sah wieder auf die Tanzfläche hinab.

Sie ist wirklich sehr süß, Karl.

Liebst du ihn denn noch? Alex?

Natürlich, ja. Sie sank in ihren Sessel zurück. Ich werde ihn vermutlich immer lieben. Und es wird andere geben, die ich auch lieben werde.

So läuft das also? Wie Erd- oder Gesteinsschichten, eine auf der anderen?

Ein seltsames Bild, findest du nicht? Ehemalige Liebhaber, einer über dem anderen. Aber ja, du hast schon recht. Schichten. Man sieht das Alte nicht, vielleicht wird es auch verdichtet. Aber es ist noch immer da. Wenn das so ist, dann sind die tiefsten Schichten die beständigsten.

Und wir? Ich? Bin ich etwa auch so eine Schicht?

Natürlich, Karl! Was hast du denn gedacht?

17

Chuck Fuller stand leicht gebeugt in seinem Büro und sah sich nach seiner Jacke um. Er war groß, größer als ich. Ich schätzte ihn auf Anfang oder Mitte sechzig. Umso mehr staunte ich über sein flammendes hellblondes Haar, die blonden Augenbrauen. Selbst wenn er irgendein technisches Detail der Grammatik erläuterte, blieb sein Blick, wie ich bald feststellte, immer ein wenig schelmisch. Seine Augen, die an das helle kalifornische Licht gewöhnt waren, blinzelten und lächelten. Lawrence hatte mir nicht viel über Chuck erzählt, nur dass er, wie er sich ausdrückte, erschreckend klug sei. Sagen wir so, hatte Lawrence gesagt, die Menschheit kann von Glück sagen, dass er sich nicht für künstliche Intelligenz interessiert, so wie Minsky in Massachusetts. Wir würden längst alle von einer Maschine regiert. Ein Glück auch, dass solche Menschen von den Universitäten beschäftigt und abgelenkt werden, gerade in Kalifornien. Die Universitäten saugen das Potential ab, sie verdichten und deponieren es in Bibliotheken, wo es niemandem wehtut. Universitäten sind wie Entkalkungsanlagen, sie erzeugen überwiegend inaktive Stoffe. Wenn Leute wie Chuck versuchen würden, Geld zu verdienen und in unseren Alltag einzugreifen, anstatt Grundlagenforschung zu betreiben, sähe unsere Welt ganz anders aus. Wir würden überhaupt keinen Frieden mehr finden.

Die Regale waren leer, an den Wänden hingen weder Diplome noch Auszeichnungen, nicht einmal ein Kalender. Auf dem Schreibtisch standen ein schwerer altmodischer Hefter und eine Schachtel Kleenex. Das aluminiumgerahmte Whiteboard war sauber bis auf das Wort *frames*, das in der oberen linken Ecke noch zu erkennen war. Jemand hatte einen wischfesten Markierstift benutzt.

Er sei kurz davor, in den Ruhestand zu treten, erklärte Chuck und zog sich die Jacke an. Früher sei es hier richtig gemütlich gewesen. Jetzt würde er nur noch das eine oder andere Seminar abhalten, und dafür habe er eigentlich kein Anrecht auf ein Büro. Den Schlüssel, meinte er, werde er aber erst nach einem Kampf mit der Verwaltung hergeben.

Sie geben dir alle möglichen Auszeichnungen und Ehrungen, sagte er, und am Ende schicken sie dich doch in den Ruhestand. Mit goldenem Handschlag, so nennen wir das hier. Sie bezahlen dich dafür, dass du gehst. Keine Zeremonie, nichts. Dann gibst du den Schlüssel ab. Eine akademische Laufbahn ist nichts für Nostalgiker oder Kleingläubige.

Eine Warnung, dachte ich.

Wissen Sie, was man von der Universität bekommt, wenn man einen Nobelpreis gewinnt?

Ich schüttelte den Kopf.

Einen Parkplatz. Sie geben dir einen reservierten Parkplatz vor deinem Gebäude als Anerkennung. Das ist alles.

Ich sah ihn erstaunt an.

Gehen wir ins Café, sagte er.

Auf dem Weg richtete ich Lawrences Grüße aus, die er mit nachdenklichem Nicken quittierte. Ich fragte ihn, was er von Lawrences Theorie hielt, ob es stimme, dass die Universitäten das Wissen zurückhielten, damit es in der Welt nicht zu großen Schaden anrichte. Er erzählte mir von PARC, einem Institut der Xerox Corporation in Palo Alto, und vom Center for the Study of Language and Information in Stanford. Dort wird das alles umgesetzt, sagte er, es ist in vollem Gange.

Was ist in vollem Gange?

Künstliche Intelligenz, Spracherkennung, maschinelle Übersetzung, Hypertext. Es brodelt, es rumpelt, wie vor einem Erdbeben. Lawrence hat von alldem keine Ahnung. Er hat kein Sensorium dafür, er spürt es nicht. Er sitzt in Missouri, da gibt es keine Erdbeben, oder? Er hält Vorträge über Wittgenstein und J. L. Austin und liest die nachgelassenen Briefe seines Vaters, das macht ihn glücklich. Und er hat diese wunderbare Tochter, wie heißt sie noch?

Isabel, sagte ich.

Genau, Isabel. Wie alt ist sie? Acht? In zehn, zwölf Jahren, wenn sie an die Uni kommt, wird diese Welt nicht wiederzuerkennen sein. *Sie* müssen vielleicht noch Bücher und Aufsätze schreiben, aber Isabel wird Code schreiben, Algorithmen. Sie wird all das umsetzen, was wir hier seit Jahren machen.

Unter all den berühmten Cafés in Berkeley war das Café Foucault das unscheinbarste. Es hatte nichts von dem Flair, den sein Name versprach, es sah nicht französisch aus, es roch nicht nach Croissants, nicht einmal nach frischem Kaffee. Unter einer abgeflachten Plexiglashaube auf dem Tresen, die mich an die Kabine von Johns Flugzeug erinnerte, lagen einige Scones und Muffins aus. Das Café, das eigentlich Espresso Experience hieß, war Michel Foucaults Lieblingscafé in Berkeley gewesen. Chuck vermutete, dass die Besitzer keine Ahnung hatten, was an diesem Ort erdacht worden und wer der immer gut gebräunte Mann mit der Brille am Fenster gewesen war. Chucks Vorliebe für dieses Café hatte allerdings nichts mit Foucault zu tun und auch nichts mit den Muffins.

Die Knie, erklärte er. Arthrose. Ich komme einfach nicht weiter.

Mein Aufsatz über Deixis hatte ihm gut gefallen, er hatte nur kleine Änderungswünsche, die ich ihm nach meiner Rückkehr nach Missouri schicken könne. Ich solle mir noch einmal überlegen, ob der Titel des Aufsatzes, »Somebody up there«, nicht ein wenig zu verspielt sei. Allerdings sei ich zumindest bei den Linguisten in dieser Hinsicht in bester Gesellschaft. Ein Kollege von ihm habe gerade ein Buch veröffentlicht, für dessen Titel er sich in zehn Jahren vermutlich schämen würde: *Women, Fire, and Dangerous Things*. Ein befreundeter Linguist aus Chicago schreibe gerade ein Buch, das wohl *A Linguistic Flea Circus* heißen werde.

Wie gut kannten sich Lawrence und Chuck eigentlich? Immerhin wusste er, wie alt Isabel war. Er ist zwar ein alter Mann, dachte ich, aber er hat die Zukunft im Blick, er interessiert sich mehr für das Kommende als für das Vergangene. Aber wie konnte das sein? Was sah er in der Zukunft, wenn er sich selbst darin nicht wiederfand? Woher diese Offenheit für das Neue? Hatte er Kinder und Enkelkinder? Vielleicht, dachte ich, liegt es an der milden, salzigen Luft, die vom Pazifik hereinweht und die er seit dreißig Jahren atmet, an der kalifornischen Sonne. Vielleicht ist dies der Ort, an dem gerade die Zukunft erfunden wird.

Wir tranken unseren Kaffee, und Chuck begann, mich regelrecht und systematisch auszufragen. Was wollte ich? Wofür interessierte ich mich? Was hatten Literatur und Logik miteinander zu tun? Anders gefragt: Was ist die Logik der Literatur? Irgendwann landeten wir bei der Frage nach dem Verhältnis von Zeit und grammatischem Tempus.

Was bedeutet das Präteritum in der Erzählung? Ist die physikalische, die messbare Zeit das Objekt des sprachlichen Zeichens? Was wird dem Leser da vorgegaukelt?

Ich zögerte. Das ist schwer zu sagen, antwortete ich. Es ist leichter zu sagen, was das Präteritum *nicht* bedeutet oder worauf es sich nicht bezieht. Ich lese gerade ein Buch von V. S. Naipaul. Da stehen Sätze wie: Es war jetzt dunkel. Bäume umgaben mich, Lichter, der Rauch der Kochstellen. Das bezieht sich natürlich nicht auf eine bestimmte Zeit in der Vergangenheit. Aber Naipaul verwendet dieselbe Zeitform wie ein historischer Roman. George Washington überquerte den Delaware mit zweitausendvierhundert Mann. Das ist wirklich passiert, zu einem bestimmten Zeitpunkt in der Vergangenheit. Das Präteritum bedeutet genau das: Heiligabend 1776, irgendwann nach Sonnenuntergang.

Tun Romanautoren so, als wäre die Handlung tatsächlich passiert, zu einem bestimmten Zeitpunkt in der Vergangenheit?, fragte Chuck. Wollen sie uns das vormachen?

Das glaube ich nicht. Dann wäre es nicht Fiktion, sondern Lüge. Das ist ein Unterschied.

Sie sagen also nicht die Wahrheit, und sie lügen auch nicht.

Genau. Natürlich behaupten Schriftsteller, dass es um eine tiefere Wahrheit geht. Aber das hat mit der Logik der Tempora nichts zu tun. Es ist ein anderer Modus des Erzählens. Autor und Leser haben eine Vereinbarung: Du machst mir nichts vor, und ich lese es, als wäre es passiert. Dann sind wir beide zufrieden. Die fiktive Welt ist eine alternative Welt, eine Art Gegenwelt. Wir können gar nicht genug kriegen von diesen Gegenwelten.

Aber Naipauls Geschichte, sagte er. Spielt die nicht in den Siebzigerjahren?

Ja, schon. Aber nicht in den wirklichen Siebzigerjahren. Und auch nicht im wirklichen Afrika. Naipaul benutzt das Präteritum und dazu das Wort »jetzt«: Es war *jetzt* dunkel. Wie kann das sein? Wie kann man »jetzt» und die Vergangenheitsform zusammen verwenden? Das funktioniert doch eigentlich nicht.

Eigentlich, sagte Chuck.

Genau.

Ich begann zu ahnen, dass er über all das längst nachgedacht hatte, dass er nur versuchte, mich zum Reden zu bringen. Es war eine Prüfung.

Ich glaube, dieses »jetzt« bezieht sich auf die Gegenwart der Handlung. Das ist der Zeitpunkt, an dem der Autor seinen Leser haben will. Geistig.

Und das Präteritum? Worauf bezieht sich das?

Das ist einfach nur Konvention. Es ist eine Übereinkunft. Es transportiert den Leser in eine andere Welt. Es gibt eine Menge Romane und Erzählungen, die im Präsens verfasst sind, selbst solche, die in der dritten Person geschrieben sind. Updike zum Beispiel. Das ist also auch möglich.

Und wäre es möglich, auch im Futur zu schreiben? Sagen wir, Science Fiction?

Nein, antwortete ich. Es gibt sicher Ausnahmen, aber Science Fiction steht normalerweise im Präteritum. Und zwar, weil sich das Präteritum überhaupt nicht auf einen Zeitpunkt bezieht. Es ist eher ein Modus, sagen wir der Modus der Fiktion. Orwells *Nineteen Eighty-Four*: Es war ein kalter Apriltag, und die Uhren schlugen dreizehn. Er konnte ja schlecht behaupten, dass die Handlung in der Vergangenheit spielt. Das Buch ist von 1949.

Könnte die Vorspiegelung hier sein, dass der Leser, sagen wir mal, das zwanzigste Jahrhundert verschlafen hat, dass man ihn aufweckt und ihm erzählt, was 1984 passiert ist?

Sie meinen, wie bei Rip van Winkle?

Ja, so ungefähr. Wie lange habe ich geschlafen? Wo bin ich? Was ist passiert? Es gibt einen frühen Film von Woody Allen, der diese Prämisse hat, glaube ich. Der Schläfer.

Ich nickte. Ich hatte den Film, in dem denkwürdigerweise eine Maschine namens Orgasmatron vorkam, mit Ulrike gesehen. Ihr hatte die Vorstellung gut gefallen, ein Orgasmus ohne Sex, und sie fand es beinahe zukunftsweisend, dass die Maschine bei Frauen und Männern gleich gut funktionierte.

Finden Sie nicht, dass dieses Szenario ziemlich weit hergeholt ist?, fragte ich.

Und warum? Chuck wusste genau warum, und er wusste, dass ich es wusste. Wir waren einander längst auf die Schliche gekommen. Ich muss ihn nicht überzeugen, dachte ich, darum geht es nicht.

Welche Erklärung ist denn die sparsamere und elegantere?, sagte ich. Dass der Leser eine Geschichte präsentiert bekommt, die eindeutig als fiktiv gekennzeichnet ist, ohne jede Täuschung, ohne jede Vorspiegelung, dass sie geschehen ist oder geschehen wird oder irgendwann einmal geschehen sein wird? Oder dass man ihn bittet, sich vorzustellen, er wäre gerade nach einem Dornröschenschlaf in einem albernen kryonischen Sarkophag aufgewacht und würde nun darüber aufgeklärt, was er in den vergangenen hundert Jahren verpasst hat?

Chuck lachte. Meinen Sie nicht, dass diese Details ein wenig irreführend sind?

Sie haben damit angefangen, sagte ich. Übrigens ist auch die Offenbarung im Präteritum abgefasst. Johannes hat eine Vision. Und dann wartet er ein paar Tage oder Jahre, und dann schreibt er sie auf. Die Vision liegt zu diesem Zeitpunkt in der Vergangenheit. Aber was sie zeigt, ist die Zukunft. So geht es also auch.

Auf dem Rückweg zum Fakultätsgebäude erzählte Chuck von den neuesten Entwicklungen in seinem Fach. Wir erleben gerade die Vereinigung von Sprachwissenschaft und Kognitionsforschung, sagte er begeistert. Sprache und Denken: ein einziges Forschungsgebiet. Er erwähnte noch einmal das Buch seines Kollegen, dessen peinlichen Titel er nicht wiederholen wollte. Der Grundgedanke bestehe darin, dass unser gesamtes Denken von Metaphern strukturiert sei, die wiederum unsere körperliche Ausrichtung auf die Umwelt widerspiegeln würden.

Zum Beispiel die Zeit, sagte er. Wir sprechen über sie, als wäre sie ein Raum, den es zu durchschreiten gilt. Eigentlich eine Schiene, auf der es nur vor und zurück geht. Wir blicken in die Zukunft. Die Zukunft liegt vor uns. Die Vergangenheit hinter uns. Was, wenn wir unsere Augen auf einer Seite des Körpers hätten wie die Plattfische?

Wie würden wir dann über die Zeit nachdenken? Welche Metapher würde dann unser Denken über die Zeit strukturieren?

Oder, sagte Chuck, denken Sie an oben und unten: Man kann über die meisten wirtschaftlichen und gesellschaftlichen Zusammenhänge ohne die räumlichen Orientierungsbegriffe, und auch ohne den Begriff der Schwerkraft, weder reden noch nachdenken. Ernährungspyramide, soziale Struktur, Aktienmärkte. What goes up must come down, eine amerikanische Redensart, beliebt bei Börsenprofis. Das sind Metaphern, aber nicht Sprachmetaphern, sondern Denkmetaphern. Es ist beinahe unmöglich, aus ihnen auszubrechen.

Wir kamen noch langsamer voran als auf dem Hinweg. Chuck zog sein rechtes Bein nach. Er litt sichtlich, bei jedem Schritt kniff er die Augen zusammen. Ich versuchte trotzdem, ihn noch einmal auf mein Gebiet zu locken. Ich erzählte ihm von meinen Stunden bei Saul Reich, von Wahrscheinlichkeiten und rationalen Entscheidungen. Er kannte Reich nicht, auch das Thema schien ihm relativ fremd. Ich versuchte, ihm zu erklären, was es mit Bayes' Theorem auf sich hatte, dass man Wahrscheinlichkeiten vom Ergebnis her denken muss. Wenn es einen Gott gibt, sagte ich, dann ist dieser Gott Buchmacher. Der Buchmacher gewinnt immer. Für ihn gibt es keine Zufälle. Es gibt nur Wahrscheinlichkeiten für bestimmte Ereignisse, die sich sehr genau berechnen lassen. Wenn ich zum Beispiel eine vielbefahrene Straße überqueren möchte …

Sie glauben also, Sie haben eine kleine Rechenmaschine im Kopf, die all das abwägt? Wie wahrscheinlich es ist, dass ich überfahren werde? Wie wahrscheinlich, dass ich nicht überfahren werde?

So ungefähr, ja. Es gibt natürlich Tage, an denen ich risikobereiter bin als an anderen.

Und was nützt Ihnen das, wenn Sie tatsächlich überfahren werden? Wenn Sie der eine unter Tausenden sind, den es trifft?

Ich sah ihn an und schwieg. Wir waren auf einer kleinen katzenbuckligen Fußgängerbrücke stehen geblieben. Chuck legte mir die Hand auf die Schulter und fragte, was das Gefährlichste sei, das ich je getan hätte. Ich musste nicht lange nachdenken und erzählte ihm von dem Flug nach Colorado, von John, der das Flugzeug selbst zusammengeschraubt hatte. Chuck redete so lange auf mich ein, bis ich zugeben musste, dass ich keine Ahnung hatte, wie hoch die Wahrscheinlichkeit eines Absturzes gewesen war. Ich hatte keine Daten, mit denen ich mein Hirn, die kleine Rechenmaschine, füttern konnte. Ich hatte nur meine Intuition, mein Bauchgefühl.

Immerhin, sagte ich, der Mann, der das Flugzeug gebaut hat, unterrichtet Physik.

Und wenn er Religionslehrer wäre? Wären Sie dann auch eingestiegen?

Vermutlich ja, antwortete ich. Der Pilot ist der Vater meiner Freundin. Ich hatte eigentlich gar keine Wahl.

Chuck lachte. Ah, jetzt verstehe ich! Sie wollten kein Feigling sein!

Möglich, ja, sagte ich. Aber es war irgendwie auch aufregend. Es gibt schlimmere Todesarten. Der freie Fall, ein wolkenloser Himmel über Kansas … Man wird durch die Luft gewirbelt wie Dorothy im *Zauberer von Oz*, dann geht plötzlich das Licht aus. So stelle ich mir das vor. Vielleicht ist das gar nicht so schlecht.

Chuck war überzeugt, dass ich in meinem Leben sehr wenige tatsächlich rationale Entscheidungen getroffen hatte. Auch die Entscheidung für ein Studium in Berkeley, meinte er, habe mit meinen Berechnungen vermutlich wenig zu tun. Natürlich sollten Sie alle Faktoren in Betracht ziehen, sagte er, bevor Sie sich bewerben – und ich wünsche mir ausdrücklich, dass Sie es tun. Aber am Ende wird Ihre Entscheidung nicht auf einer Berechnung beruhen, sondern auf einem Schlamassel von, wer weiß? Nervenkitzel? Liebe? Vielleicht sogar Angst? Vielleicht laufen Sie vor etwas weg. Vielleicht wird es ein winziges Detail sein, das am Ende den Ausschlag gibt, wie der kühne, beinahe akrobatische Bogen dieser Brücke hier oder der Duft der Eukalyptusbäume. Wie dem auch sei, ich hoffe, dass Sie sich bewerben, und ich hoffe, dass ich nächstes Jahr, wenn Sie zu uns kommen, noch da sein werde. Und bitte, Karl, fliegen Sie nächstes Mal mit einem richtigen Flugzeug.

Er verabschiedete sich und verschwand im Eingang des Gebäudes, neben einem Schild mit der Aufschrift Language Lab. Ich lief den Bancroft Way hinauf zum International House, wo der Wagen stand. Steile Straßen führten hinauf zum Park. Stella wartete an einem Picknickplatz auf mich. Der Duft von Salbei, Rosmarin und Thymian lag in der Luft. Sie hatte ihre Wanderstiefel und Socken ausgezogen und lag ausgestreckt auf einem grauen Holztisch. Ich trat an sie heran, legte meine Hände auf ihre Schultern und drückte sie leicht. Ihr Körper gab nicht nach, er federte nicht. Sie schlug die Augen auf, sah mich an und begriff, dass ich bereits beschlossen hatte, nach Berkeley zu wechseln. Und dass sie sich entscheiden musste, ob sie mitkommen würde oder nicht.

Im Radio liefen die Top-Forty der Sechziger. Als wir an der Mautstelle der Brücke hielten, lehnte sich Stella weit über meinen Schoß und reichte dem Kassierer zwei Dollar, einen für uns und einen für den Wagen hinter uns. Der Kassierer schien nicht im Geringsten überrascht. Ich war entsetzt. Warum hatte sie für den Wagen hinter uns bezahlt?

Es war ein *random act of kindness*, erklärte Stella, die Art von Verhalten, die der Aufkleber auf meiner Stoßstange bewarb. Eine gute Tat, gut fürs Karma, meinte sie. Ich protestierte. Sie ärgerte sich, dass ich ihr Verhalten hinterfragte, es berührte den Kern ihres Wesens. Aber nicht sie war verunsichert, sondern ich. Sie rüttelte an dem wackligen moralischen Gerüst, das ich mir über die Jahre aufgebaut hatte.

Und wenn der Kassierer den Dollar einfach eingesteckt hat?, fragte ich.

Hat er aber nicht. Er hat ihn durchgewinkt, ich habe es gesehen.

Stella saß seitlich auf der Bank und sah mich an. Ich beschleunigte auf der Brücke und fädelte mich ein. Ein rotes Sportcabrio flitzte an uns vorbei. Der Fahrer, jung und todernst, trug ein beigefarbenes Jackett. In der Art, wie er vorausstarrte und sich an sein Lenkrad klammerte, lag Wahnsinn. Er fuhr wie ein Besessener.

Und wenn schon. Was würde es ausmachen?

Es ist *dein* Dollar, sagte ich resigniert. Das Cabrio raste davon.

Jetzt nicht mehr, sagte Stella.

Wohl wahr, dachte ich. Warum störte mich diese Kleinigkeit so sehr? Es war nur ein einziger Dollar, eine gute Tat, die Stella glücklich gemacht hätte, wenn ich ihr den

Spaß nicht verdorben hätte. Aber war es nicht falsch, in dieser Weise ins kosmische Wirken einzugreifen? War es nicht ebenso wahrscheinlich, dass Stella das Böse befördert hatte wie das Gute?

Und wenn er ein Verbrecher ist?, sagte ich. Ein Frauenmörder?

Jetzt übertreibst du's aber.

Er ist zu schnell gefahren. Er hat eine Bank ausgeraubt!

Stella lachte. Ich war froh, dass sie wieder lachte.

Plötzlich ging mir auf, dass wir über die Brücke fuhren, die beim Loma-Prieta-Erdbeben beschädigt worden war. Die Bilder der kreisenden Hubschrauber, die Lawrence und ich im Heidelberg gesehen hatten, stürzten auf mich ein. Ein ganzer Abschnitt der Fahrbahn, auf der wir uns befanden, war auf das untere Deck gefallen. Die Vorstellung erschütterte mich. Ich erinnerte mich an Lawrences bombardiertes Sandwich, an den Kellner, der die Fernbedienung gewürgt hatte, die winzigen Figuren, die aus ihren Autos gestiegen und umhergeirrt waren.

Ich fuhr auf die linke Spur, das rote Cabrio war längst verschwunden. Remember me / to one who lives there, sangen Simon and Garfunkle, for once / she was / a true love of mine. Als Stella das Radio ausschalten wollte, nahm ich ihre Hand und drückte sie sanft auf den Sitz.

Katja wartete am Rand eines schmalen Parks in der Nähe der Pension. Sie stieg ein und lotste uns zum Ende der Lawton Street. Wir liefen durch eine Lücke in den Dünen. Die Wellen, riesige Brecher, krachten auf den Strand. Mit geheimnisvoller Verzögerung spürten wir die kalte salzige Gischt in unseren Gesichtern. Schilder warnten vor RIPPSTRÖMUNG! LEBENSGEFAHR! Schwarze Strichmännchen auf gelbem Grund rutschen aus und werden von Hokusai-Wellen verschlungen.

Was bedeutet das, Rippströmung?, fragte ich.

Ich glaube, es bedeutet einfach, dass man wegrutscht und runtergezogen wird, antwortete Stella, die seit dem Gespräch auf der Brücke still und in sich gekehrt war. Da draußen müssten übrigens Buckelwale sein, sagte sie. Sie ziehen im Sommer hier vorbei.

Dieser Strand hatte nichts Gutmütiges, nichts, was an den Sommerspaß erinnerte, den ich seit meiner frühesten Kindheit mit Stränden verband – die Strandbälle, die aufblasbaren Paddelboote, die Plastikschaufeln. Die Strände meiner Kindheit fielen sanft ab, erstreckten sich bei Ebbe bis zum Horizont. Nackte Kleinkinder wühlten im Schlick, onkelhafte Verkäufer, über jeden Verdacht erhaben, kitzelten ihre Bäuche und bestaunten die Sandburgen. Pepsi! Eis am Stiel! Langsam zogen sie weiter, während die Kinder bettelnd zu ihren Eltern rannten. Ein blaues Eis, ein rotes Eis, ein gelbes Eis! Über den Türmen der Rettungsschwimmer flogen Flaggen in Wassereisfarben, die tief gebräunten Teenager auf den Emporen ließen die Füße baumeln und rauchten.

Wir setzten uns in sicherer Entfernung an den Dünenhang, mit dem Rücken zum Wind. Katja öffnete eine Papiertüte und reichte uns die mitgebrachten Käsesandwiches. Es sollte unser letztes gemeinsames Essen sein, die wenigen Worte, die wir sprachen, gingen im Getöse der Brandung beinahe unter. Bei den letzten Bissen knirschte der Sand in meinen Zähnen. Ich dachte daran, wie weit ich in diesem einen Jahr gekommen war. Ich wusste, dass Stella in gewisser Hinsicht noch weiter gehen würde. Ich sah sie vor mir, da draußen auf einem Schiff, um Wale zu retten und die halsbrecherischen Aktionen der Aktivisten zu fotografieren. Sie gehörte eher hierher als ich, sie wusste genauer, was sie wollte. Sie hatte die Kraft und die Zielstrebigkeit, die mir fehlten. Ich war – trotz aller äußerlichen Entschlossenheit – voller Selbstzweifel. Es waren eher die Umstände, die mich antrieben, die Möglichkeiten, die sich mir boten. Doch war all das nicht vollkommen willkürlich? Warum hier? Was hatte mich hierher geführt? War es wirklich nötig gewesen, um die halbe Welt zu reisen, um herauszufinden, was ich wollte? Wie weit würde ich an der Uni kommen? Wollte ich tatsächlich Wissenschaftler werden? Hatte ich überhaupt eine Wahl?

Stella zog die Stiefel aus, krempelte die Jeans hoch und ging zum Wasser hinunter. Es war sinnlos, sie vor den Wellen zu warnen. Stella war die Expeditionsleiterin, ich war nur der Pianist. Wir sahen ihr zu, wie sie tänzelnd die auslaufenden Wellen umspielte, in perfekter Harmonie mit den Wasserläufern. Sie sah sich nicht nach uns um. Katja wollte wissen, wie das Gespräch in Berkeley gelaufen war.

Ziemlich gut, glaube ich, sagte ich. Ich glaube, sie werden mich nehmen.

Dann wären wir wieder zusammen.

Ja, sagte ich. Wir könnten uns eine Wohnung teilen, gleich hier in der Stadt.

18

Wieder überquerten wir die Brücke, diesmal auf dem unteren Deck. Vor uns lagen die kalifornische Ebene, die Sierra Nevada, Death Valley und Las Vegas. Wir waren auf dem Heimweg. Ich dachte kaum mehr an Katja und an meine Pläne für das nächste Jahr. Katjas Lächeln, ihr vertrauter Geruch, die kräftigen Schultern – all das waren nur noch vage Erinnerungen. Stella war so glücklich und warm und leicht wie in den ersten Tagen unserer Reise, als wir von Estes nach Nordosten gefahren waren, hinein in ein Sommerabenteuer voller Landschaftspanoramen und Lavafelder und Salamander, die es zu fotografieren galt.

In Kings Canyon bauten wir zum ersten Mal das winzige gelbe Zelt auf, das uns Janet geschenkt hatte. Stella steckte die Stangen zusammen, ich sah ihr dabei zu. Jeder Handgriff saß. Ihre Ruhe und Sicherheit begeisterten mich. Es war, als würde sie schon ihr zehntes Leben leben. Das Essen, das wir mitgebracht hatten, rührten wir kaum an. Am Abend legten wir es in einen bärensicheren Kasten, der am Rand des Zeltplatzes fest installiert war. Wir tranken kalifornischen Rotwein, den wir uns nicht leisten konnten, und liebten uns im Sitzen, still und ohne Hast, wie Hindugötter. Wir blieben zwei Tage.

Im Sequoia National Park machte Stella eine Langzeitbelichtung des Nachthimmels. Stundenlang sahen wir zu, wie die Kamera den Himmel beobachtete, und schliefen auf einer feuchten, nur halb aufgepumpten Luftmatratze ein, glücklich, in der Einsamkeit zusammen zu sein.

Als ich am Morgen aufwachte und aus dem Zelt kroch, schwebte Stella wohl vierzig Zentimeter hoch vor dem rostroten Stamm eines Mammutbaums, höher als ich sie je gesehen hatte. Ich setzte mich im Schneidersitz vor das Zelt, staunend und noch immer ungläubig. Wie konnte ich das glauben? Wie hätte ich nicht glauben können, was sich vor meinen Augen abspielte? Sie trug nichts als ihre abgeschnittene Jeans, und es schien sie nicht zu stören, dass ich sie beobachtete. Vielleicht hatte sie mich gar nicht bemerkt. Sie drehte sich langsam und verspielt in der Luft, zog die Knie an, machte eine elegante Rolle rückwärts. Als sie herabsah auf den weichen, duftenden Waldboden, auf Moos und taufeuchte Tannennadeln, streckte sie Arme und Beine von sich wie eine Fallschirmspringerin und ließ sich langsam, Zentimeter um Zentimeter, ab. Sie blieb eine Weile mit dem Gesicht nach unten liegen, reglos, tief atmend, als wollte sie sich mit der Erde vereinen. Als sie den Kopf drehte und mich mit einem Hauch von Mitleid ansah, wusste sie, dass sie gerade ein Schauspiel geboten hatte, das jenseits von Sprache, jenseits von Vernunft und Möglichkeit war. Es war vor meinen Augen geschehen, in meiner eigenen Welt, aber ich hatte nichts, kein Werkzeug, kein Mittel, mit dem ich es hätte erfassen können.

Sie setzte sich auf und wischte sich die Tannennadeln von den Brüsten. Und dann lachte sie, erst leise in sich hinein, dann immer lauter, bis sie sich schließlich vor Lachen nicht mehr halten konnte. Ihre Gefühle schienen sich zu überschlagen. Lachend und weinend zugleich ließ sie sich fallen und landete noch einmal auf dem weichen Bett der Tannennadeln. Mit Mühe stand ich auf, mein linkes Bein war eingeschlafen. Ich humpelte zu ihr, zog das Bein nach, schwang mit den Armen, als wäre ich niemals aufrecht gegangen, als hätte ich die Stufe des Homo sapiens schlicht noch nicht erklommen. Ich hockte mich vor sie und nahm sie in die Arme. Heiße Tränen rannen ihr über die Wangen, über die fossilienartigen Prägungen auf ihrer Haut, und tropften auf meine langen, behaarten Unterarme. Sie war erschüttert von sich selbst, von der Einzigartigkeit des Schauspiels, das sie geboten hatte. Es war ein Augenblick der tiefsten Selbsterkenntnis, vielleicht der erste Augenblick dieser Art in ihrem Erwachsenenleben. Sie war Teil einer überwältigenden Szenerie, und sie war in der Lage, diese Szenerie, die Natur selbst, zu überwinden. Stupor mundi, das Staunen der Welt, dachte ich. Und ich war ihr einziger Zeuge.

Nach der Pracht und Urwüchsigkeit der kalifornischen Nationalparks, nach der Frische und Klarheit der Wildbäche, in denen wir nackt und glücklich gebadet hatten, als würden unsere Liebe und dieser Sommer niemals zu Ende gehen, war das Circus Circus Hotel & Casino ein grässlich bunter, uns bis ins Mark erschütternder Schock. Wir standen orientierungslos inmitten der Spieler, Hand in Hand unter dem Pink und Violett der Neonröhren, bestürmt vom Rasseln tausender Spielautomaten. Wir wussten nicht, an wen wir uns wenden sollten. Kampf oder Flucht? Stella war kreidebleich, als hätte sie die Sonne den ganzen Sommer nicht gesehen. Schließlich sprachen wir eine grell geschminkte Kellnerin an, die ein Tablett voller schwelender Aschenbecher über ihrem Kopf balancierte. Sie trug ein pinkfarbenes Minikleid und, wie ich bemerkte, als ich betreten die Augen niederschlug, Turnschuhe mit pinkfarbenen Plüschbommeln. Sie wies uns zur Rezeption am anderen Ende des Kasinos. Der Saal war gigantisch, das florale Endlosmuster des Teppichs verwirrte mich. Mir war speiübel. Die Rezeption hatte die Größe eines Vergnügungspiers. Wir reihten uns im Labyrinth der Messingständer und Samtkordeln ein, Hap-Hap-Happy Tunes berieselten uns. Wir warteten schweigend, bis uns ein junger Mann mit glänzendem, perfektem Pastorenscheitel heranwinkte, um uns ein zweifach rabattiertes Doppelzimmer zuzuweisen. Das Circus Circus hatte die billigsten Zimmer auf dem gesamten Strip.

Wir fanden das Treppenhaus. Stella trug ihre Tasche und folgte mir in die fünfte Etage. Sie klagte nicht, sie akzeptierte meine Angst vor Aufzügen als naturgegeben und unverhandelbar. Gerade als wir in den langen Flur traten, der mit demselben Endlosmuster ausgelegt war wie das Kasino, öffneten sich die beiden Aufzugtüren. Die Kabinen waren leer. Es war, als wären sie uns gefolgt. Das Innere war mit rotem Samt bespannt. Der blutige Anblick verfolgte uns bis zur Zimmertür.

Zwei übergroße Betten, schwere Seidenbrokatdecken, ein verspiegelter Kleiderschrank, weiß gerahmte Aquarelle von Zirkuspferden und Elefanten, deren Köpfe mit denselben pinkfarbenen Plüschbommeln geschmückt waren wie die Schuhe der Kellnerinnen. Bilder von Orgien drängten sich auf, betrunkene Glücksspieler, die sich noch vor Stunden auf diesen Betten geräkelt hatten, bevor sie sich in eine andere Bar, in ein anderes Hotel, in ein anderes Kasino geschleppt hatten. Es war, als hinge der Geruch ihres Samens noch in der Luft, ihr fauliger Atem.

Ich zog die Vorhänge auf. Draußen war es bereits dunkel. Auf dem hell beleuchteten Parkplatz entdeckte ich den Olds mit dem matten Lack, der ausgebleichten Holzapplikation. Der Asphalt war heiß und weich gewesen, als wir in das Hotel hineingesogen wurden. Er schien noch jetzt zu flimmern. Die Fenster ließen sich nicht öffnen. Ich ging zu meiner Tasche, nahm fünfzig Dollar aus dem Umschlag und legte den Rest in das Schließfach, zusammen mit dem Autoschlüssel.

Das ist absurd! Stella kam gerade aus dem Bad. Wer soll diese Kiste klauen?

Sie hatte recht, aber es wäre genauso absurd gewesen, die Schlüssel wieder herauszunehmen.

Mag sein, dass das Auto nichts mehr wert ist, sagte ich. Aber es ist alles, was wir haben. Es ist unsere Arche. Wer soll uns retten, wenn wir das Auto nicht mehr haben? Wie kommen wir dann jemals hier weg?

Stella versuchte, die Brokatdecke vom Bett zu zerren. Sie sah aus wie ein biblischer Fischer, der ein schweres Netz ins Boot zieht.

Dad. Dad wird uns retten.

Ich stellte mir vor, wie John, ein amerikanischer Saint-Exupéry, tief über den grell erleuchteten Strip fliegen, wie er heldenhaft in der Wüste aufsetzen würde. Touch and go. Er würde Stella mitnehmen, er würde sie greifen wie ein riesiger Adler, mit dem vagen Versprechen, eines Tages zurückzukehren, um auch mich zu holen. Ich würde im Circus Circus zurückbleiben und auf seine Wiederkehr warten. Zwei Tage, zwei Monate, zwanzig Jahre. Ein neuer Messianismus.

Der Trainer ist ein Zweisitzer, sagte ich. Außerdem traust du dich überhaupt nicht, in dieses Flugzeug zu steigen.

Wir wechselten Geld und setzten uns an zwei einarmige Banditen. Das metallische Klackern des Gewinns, der in die Ablage gespuckt wurde, langweilte mich genauso wie die kreiselnden, blinkenden Ermunterungen, wenn ich verlor. Zwei Kirschen und eine Sieben. Blank, Blank, Zitrone. Die Münze fiel. Der Geruch des Metalls an meinen Fingern, der billige Bourbon, der mir in die Nase stieg, ekelten mich an.

Stella hatte Hunger, ich war erleichtert. Wir hatten über eine Stunde gebraucht, um fünfunddreißig Dollar zu verspielen. Wir fanden das Büfett. Das Essen schien seine Farbe zu verlieren, sobald wir es aus den Behältern unter den Wärmelampen löffelten und auf unsere cremefarbenen Melaminteller legten. Wir bestellten zwei Dosen Tecate. Stella aß einen Löffel Clam Chowder und schob die Schale angewidert von sich. Wir tranken unser Bier und gingen zurück ins Zimmer. Im Fernsehen lief ein Beitrag über einen Satelliten in der Umlaufbahn der Venus. Die Kameras zogen die Dunkelheit in Streifen von der Oberfläche des Planeten wie Haut. Es war ein langsamer, meditativer Film, eine sanfte Männerstimme erklärte die Vorgänge im Weltraum. Die Sonde hieß Magellan. Ich leckte mir das Salz der Speckwürfel von den Lippen. Als die Nachrichten kamen, war Stella bereits eingeschlafen. Ich schaltete den Fernseher aus, deckte sie zu und zog mich leise wieder an. Ich nahm den abgegriffenen Umschlag aus der Schließkassette und verließ das Zimmer.

Im Treppenhaus auf der dritten Etage kam mir ein Mann entgegen und grüßte, ein Phobiker vielleicht, eine verwandte Seele. Die Kellnerinnen im Kasino glitten wie auf Rollschuhen zu den Spielern, die mit der Geduld von Aasfressern vor ihren Automaten hockten. Ich wusste, dass die Auszahlungsquote beim Roulette am besten war. Ich beschloss, nur auf Rot zu setzen, die Farbe der Liebe, die Farbe des Bluts und der Leidenschaft. Entweder würde ich Stella am Morgen mit einem Stapel von Scheinen überraschen, oder ich würde nach einigen zaghaften Runden aussteigen. Der Schaden wäre begrenzt, ich würde sie mit einem Kuss wecken und beichten, was ich getan hatte. Sie würde mich beim Frühstück leise tadeln oder auch nicht.

Es war nur ein Spiel, ein kleiner Spaß, den ich mir gönnte. Risiken, Wahrscheinlichkeiten, Quoten, das war meine Welt, das war eindeutig die Welt, in der ich mich auskannte. Selbst wenn ich hundert Dollar verlieren würde, kämen wir noch zurecht. Wir würden von Liebe und Benzin leben, bis wir wieder in Columbia wären. Als die Kugel, meine Glückskugel, zum ersten Mal um den Kessel flitzte, sich langsam in die Umlaufbahn senkte, von den kleinen Rauten prallte und über die roten und die schwarzen Nummernfächer stolperte, pochte das Blut in meinen Schläfen.

Stella saß im Bett, sie hatte die Leselampe angeschaltet. Der Darwin lag auf dem Nachttisch, der Fernseher lief nicht. Sie saß einfach da, mit angezogenen Beinen. Ich legte das restliche Geld auf die Bettdecke: vierzig Dollar. Das reichte nicht, um nach Hause zu kommen. Es reichte nicht einmal, um das Zimmer zu bezahlen. Mir surrte der Kopf. Das Neonlicht, die Zigaretten, der Bourbon.

Sie sah mich an. Staunend. Ich war ein Außerirdischer, ein fremdes, geschlechtsloses Wesen, dessen Sprache sie nicht sprach, dessen Welt sie nicht kannte.

Es tut mir leid, sagte ich.

Ich weiß, sagte sie. Sie wirkte äußerlich ganz ruhig, nur ihre Stimme zitterte ein wenig.

Hast du ferngesehen?

Nein. Dein Körper hat gefehlt, die Wärme. Du weißt ja, wie es ist. Die Anziehungskraft der Körper. Lebendige Körper, Himmelskörper. Ich habe wohl einfach die Leere gespürt und bin aufgewacht. Als du reingekommen bist, habe ich gerade versucht, das Puzzle zusammenzusetzen.

Welches Puzzle?

Ein Puzzle für einen Vierjährigen, sagte sie. Riesige Teile.

Ich setzte mich auf das Bett.

Als nächstes hätte ich die Schließkassette überprüft.

Warum bist du nicht sauer?, fragte ich.

Ich weiß nicht. Ich weiß nicht, ob ich sauer bin. Vielleicht bin ich es doch. Jetzt gerade frage ich mich nur, wie wir nach Hause kommen.

Sie rutschte runter, zog die Decke ans Kinn und schloss die Augen. Ich gab ihr einen Kuss. Sie reagierte nicht. Ich zog mich aus und löschte das Licht. Vielleicht könnte ich Katja überreden, herzukommen und uns auszulösen, dachte ich. Vielleicht könnten wir den Wagen verkaufen und zurückfliegen. Ich schlief ein und träumte, ich würde eine Hochzeitskapelle ausrauben.

Wir kämpften uns durch die Hitze in Richtung des Mirage. Vor einer Telefonmuschel blieben wir stehen. Ich musste diesen Anruf machen, Stella bestand darauf. Ich musste die Schuld auf mich nehmen, die gesamte Schuld. Ich musste mich unterwerfen. Nicht ihr unterwerfen, sondern ihrer Mutter. Janet.

Ich griff in meine Tasche, die Münzen klingelten. Ich wählte. Sie klang überrascht. Ich hatte seit meiner Abreise aus Missouri nicht mit ihr gesprochen. Sie fragte, was passiert sei. Bevor ich es erklärte, hielt ich den Hörer zu und schickte Stella weg. Wenn sie wollte, dass ich mit ihrer Mutter sprach, dann sollte sie wenigstens außer Hörweite gehen.

Das ist seltsam, sagte ich. Sie ist deine Mutter. Wenn du mit ihr sprechen willst, dann sprich mit ihr.

Stella ging langsam weiter. Sie nahm ein Anzeigenblatt aus einem Kasten und fächerte sich damit Luft zu.

Janet, sagte ich, als sie mich nicht mehr hören konnte. Tut mir leid, Janet. Ich bin's.

Ich weiß, dass du es bist, Karl, sagte sie ungeduldig. Was hast du denn? Ist etwas passiert?

Nein, sagte ich. Alles in Ordnung.

Habt ihr euch getrennt?

Nein, natürlich nicht, wie kommst du darauf? Hör zu …

Zwei Stunden später ging ich wieder zum Telefon, diesmal allein. Janet hatte bei Western Union Geld aufgegeben und gab mir den Überweisungscode durch. Sie erzählte, dass das Olive Branch Café niedergebrannt sei. Sie war zwei-, dreimal in der Woche in Columbia gewesen, um Stellas Pflanzen zu gießen, hin und wieder hatte sie in der Wohnung übernachtet. Sie hatte den Schutt gesehen, die Scherben und die verkohlten Dachbalken, und sie hatte es in der Zeitung gelesen. Ich sah die Zeder in ihrem Zedernholzrahmen, das Bild und das Material. Ich sah die ordentlichen Ensembles von Salz und Zahnstochern und Tabasco auf den Tischen, die von den Flammen verzehrt wurden, das dunkelblaue, schmelzende Wachstuch. Hatte Rasheed irgendetwas retten können? War noch etwas übrig von dem Leben, das er sich aufgebaut hatte? War er bereits bei seinem Bruder in Beirut? Janet wusste es nicht.

Zwei Tage dauerte es, bis Janets Geld eintraf. Wir liefen auf dem Strip auf und ab, hielten die Luft an, tauchten durch die drückende Hitze der Stadt. Zweimal am Tag, morgens und noch einmal nachmittags, gingen wir zum Büro der Western Union. Wir konnten es nicht erwarten, die Stadt zu verlassen. Mit jedem Schritt auf dem klebrigen Asphalt spürten wir, wie uns dieser Ort angriff, mit welcher Beharrlichkeit er die niederen Instinkte der Menschheit herausforderte. Es gab kein Entkommen vor dieser Dumpfheit, die Stadt war von Wüste umgeben. Wir hatten kein Geld, um essen zu gehen oder ein Konzert zu besuchen. Wir liefen schweigend durch die Stadt und kehrten nur in unser Zimmer zurück, um zu lesen und zu schlafen. Naipauls Roman entführte mich aus der Simulation, die Las Vegas war, und transportierte mich in eine Welt, in der es um Leben und Tod ging. Salim und Metty, Yvette und Nazruddin, selbst der ferne, unsichtbare Präsident, dessen Gegenwart doch überall zu spüren war, waren lebendiger, menschlicher und in ihrer nackten Menschlichkeit erschreckender als die lichtscheuen Frauen, die Alkoholiker und Vergnügungssüchtigen, die auf dem Strip von Kasino zu Kasino zogen. Die Menschen im Roman, dachte ich, sind wahrlich aus Fleisch und Blut. Die ausgelaugten Spieler dagegen, mit ihren steifen Armen und steifen Handtaschen, die Polizisten, die ihre Augenringe hinter verspiegelten Sonnenbrillen versteckten, die jungen Einwanderer, die Hochglanzkarten verteilten, auf denen die diskreten Dienstleistungen von Sin-Sin und Lady Paola, der strafenden Italienerin, angepriesen wurden, waren es nicht.

Die Klimaanlage rauschte, an der Decke blinkte ein Rauchmelder. Ich lag auf dem Bett und dachte an Janet. Stella schlief. Ich stellte mir vor, wie Janet nach Columbia gefahren war und das Geld aufgegeben hatte. Wie glücklich sie über die Ablenkung gewesen war, die Aufgabe, die ihren Alltag durchbrochen hatte. Ich stellte mir vor, wie sie in Stellas Bett schlief, bei geöffnetem Fenster, wie ihr Haar über das weiße Kissen floss.

Janet hatte Verständnis gezeigt, keine Häme. Trotzdem spürte ich, dass sie sich freute. Sie war unsere letzte Hoffnung, unsere Retterin, eine Rolle, in der sie sich gefiel und die sie auskostete. Vermutlich war der Sommer auf der Farm lang und träge gewesen, zu heiß, um tagsüber im Garten zu arbeiten, zu einsam, um sich am Abend an den Glühwürmchen zu erfreuen, die mondlosen Nächte zu genießen, den glitzernden Strudel der vertrauten Galaxie. Ich wusste, dass John ebenfalls da war, aber in meiner Vorstellung war sie immer allein.

Immer wieder hatte ich dieses Bild von Janet vor Augen, wie sie in einem ärmellosen Sommerkleid die Wiese hinunterlief, den schlanken Zeigefinger in ihrem Buch, mit dem sie über das hüfthohe trockene Präriegras strich. Warum hatte ich sie nicht gefragt, was sie gerade las? Die Antwort hätte uns fünfundzwanzig Cent gekostet. Wo war sie mit ihren Gedanken? Welches Universum bewohnte sie gerade? Ich hatte mir auf der Farm die Bücherregale angesehen, hier und da etwas herausgezogen. War sie mit Maupassant in Paris? Oder in Alaska mit Norman Mailer? Fuhr sie den Kongo hinauf, ins Herz der Finsternis, wo ich mit Salim und Metty bereits auf sie wartete?

Als das Geld endlich kam, war es zum Auschecken bereits zu spät. Es wäre vernünftig gewesen, eine weitere Nacht zu bleiben, für die wir ohnehin würden bezahlen müssen. Aber wir hatten das Gefühl, dass unser Leben zum Stillstand gekommen war, angehalten wie ein Super-8-Film. Das Standbild schmolz im Projektor. Wir existierten lediglich. In der Hitze. Wir verbrannten. Wir schliefen und lasen und gingen immer wieder dieselben Wege, aber nichts davon schien irgendetwas mit unserem Leben zu tun zu haben. Warum sollten wir einen weiteren Tag verschwenden?

Wir packten hastig unsere Sachen und verließen in der Hitze des frühen Nachmittags die Stadt. Wir fuhren ein letztes Mal über den schläfrigen Strip. Die Fenster des Olds waren geöffnet, die Klimaanlage lief auf Hochtouren. Stella rutschte in die Mitte, wie sie es am Anfang unserer Reise oft getan hatte. Ich überfuhr eine rote Ampel und sah reflexartig in den Rückspiegel. Ein Streifenwagen, der hinter einem blendend weißen Bankgebäude gelauert hatte, rollte langsam auf die Fahrbahn und nahm die Verfolgung auf. Blaulicht. Plötzlich wendete er und raste in die andere Richtung davon. Ein anderer Notfall, ein abscheulicheres Verbrechen, hatte uns gerettet.

Am Hoover-Staudamm starrten wir fünf oder zehn Minuten lang in den Abgrund. Stella fotografierte, aber sie richtete ihr Objektiv nicht auf die Betonkonstruktion, die die Landschaft wie ein Fallbeil durchtrennte, sondern auf einige Raubvogelfedern, die sich in der Hecke hinter dem Parkplatz verfangen hatten. Wir übernachteten in einem billigen Motel bei Sedona und fuhren am Morgen zu Denny's, um ein letztes Mal den Grand Slam zu bestellen, den Frühstücksteller, der nichts ausließ. Um halb acht waren wir wieder auf dem Freeway. Wir zählten die Getreidesilos. In einer Bar in Ada, Oklahoma, aßen wir Burger und frittierte Zwiebelringe. Auf der Bühne stand eine rothaarige Countrysängerin mit Fönfrisur und sang ihr trauriges Lied. Didn't see the fire burn to ashes, couldn't feel the winds of change. Tief in der Nacht trafen wir in Columbia ein.

19

Timofey, der seinen Ruf der Erforschung Nabokovscher Quisquilien verdankte, hatte die Leitung unseres Fachbereichs übernommen. In meinem Postfach lag ein hellblauer Vordruck mit einer in altertümlichem Deutsch verfassten Einladung, ihn zu einem Gespräch in seinem Büro aufzusuchen.

Sie kennen sich also mit Nabokov aus, sagte er und bot mir einen Stuhl an. Sein Büro war ein vorrevolutionäres Museum, ein Gedenkort. Die Wände waren bis unter die Decke mit Bildern der Romanows, von Tolstoi, Rasputin und Nabokovs Großvater Dimitri bedeckt, mit Radierungen von Schlössern und Pfauengärten. Auf einem wachsbetropften Wandbrett stand eine Ikone, eine dreihändige Madonna. Als ich meinen Blick über die Regale schweifen ließ, entdeckte ich Wörterbücher, dicke Wälzer in lateinischer und kyrillischer Schrift, eine Enzyklopädie der Lepidopterologie und mehrere Exemplare von Timofeys eigenen, in graues Leinen gebundenen Werken.

Meinen Sie den Autor von Kubricks *Lolita*?, fragte ich.

Sie wollen mich provozieren, aber das wird Ihnen nicht gelingen, sagte Timofey. Ich weiß Bescheid. Sie haben sich ausführlich mit Nabokov beschäftigt.

Ich habe ein paar von seinen Büchern gelesen, ja.

Gut, gut. Dann können Sie ins Russischprogramm wechseln. Wir bauen es ganz neu auf.

Machte er sich lustig über mich? Ich sah ihn verwundert an.

Ins Russischprogramm, sagte er schärfer. Wechseln Sie.

Ich kann überhaupt kein Russisch, sagte ich. Ich kann nicht einmal die Schrift lesen.

Das lernen Sie schnell. Russisch ist eine tote Sprache. Wie Latein. Ich bringe es Ihnen bei. Zwei, drei Stunden in der Woche. Die Aussprache interessiert uns nicht. Nabokov hat, das wissen Sie ja, das meiste ohnehin auf Englisch geschrieben. Sie können Latein.

Der flachen Intonation nach zu urteilen handelte es sich nicht um eine Frage.

Darf ich rauchen?, fragte ich.

Nein, das dürfen Sie nicht. Das ist eine schreckliche Angewohnheit. Sie haben ein paar tote Sprachen gelernt, das habe ich Ihrer Akte entnommen.

Er sah auf seinen Schreibtisch, und ich folgte seinem Blick. Es hätte mich nicht gewundert, wenn dort irgendwelches Kompromat ausgelegen hätte, Bilder aus Oregon oder Idaho, durch den Vorhangspalt eines billigen Motelzimmers fotografiert. Aber Timofey war nicht die Geheimpolizei des Zarenstaats, und er interessierte sich, anders als der Dekan, auch nicht für mein Liebesleben. Abgesehen von einem mintgrünen Fabergé-Ei, in dem ein roter Kugelschreiber steckte, war der Schreibtisch leer.

Ja, Latein habe ich gelernt, und ein bisschen Griechisch, sagte ich. Ich habe eine ziemlich strenge katholische Schule besucht. Aber ich kann jetzt nicht auch noch Russisch lernen. Ich erzählte ihm von einem Seminar über Wissenschaftstheorie, für das ich angemeldet war. Was ist eine wissenschaftliche Hypothese? Wie wählen wir die eine aus und verwerfen die andere? Wie bewerten Wissenschaftler ihre Chancen? Was genau bedeutet Falsifizierbarkeit?

Timofey unterbrach mich schroff. Nichts davon interessierte ihn. Nichts davon ließ er gelten.

Also, sagte er. Machen Sie mit oder nicht?

Ich schüttelte den Kopf, nicht so sehr als Antwort auf seine Frage, denn aus ungläubigem Staunen. Plötzlich kam mir mein ganzes Projekt, die akademische Laufbahn, die ich anstrebte, völlig absurd vor. Wollte ich mich wirklich mit solchen Leuten herumschlagen? War das die Welt, in die ich eintreten wollte? Diese kleine, kleinliche, verstaubte Welt? Die Welt der Fabergé-Schreibtischgarnituren? Einer seit siebzig Jahren andauernden politischen Uneinsichtigkeit? Nach allem, was ich mit Stella erlebt hatte? Nach allem, was in den vergangenen Monaten in Deutschland passiert war? Nichts war mehr, wie es noch vor einem Jahr gewesen war. Mein Denken war befreit, meine Fantasie im wahrsten Sinne des Wortes beflügelt, nichts war unmöglich. Was interessierten mich alte Revolutionen, osteuropäische Gereiztheiten? Warum sollte ich in einer Zeit, in der man per Computer Briefe in die ganze Welt verschicken konnte, Kyrillisch lernen?

Er sah mich an. Ich zog eine Pall Mall aus dem aufgerissenen Softpack, das aus meiner Hemdtasche lugte, und steckte sie an. Ich blieb sitzen, rauchte schweigend und hielt seinem wütenden Blick stand.

Gehen Sie, sagte er, als die Asche auf die Linoleumfliesen zu fallen drohte. Verschwinden Sie. Gehen Sie zurück zu Ihrer kleinen Freundin.

Mir wurde der unbeliebteste Kurs zugewiesen, eine Sondersektion von Grundstufe Deutsch für Studenten, die an der High School bereits ein wenig Deutsch gelernt hatten. Der Kurs fand nach der Mittagspause statt, in einem Kellerraum am anderen Ende des Campus. Neonröhren summten, die Kursteilnehmer verdauten hörbar. Meine Aufgabe bestand darin, den Kompost aus Klischees und Fehlinformationen fortzuschaufeln, den die Lehrer in den linken Gehirnhälften ihrer Schüler abgeladen hatten. Die meisten hatten im Deutschunterricht nichts gelernt als ein paar Oktoberfestgeschichten und Pretzelrezepte. Da sie aber immer wieder für den Versuch gelobt worden waren, die schwere und seltsame Sprache von Bismarck und Schopenhauer zu erlernen, während sich ihre Mitschüler im Parallelkurs beinahe spielerisch das kasusfreie Spanisch aneigneten, empfanden sie jede Anstrengung, jede Herausforderung als eine Zumutung. Sie sahen es überhaupt nicht ein, Vokabeln zu lernen oder Hausaufgaben zu machen.

Ich saß auf dem Pult und betrachtete den schläfrigen Haufen, und ich wünschte, ich könnte mit den drei, vier engagierten Studenten, aus denen das komplette Russischprogramm bestand, Nabokovs *Pnin* lesen. Aber es war zu spät. Ich spielte sogar mit dem Gedanken, Jack um einen Job im International Office zu bitten, irgendeine Büroarbeit, die mit einem Erlass der Studiengebühren einherging, aber ich hatte mich schon zu oft auf Jack und Vitoria verlassen. Die Vorstellung, in einem Großraumbüro Visumsanträge für malaysische Neuankömmlinge auszufüllen, während die Katsurabäume den Duft von verbranntem Zucker auf Lowry Mall verströmten, war ebenfalls wenig verlockend.

Außerdem war es schwierig, zu Jack durchzudringen. Ich sah ihn alle paar Tage, aber es war beinahe unmöglich, ein echtes Gespräch mit ihm zu führen. Vitoria war nach dem langen Sommer nicht aus Portugal zurückgekehrt. Er spielte mit dem Gedanken, sich in Europa nach einer Stelle umzusehen. Er wollte noch einmal ganz von vorn anfangen.

Wer könnte das besser verstehen als du, sagte er, ganz so, als hätte ich versucht, ihn von seinem Plan abzubringen. Er schien mit sich selbst im Streit zu liegen, ich war nur der Platzhalter für den unsichtbaren, übervorsichtigen Diskutanten, dem er sich gegenüber sah. Natürlich hatte ich Verständnis.

Ja, geh, sagte ich. Geh zu deiner Frau und gib ihr einen Kuss von mir. Wer weiß, vielleicht lande ich in ein paar Jahren auch wieder in Europa. Vielleicht komme ich sogar nach Lissabon!

Aber du willst nach Berkeley?, fragte er.

Ja, ich denke schon.

Und Stella?

Ich weiß nicht, sagte ich. Ich weiß es wirklich nicht.

Eines Tages zog ich aus meinem Postfach im FRG eine handgeschriebene Notiz, es dauerte eine Weile, bis ich begriff. Jamey, der Häftling, mit dem ich mich in Jeff City kurz unterhalten hatte, war entlassen worden. Er wohnte nun in Columbia, ganz in der Nähe der Universität. Am frühen Abend kaufte ich ein Sechserpack Dosenbier und spazierte hin. Er saß in einem gewachsten Mantel vor einem großen, etwas heruntergekommenen Haus. Als er mich entdeckte, stand er auf, legte sein Buch auf den Plastikstuhl und umarmte mich wie einen alten Freund.

Alkohol ist hier nicht erlaubt, sagte er. Das ist eine Resozialisierungseinrichtung.

Ich stellte das Bier auf einen Verteilerkasten auf dem Bürgersteig, es stand da wie eine Verheißung. Jamey las Kafkas *Der Verschollene.* Auf Deutsch. Eine alte Ausgabe ohne Umschlag und ohne Titelbild. Er brachte einen zweiten Stuhl. Er erzählte mir, wie es ihm im Gefängnis ergangen war, ich berichtete von unserer Reise, vom Mount St. Helens, von San Francisco. Ich erzählte ihm von Patricks Bruder Lynden und seiner verrückten Idee, sich auf Fahrräder für die Berge zu spezialisieren. Mountain Bikes. Jamey fand die Idee großartig.

Andere Bewohner der Einrichtung kamen und gingen, winkten lässig und grinsten, wenn sie das Bier auf dem Verteilerkasten sahen.

San Francisco sei die Stadt seiner Träume, sagte Jamey. Er sei sich sicher, dass er eines Tages dort landen würde. Aber erst würde er nach Oklahoma reisen, zumindest im Traum. Er schlug sein Buch auf und las laut: Am ersten Tag fuhren sie durch hohes Gebirge. Bläulichschwarze Steinmassen gingen in spitzen Keilen bis an den Zug heran, man beugte sich aus dem Fenster und suchte vergebens ihre Gipfel, dunkle schmale zerrissene Täler öffneten sich, man beschrieb mit dem Finger die Richtung, in der sie sich verloren, breite Bergströme kamen eilend als große Wellen auf dem hügeligen Untergrund und in sich tausend kleine Schaumwellen treibend, sie stürzten sich unter die Brücken, über die der Zug fuhr, und sie waren so nah, dass der Hauch ihrer Kühle das Gesicht erschauern machte.

Das ist schön, nicht?, sagte Jamey und sah mich an. Ein bisschen verrückt. Gut verrückt. Wer braucht da noch das echte Amerika?

Ich erzählte ihm von Katja, von dem Roman, den sie über die Besiedlung von Oklahoma geschrieben hatte. Ich versprach, ihm meine Ausgabe zu leihen.

Zwei Tage später lud ich Jack, Lawrence und Jamey zu einem Mittagessen im Café Europa ein. Ich dachte, ich könnte ein wenig an Lawrences Ichbezogenheit rütteln und Jack zumindest für eine Stunde von der Depression ablenken, die ihn immer stärker zu erfassen schien. Vielleicht würde für Jamey auch etwas herausspringen – ein Zimmer etwa, das er nach seiner Entlassung aus der Resozialisierungsmaßnahme mieten könnte, oder ein kleiner Job.

Jack und Lawrence kannten sich nur vom Sehen. Sie gingen freundlich und respektvoll miteinander um, mit jener Vertrautheit, die entsteht, wenn man einen gemeinsamen Freund hat. Lawrence hielt sich mit seinem Sarkasmus zurück, und Jack beugte sich dem älteren Mann in allen Belangen. Er überließ ihm sozusagen die Lufthoheit über die gemeinsame Gedankenlandschaft. Als wir über die Situation im Irak sprachen, über die Frühgeborenen, die im Krankenhaus von Kuwait aus ihren Brutkästen gerissen worden waren, sagte Jack mit Trauer in der Stimme: Machen wir es so, Lawrence. Ich halte mich an die Einzelheiten, und du sagst mir, was sie bedeuten.

Es wäre ein wohlgesittetes, ein wenig langweiliges Mittagessen gewesen, wenn Jamey nicht dabei gewesen wäre, der uns alle mit seiner Offenheit und seinem Witz begeisterte. Er erzählte sehr ausführlich von der Grasplantage, die er im Schlafzimmer seiner verstorbenen Mutter aufgebaut hatte, wie er Stück für Stück ihre Kleidung ausgeräumt und die Möbel weggebracht hatte, um Platz für immer mehr Pflanzen und eine Lichtanlage zu schaffen. Als er schließlich einen Karton voller pastellfarbener Unterröcke und riesiger ballonartiger BHs an den Straßenrand gestellt habe, sagte er, sei ihm aufgegangen, dass er sich auf Abwegen befand. Doch da sei es bereits zu spät gewesen.

Ich bestellte die Rechnung, und Jamey bat uns mit einem Hauch von Feierlichkeit in der Stimme, ihn nicht allein im Licht seines Verbrechens oder seiner Vergangenheit zu betrachten. Er müsse allerdings einsehen, dass ihm die Geschichte, die er uns gerade erzählt habe, in dieser Hinsicht nicht geholfen habe. Auf jeden Fall sei er fest entschlossen, sein Leben in den Griff zu bekommen, er wolle noch einmal ganz von vorn anfangen. Sein Vortrag war beinahe rührend.

Jack vermittelte Jamey einen Job in der Bibliothek, in der gerade die gesamten Bestände mit Barcode-Etiketten versehen wurden. Der Nachweis einer Anstellung erlaubte es ihm, das Resozialisationshaus zu verlassen. Viel wichtiger aber war, dass er nun Zugang zu Tausenden von deutschen Büchern hatte. Lawrence und Jamey entwickelten eine mit einer gewissen Komik behaftete Freundschaft, die über Jahre anhalten sollte. Lawrence schenkte Jamey seinen Wagen, einen Buick mit Hagelschaden, dem er den Namen Noriega gegeben hatte. Mit dem Noriega sollte Jamey bis nach Kalifornien fahren.

20

Kjetil und Jack warteten unter einer Girlande von Mispelsträuchern und goldbesprühten Tannenzweigen in der Bar des Heidelberg. Wir wollten nichts essen, nur ein, zwei Bier trinken, um uns zu verabschieden. Kjetil sollte Jack am Morgen nach St. Louis fahren. Jack würde ein paar Tage bei Ylva und ihrer Mutter in Reykjavik verbringen – Ylva war bereits vor einigen Tagen geflogen – und unmittelbar vor Weihnachten in Portugal ankommen. Als wir uns nach einer guten Stunde einigermaßen vorhersehbaren, von düsterem Humor geprägten Trinkens auf dem nasskalten Bürgersteig verabschiedeten, umarmte mich Jack und hielt mich einige Sekunden länger fest, als ich erwartet hatte, und ich versprach, dass ich ihn und Vitoria bei nächster Gelegenheit besuchen würde. Dann wandte ich mich Kjetil zu und versprach auch ihm, den Kontakt nicht abreißen zu lassen. Na klar, sagte Kjetil, und sein Blick war unstet. Wir wussten beide, dass Jack und Vitoria unsere eigentliche Verbindung waren, dass das, was in ihrem Haus, an ihrem Esstisch entstanden war, in ihrer Abwesenheit zerfallen würde wie eine ausgetrocknete Sandburg.

Durchgefroren und niedergeschlagen kehrte ich in die Wohnung zurück, wo ich Janet entdeckte, die, einen Becher Tee in den Händen, mit angezogenen Knien im Lesesessel des Zimmers saß, das wir noch immer als Patricks Zimmer bezeichneten. Sie wirkte schmaler, beinahe gebrechlich. Ich hatte sie seit unserer Rückkehr aus dem Westen nicht gesehen. Stella hatte mich ein paarmal gebeten, sie zur Farm zu begleiten, aber ich hatte jedes Mal Termine an der Uni vorgeschoben. Doch während ich es gemieden hatte, sie zu sehen oder auch nur an sie zu denken, war es mir unmöglich gewesen, die Erinnerung an ihre Doppelgängerin in Estes zu löschen. Und wenn ich an Jenna dachte, schwang immer dieses Was-wäre-wenn mit: Was wäre, wenn Janet nicht Stellas Mutter wäre? Was wäre, wenn ich sie unter anderen Umständen kennengelernt hätte, an einem anderen Ort, in dünnerer Luft?

Erst jetzt fiel mir auf, dass der rote, schlammbespritzte Mähdrescher vor unserem Haus stand, gleich an dem geriffelten Betonweg, der zur Haustür führte. Ich war vorbeigegangen, ohne ihn zu bemerken. Es war eins jener Bilder, die in die schmale Ritze zwischen dem Bewussten und dem Unbewussten rutschen. Wir sehen sie und sehen sie doch nicht, und erst im Rückblick, wenn es einen Anlass gibt, werden wir ihrer gewahr.

Ich hab ja noch den Schlüssel, sagte sie. Hör zu … Sie stellte den Becher auf den Boden, lauter als nötig. Hör mir zu, Karl …

Hey, Janet.

Mit zitternder Hand schob sie eine Strähne hinters sommersprossige Ohr. Was auch immer sie zu sagen hatte, ich war noch nicht bereit, es zu hören. Erst jetzt spürte ich, wie aufgewühlt sie war, es war, als könnte ich ihre Nerven knistern hören. Ich stand vor ihr, seltsam vorgebeugt, im halben Diener. Sie hatte meine Hände genommen und hielt sie fest, sie schien mich an sich zu ziehen und gleichzeitig fortzustoßen. Es gelang mir, näher heranzutreten. Ich küsste ihre kalte Wange.

Was willst du eigentlich?, hörte ich mich sagen. Sei ehrlich, ein einziges Mal. Willst du, dass ich mit ihr Schluss mache? Ist das der Grund, warum du zum Dekan gegangen bist? Was hast du ihm erzählt?

Sie sah mich an, ängstlich und zutiefst verzweifelt. Ich zog meine Hände zurück.

Wo ist Stella? Ihre Stimme bebte.

Ich weiß nicht, sagte ich. Vielleicht in der Bibliothek. Sie kommt bestimmt bald nach Hause.

Janet sah mich an.

Hast du gehört, was ich gesagt habe?, fragte ich. Sie schüttelte den Kopf. Nein, dies war nicht der Augenblick, um Klarheit zu schaffen.

Was machst du hier? Wann bist du angekommen?

Ich weiß nicht, sagte sie. Ich muss mit ihr reden.

Was hast du denn, Janet? Ist alles in Ordnung? Hast du getrunken?

Ich … kann nicht. Ich muss erst mit Stella reden.

Okay, sagte ich scharf und ging zur Tür.

Ich hab ihn verlassen, platzte sie heraus.

Ich drehte mich um.

Glaube ich zumindest, sagte sie. Ich habe John verlassen. Es ist vorbei.

Sie begann zu erzählen. John war drei Tage in St. Louis gewesen. Als er nach Hause zurückkehrte, brach er einen kleinlichen Streit vom Zaun, der erst zu einer ungewöhnlich lauten Auseinandersetzung ausuferte und schließlich in Hass und Wut und Eifersucht umschlug. Sie hätte nie gedacht, dass in ihrem Leben Platz für solche Worte, solche Blicke war.

Ja, Karl, auch dein Name fiel, sagte Janet. Und warum auch nicht? Du bist eine Chimäre, Karl, ich habe dich seit Monaten nicht gesehen. Was ist das eigentlich zwischen uns? Es ist weniger als nichts. Ich habe mit Jenna über dich gesprochen, sie meint, du meinst es gut, du willst Stella nicht verletzen. Aber wir haben seit eurer Abreise überhaupt nicht miteinander gesprochen, du und ich, außer das eine Mal, als du angerufen und um Geld gebettelt hast. Aber das ist es nicht, darum geht es gar nicht.

Es ging um John. Was war aus dem sanftmütigen Aussteiger geworden, den sie als Teenagerin geheiratet hatte? Sie war sich sicher, dass er eine Affäre hatte, wahrscheinlich mit einer Kollegin. Sie kannte die anderen Lehrer an der Schule nicht, John hatte es irgendwie immer versäumt, sie vorzustellen.

Natürlich hätte es Gelegenheiten gegeben, sagte sie. Abschlussfeiern, Ehrungen, solche Sachen. Aber er hat mich nie mitgenommen. Ich bin noch nie in dieser Schule gewesen, nicht ein einziges Mal. Er *weiß*, dass ich nie in dieses Flugzeug steigen würde. Er wusste es von vornherein. Deshalb hat er es überhaupt nur gebaut. Er hat dieses Flugzeug und denkt, er kann machen, was er will. Er denkt, er ist frei.

Sie dachte, sie könnte es vielleicht über sich bringen, ihm zu verzeihen. Aber dazu müsste er den Schneid haben, es zuzugeben. Den hatte er nicht. Er war ein Feigling. Die Gewalt seiner Worte hatte sie erschüttert. Sie konnte sich nicht vorstellen, jemals zur Farm zurückzukehren.

Was habe ich denn davon?, sagte sie mit Tränen in den

Augen. Sie war wütend und verwirrt. Was mache ich mit meinem Leben? Ich sitze da und warte auf diesen Mann, diesen treulosen, feigen Hund, ich warte darauf, dass er auf irgendeinem Stoppelfeld abstürzt und mich zur Witwe macht. Hier ist er, Ma'am, ihr geliebter Ehemann, sie dürfen ihn jetzt aufkratzen und nach Hause mitnehmen. Und darf ich anregen, dass Sie auch die Geliebte benachrichtigen?

Vor der Tür rumpelte es, nasse Wanderstiefel fielen. Stella kam herein. Wir saßen auf dem Boden, Janet lag eingerollt in meinem Arm. Ich hatte den Kopf zurückgelegt, die Augen geschlossen. Der Stoff des Sessels kitzelte meinen Nacken. Stella reagierte weniger überrascht, als ich erwartet hatte. Janet sah nicht auf.

Hey, sagte Stella leise. Ich habe deinen Wagen gesehen. Was ist los? Was hast du denn?

Janet blieb fünf Tage bei uns. Zwei-, dreimal am Tag schlich sie auf Socken aus Patricks Zimmer in die Küche und zurück, manchmal verließ sie die Wohnung, ohne ein Wort zu sagen. Sie verschwand für Stunden, dann rief sie mitten am Nachmittag an und fragte, ob wir etwas bräuchten. Ob wir sie im Café treffen wollten. Sie saß in der Küche am Fenster, paffte lustlos meine Zigaretten und las die Anzeigen in der Tribune. Die Beute ihrer Ausflüge zum Antiquariat auf der 9th Street stapelte sich auf dem Küchentisch. Die Teebeutel im Spülbecken sahen aus wie Fallschirme, zurückgelassen hinter feindlicher Linie.

Am sechsten Tag bezog sie eine Wohnung in dem neuen Apart-Hotel neben dem verkohlten Grundstück, auf dem das Olive Branch Café gestanden hatte. Ich fuhr zur Farm, um ein paar Sachen abzuholen. Stella wollte ihren Vater nicht sehen, sie wollte nicht einmal mit ihm sprechen. Janet meinte, der Olds würde auf dem aufgeweichten Weg stecken bleiben und gab mir den Mähdrescher.

Komm, wir tauschen einfach eine Weile, sagte sie. Ich mag deinen Wagen, ich mag, wo er gewesen ist.

Als ich ankam, war John nicht zu Hause. Der Trainer stand, an Heck und Flügeln verzurrt, unten auf der Landepiste. Ich setzte mich auf die Veranda, zog den Mantel enger und rauchte.

Er wird es vergessen haben, dachte ich, drückte die Zigarette aus und schob das Einmachglas zurück. Ich ging zum Auto. Das Scheunentor stand offen, der Spalt war gerade breit genug, dass ich hineinschlüpfen konnte. Licht schien durch die Ritzen, es war absolut still. Ein aufgebockter Traktor sah mich mit Eselsblick an. Weiter hinten stand ein Anhänger, der aussah wie ein gigantischer Sarg. Offenbar besaß John auch ein Segelflugzeug. Ein paar Holzkisten enthielten einige rußschwarze Gegenstände, die sie vermutlich aus der Hütte in Colorado gerettet hatten, in der Stella geboren worden war. Aluminiumtöpfe, Eisenhaken, ein Sägeblatt. John und Janet waren damals nicht arm, dachte ich, sie haben die Armut nur ausprobiert.

Ich hörte einen Wagen. Ich trat hinaus. John stieg aus und hob zum Gruß die Hand.

Ich kauf dir die Farm ab!, rief er grinsend. Was willst du dafür haben? Er gab mir die Hand.

Wir gingen zum Haus, er öffnete die Tür. Sie war nicht

abgeschlossen. Er hatte alles ordentlich in zwei große Körbe sortiert: ihre Kleidung in den einen, ein paar Bücher, Unterlagen und Fotos in den anderen.

Gepäck hat sie keins, Koffer oder so, erklärte er. Sie ist seit Ewigkeiten nicht mehr unterwegs gewesen. Sie war noch nicht mal in Estes.

Er bestand darauf, dass ich ein paar Dinge aus der Küche mitnahm, Töpfe und andere Utensilien, um die sie nicht gebeten hatte. Er packte sie in einen Karton. Wir trugen alles zum Wagen. Schließlich brachte er noch einen der primitiven Stühle. Als ich die Klappe schloss, sagte er: Lass uns noch eine rauchen.

Ich muss los.

Komm. Eine Zigarette.

Wir setzten uns auf die Veranda. Ich dachte an meinen ersten Abend auf der Farm, und ich beichtete John, dass ich in der Bibliothek das Wort Baryzentrum nachgeschlagen hatte. Das Kapitel zur Stellardynamik war eine Offenbarung gewesen. Ich erzählte ihm von meinem Judotraining, von unserem österreichischen Trainer, der Reproduktionen berühmter Gemälde in den Unterricht gebracht hatte, um diesen oder jenen technischen Aspekt zu illustrieren. Den bewundernswerten Gleichgewichtssinn von Botticellis Venus, die Sutemi-Wazas von Rubens' stürzenden Putten. Er zeigte uns Kokoschkas Windsbraut und sagte: Versucht nicht, euch der Schwerkraft zu widersetzen, arbeitet nicht gegen sie, sondern mit ihr, sonst verletzt ihr euch. Freundet euch mit der Schwerkraft an. Tanzt mit ihr, liebt sie, umarmt sie.

Wie geht es ihr denn?, fragte John nach einer Weile.

Stella?

Ja. Ist sie, du weißt schon, wieder leicht gewesen?

Ich glaube nicht, antwortete ich. Zuletzt habe ich es in Kalifornien gesehen, in einem Nationalpark.

Glaubst du, dass sie dir die Schuld dafür geben könnte?

Wenn sie diese Gabe verliert? Ich weiß es nicht. Irgendetwas ist passiert auf dieser Reise. Irgendetwas ist zerbrochen.

Wie meinst du das?

Ich weiß nicht. Es ist anders geworden. Das Bewusstsein für diese Situation. Sie und ich. Calders Zirkus.

Ja, sagte John. Der Seiltänzer, der Luftakrobat. Er darf nicht hinuntersehen. Sonst zittern ihm die Knie.

21

Die Winterpause war vorbei, ich schleppte mich über den verschneiten Campus zum Unterricht. Mir war ein Konversationskurs zugeteilt worden. Von den achtzehn Studenten, die auf meine Ankunft warteten, befanden sich drei im falschen Raum. Zwei waren für einen Kurs gemeldet, den wir *Survival German* nannten, eine Art Überlebenstraining für Touristen und angehende Praktikanten in Deutschland. Ich schickte sie weiter zu Tom Breckenstein. Der dritte, ein schlaksiger, pickliger Studienanfänger, war offenbar in der Zeile verrutscht, als er mit dem Finger im eng bedruckten Kurskatalog suchte, von German zu Geology. Er erwartete eine Vorlesung über Vulkanismus. Wie schwer es sein muss, dachte ich, in dieser seismisch schläfrigen Region die gewaltsamen Bewegungen der Erdkruste zu würdigen, die Verschiebungen und Risse, die die schmerzlich schönen Landschaften dieses Kontinents geformt hatten, die bläulichschwarzen Steinmassen, die breiten Bergströme, die sich eilend als große Wellen unter Brücken stürzten.

Die übrigen fünfzehn Studenten erwiesen sich als hochmotiviert, sie wussten, dass ihr Lehrassistent ein echter Deutscher war, noch dazu der einzige verbliebene im FRG, auch wenn Tom die entsprechende Nachfrage seiner Studenten gern unbeantwortet ließ. Alle Teilnehmer hatten wenigstens drei Semester Deutsch absolviert. Die Kursbeschreibung war extrem vage, es waren weder Hausaufgaben noch eine schriftliche Abschlussprüfung vorgesehen. Die Vorschrift, die Noten über ein bestimmtes Spektrum zu verteilen – die sogenannte Kurve –, war ausgesetzt. Allen war klar, dass ich nur Bestnoten vergeben würde, entsprechend entspannt waren sie. Es fühlte sich überhaupt nicht an wie ein Kurs, eher wie ein lustiges, etwas wildes Interview. Der frisch gestrichene Raum hatte Fenster, der Blick ging hinaus auf die weiße Wiese und die Säulen.

Einige der Kursteilnehmer kannten meine Kolumne im Maneater, wo ich aus der Perspektive eines staunenden, leicht verdatterten Außenseiters wöchentlich die Nachrichten vom Campus und aus der Stadt kommentierte. Den Job hatte mir Patrick besorgt, der im Herbstsemester in das Herausgebergremium der Zeitung aufgestiegen war. Er hatte sich, seinem neuen Status entsprechend, eine dicke schwarze Hornbrille zugelegt. Es war auch Patrick gewesen, der mir, inspiriert von seiner eigenen traumwandelnden Unbeholfenheit, die fiktive Außenseiterrolle vorgeschlagen hatte.

Bevor ich die feuchten Spritabzüge des Kursprogramms verteilen konnte, wurde ich schon mit Fragen zum neuen Deutschland bombardiert. Ich legte die Karten auf den Tisch und bekannte mich als Gegner der Wiedervereinigung, auch wenn ich zugeben musste, dass mich einige meiner Freunde, die noch in Deutschland wohnten, für schlecht informiert und – den Ostdeutschen und ihrem düsteren Schicksal gegenüber – für einigermaßen kaltherzig hielten. Ulrike war inzwischen nach Berlin gezogen, sie wohnte in einer Erdgeschosswohnung im Prenzlauer Berg und hatte mit einigen Kunststudenten aus dem Osten eine Fotogalerie auf der Brunnenstraße eröffnet.

Du hast ja keine Ahnung, hatte sie am Telefon gesagt. Du weißt gar nicht, wie das war, in einem Überwachungsstaat zu leben. Ohne Freiheit. Ohne Rechte.

Du vergisst, dass ich neun Jahre in einem bischöflichen Internat verbracht habe, hatte ich geantwortet.

Wir sprachen über das Bildungssystem in Deutschland. Die Studenten hörten betroffen zu, als ich erklärte, dass sich in der vierten Klasse bereits entscheide, ob man eines Tages sein Leben als Arbeiter fristen müsse oder studieren dürfe. Natürlich gebe es Ausnahmen, den zweiten Bildungsweg und so weiter. Aber es waren nicht die Ausnahmen, für die sich die Studenten interessierten, sondern der Skandal. Sie waren entrüstet. Ein Junge mit einer Zahnspange, der offenbar überhaupt nicht verstanden hatte, worum es ging, wollte wissen, ob ich bereits das deutsche Weingut in der Stadt Hermann besucht hätte und ob ich es für authentisch hielte. Als ich erklärte, dass ich in meinem Leben noch nie auf einem Weingut gewesen sei, nicht in Deutschland und auch nicht im Napa Valley (obwohl wir auf dem Weg nach King's Canyon drei Flaschen Petit Syrah gekauft hatten), dachte er, ich würde ihn auf die Schippe nehmen.

Und was das Wort authentisch in diesem Kontext bedeute, sagte ich, das wisse ich auch nicht. Denn lebten wir nicht längst in der Simulationsschleife der Postmoderne? War nicht eigentlich alles schon Zitat?

Ein Konversationskurs. Nette Studenten. Fenster und ein Blick, der beinahe so schön war wie der Blick auf den

Gefängnispark in Jeff City. Ich setzte mich auf das Pult und atmete tief durch. Endlich war es mir gelungen, der Plackerei der Einführungskurse zu entkommen, der Hölle der fensterlosen Kellerräume. Timofey hatte mich aus der Verbannung zurückgerufen. Vielleicht hatte auch er meine Kolumne gelesen. Vielleicht fürchtete er sich vor meiner scharfen Zunge.

Nach dem Unterricht ging ich zu Lawrence. Er saß zusammengesackt an seinem Schreibtisch. Isabel war gestern schäumend vor Wut aus der Schule gekommen. So hatte er sie noch nie erlebt. Ihr Lehrer hatte über den Krieg gesprochen, sie hatten die ganze Stunde darauf verwendet. Isabel hatte von dem Krieg nichts gewusst. Sie warf ihrem Vater vor, ihr all das verschwiegen zu haben. Ob er glaube, dass sie nicht damit umgehen könne, dass sie zu zerbrechlich sei. Wessen Welt sei das eigentlich? Die Welt der Jungen oder die der Alten?, hatte sie gerufen. Anscheinend gehe es ja ausschließlich um Öl, um eine Zukunftsressource also. Papa, hatte sie gesagt, die Zukunft, das bin ich! Ob er eigentlich glaube, dass sie mit dem Tod nicht umgehen könne? Dass sie nicht wisse, wozu Menschen fähig seien? Und warum fuhr er eigentlich noch immer diesen riesigen pockennarbigen Schlitten, diesen Spritfresser?

Lawrence war am Boden zerstört. Er hatte versucht, seine Tochter vor der Wahrheit zu schützen, das, sah er jetzt ein, war ein Fehler gewesen. Er hätte es besser wissen müssen, auf CNN lief der Krieg in Dauerschleife. Natürlich würden die Kinder in der Schule darüber sprechen. Und erst recht die Lehrer: Sie bezeichneten den Krieg als Chance, als lehrbares Ereignis. Isabels Angriff war krude und einfältig gewesen, aber sie hatte trotzdem recht gehabt. Es war vermessen gewesen, zu glauben, sie könnte mit der Wahrheit nicht umgehen. Er hatte sie dazu erzogen, der Welt ins Auge zu sehen, ohne den Filter der elterlichen Fürsorge und der Religion. Sie war ihren Klassenkameradinnen um einiges voraus. Umso mehr hatte sie sich geschämt, weil sie nichts von dem Krieg gewusst hatte.

Hast du dich entschuldigt?, fragte ich.

Natürlich habe ich das. Aber ich bin nicht zu ihr durchgedrungen.

Irgendwann wird sie es verstehen.

Ich werde den Noriega verkaufen, sagte er. Oder verschenken.

Er bot mir Tee an. Die einzige Tasse in seinem Büro allerdings war der Schraubdeckel der Stanley-Kanne, den er nie spülte. Ich lehnte dankend ab. Ich erzählte ihm von dem Schreiben, das ich aus Berkeley erhalten hatte. Man hatte mir ein Paket aus Lehrverpflichtungen und Stipendien geschnürt, das mir vier Jahre Sicherheit geben würde. Sie hatten sogar noch eine Pauschale für die Umzugskosten draufgepackt.

Lawrence wusste all das bereits, Chuck hatte ihm geschrieben, offenbar standen sie in regem E-Mail-Kontakt. Er schenkte sich Tee ein, blinzelte durch den aufsteigenden Dampf und sagte: Weißt du noch, wie wir einmal über Levitation gesprochen haben? Ich meine mich zu erinnern, dass du angedeutet hast, Stella würde diese spezielle Gabe besitzen.

Habe ich das?, sagte ich.

Nun ja, ich glaube schon. Wie auch immer. Vor ein paar Tagen bin ich in Isabels Zimmer gekommen. Sie saß im

Schneidersitz auf dem Bett, in ihrem Lieblingsschlafanzug, bunt bedruckt mit Montgolfieren.

Montgolfieren! Wie schön!

Ihre Augen waren halb geschlossen, als würde sie meditieren. Du ahnst schon, was jetzt kommt. Sie hat nichts gemacht, sie hat einfach nur dagesessen. Es war, als hätten die Ballons sie in die Luft gehoben.

Lawrence richtete sich mühsam in seinem Stuhl auf. Er runzelte die Stirn, er wartete auf meine Reaktion. Ich fragte mich, ob er sich über mich lustig machte. Aber er sah mich nur eindringlich an.

Und?, sagte ich schließlich. Hat sie was gesagt?

Nein, sie hat mich nicht mal bemerkt. Sie war in einer Art Trance, glaube ich. Ich bin zu ihrem Schreibtisch und habe einen roten Spiralblock aus einem Stapel gezogen. Naturkunde, glaube ich. Ich habe mich an sie herangeschlichen und versucht, den Block unter ihr durchzuziehen.

Brillant!, dachte ich. Warum war ich nicht selbst auf diese Idee gekommen?

Und dann? Was ist passiert?

Nichts, sagte Lawrence. Nichts ist passiert. Sie hat die Augen aufgemacht, und ich kam mir bescheuert vor, weil ich neben ihrem Bett hockte und versuchte, ihr diesen Block unter den Hintern zu schieben. Sie hat mich angeguckt wie einen Wahnsinnigen.

Also war es eine Illusion?

Natürlich war es eine Illusion! Was denn sonst? Weißt du, in meiner Kindheit, da haben wir auf der Kirmes immer so ein Spiel gespielt, ich glaube, es hieß Heißer Draht. Man hatte einen Stab mit einer Öse, die man an einem Draht entlangführen musste. Wenn man den Draht berührte, brummte es böse, und man hatte verloren. So hat sich das angefühlt. So fühlt sich das noch immer an. Ich bin rausgeflogen, ich hab verloren. Aber ich bin immerhin ihr Vater. Ich muss ihr das erklären. Aber wie? Wie soll ich das machen?

Ich klopfte mir den Schnee von den Hosenbeinen und trat in die überheizte Wohnung. In der Küche klingelte es mit der seltsamen, schrillen Insistenz, die nur ein Wandtelefon aus rotem Plastik haben kann. Unablässig schien es mich zu stoßen und zu knuffen. Komm schon, beeil dich, nimm endlich ab!, rief es.

Ist Stella da? Die Stimme klang einigermaßen vertraut – und trotzdem fremd und verzerrt. Sie war weit weg, ich hörte, dass sie weinte.

Wer ist da?

Trish. In Estes.

Oh, hi, Trish. Wie geht es dir?

Schweigen. Warum hatte ich bloß gefragt? Ich hörte ja, dass sie weinte und schniefte. Und schwer atmete. Dass es ihr nicht gut ging. Sie antwortete nicht.

Stella ist nicht da, sagte ich.

Du musst es ihnen sagen, sagte sie leise. Ich konnte sie kaum verstehen. Trish schluchzte, die Leitung selbst schien zu gluckern.

Du musst es ihnen sagen. Janet. Oder Stella. Du musst …

Was ist denn los, Trish? Was muss ich ihnen sagen?

Sie … sie … tot.

Was?

Sie … Jenna … sie … SCHEISSE, JENNA IST TOT!

Jenna? Tot? Ich konnte kaum atmen und erst recht

nichts sagen. Die Welt geriet ins Rutschen. Alles, was sie aufrecht erhalten hatte, wankte und stürzte in sich zusammen. Jenna, die Jenna, die ich kennengelernt hatte? Janets Schwester? War das möglich? War das wirklich Trish am Ende der Leitung? War das rote Telefon vielleicht eine Art Trick? Ein Gerät an der Wand, das mir vorgaukelte, ich sei mit einem fernen Ort verbunden? War es nicht verrückt, so etwas zu glauben? Konnte es sein, dass jetzt, in diesem Moment, in einem Ort namens Estes Park eine Frau namens Trish stand und diese Worte sagte: Scheiße, Jenna ist tot? Ich hatte Fragen, so viele Fragen, doch keine begann mit dem Wort warum.

Warum …, sagte ich.

Warum? Ich weiß nicht, warum! Ich … bitte … such sie. Stella. Oder Janet. Ich bin … zu Hause. Sie ist … also … nicht hier … TOT.

Ich wollte losrennen, um Stella zu suchen. Wo könnte sie sein? In meinem Kopf entfaltete ich bereits den Übersichtsplan des Campus, ich raste in meiner Vorstellung schon von Gebäude zu Gebäude. Hatte sie einen Kurs? Wo? Ob ich ihren Stundenplan auf dem Schreibtisch finden würde? War sie vielleicht mit Patrick im J-Café, dem Treffpunkt der Journalismus-Studenten? Am Mikrofiche-Gerät in der Bibliothek? Innerlich war ich bereits losgerannt … aber ich konnte Trish jetzt nicht allein lassen.

Trish?, sagte ich.

Ja.

Trish, ich werde sie finden. Ich sage ihnen, sie sollen … dich anrufen.

Ja.

Trish, bis dann …

Ich wartete. Ich wartete eine ganze Weile. Als sie schließlich auflegte, entglitt mir der Hörer. Er prallte einmal auf dem weißen Dielenboden auf, bevor er zuckend an seinem Spiralkabel auf und ab federte.

Ich fand sie nicht, weder bei den Journalisten noch in der Bibliothek. Sie war auch nicht in der Cafeteria. Aber als ich die 9th Street hinauflief, entdeckte ich Janet. Sie trug einen schweren gefütterten Ledermantel, der Kragen war aufgestellt gegen den Wind und das Schneetreiben.

Janet!, rief ich, offenbar derart schneidend und dringlich, dass sie sich umdrehte und sofort auf die Fahrbahn trat. Ein scharfes Quietschen, ein Wirbel von federleichtem, rotblondem Haar, ein schwacher, überraschter Aufschrei. Eine Lastwagentür öffnete sich, die schweren Schuhe eines Bauarbeiters sanken in den Schnee, gingen zu der Figur, die gekrümmt auf der Straße kniete und sich die Schulter hielt.

Frau!, rief der Mann, als könnte er sie allein durch diese Anrede aufrichten. Es hatte etwas Biblisches. Frau! Steh auf und geh!

Aber dieser Mann war kein Wunderheiler, und Janet rührte sich nicht. Ein paar Leute blieben auf dem Bürgersteig stehen, der Antiquar trat, von dem Auflauf angezogen, aus seinem Laden und steckte sich eine Zigarette an.

Ich rannte auf die Straße, schob den Arbeiter zur Seite. Ich nahm sie in die Arme und wiegte sie und redete auf sie ein: Janet, Janet, hör zu … bist du …? Ich muss mit dir reden. Wir müssen …

Sie sah mich verwirrt an. Ihr Blick war unendlich traurig. Ich hatte nichts als Mitleid mit ihr. Ich fühlte nichts anderes mehr. Ich fasste ihr Kinn und wendete ihr Gesicht, um zu sehen, ob sie verletzt war. Eine gebogene, perfekte Reihe von fünf Blutstropfen stand auf ihrer Stirn, wie Sterne am Himmelsgewölbe. Ich schob ihr Haar zurück.

Ihre Frau?, fragte der Lastwagenfahrer. Wir müssen einen Krankenwagen rufen.

Nein, nein, nein, sagte Janet. Das ist nicht nötig. Sie versuchte, sich aufzurichten.

Janet, bist du sicher? Ich half ihr auf und führte sie auf den Bürgersteig. Die kleine Menge, die sich gebildet hatte, wich zurück. Sie stützte sich auf meinen Arm. Ob sie nicht doch ins Krankenhaus wolle?, fragte ich. Hatte sie Schmerzen?

Nein, sagte sie leise.

Wir gingen langsam und unsicher die Straße hinab bis zu ihrem Apart-Hotel. An der Tür zog sie den Schlüssel aus der Manteltasche und reichte ihn mir. Ich zitterte vor Kälte und Angst, es gelang mir nicht gleich, die Tür aufzuschließen. Ich nahm ihre Hand und führte sie nach oben.

Die Wohnung roch nach Farbe und Teppichkleber. Ich half ihr aus dem Mantel. Sie stellte sich vor den Spiegel, zog den Pullover aus und ließ ihn auf den Boden fallen. Siehst du da was?, fragte sie und schob die Schulter vor. Ich strich vorsichtig über die heiße, zerschrammte Haut.

Eine Schürfung, sagte ich. Ich werde dir eine Salbe besorgen.

Auch an der Wange hatte sie eine Schramme. Das Blut auf ihrer Stirn war getrocknet.

Sie verschwand im Bad, und als die Dusche rauschte, ging ich zu dem blinkenden Telefon und hörte den Anrufbeantworter ab. Es waren drei Nachrichten, alle von Trish. Ich löschte sie. Ich rief in der Wohnung an, Stella war noch immer nicht da. Erschöpft ließ ich mich auf das sandfarbene Sofa fallen, das zur Einrichtung gehörte wie der Spiegel, der Hocker, die kleine Küche. Es fehlte an nichts in dieser Wohnung, außer an Leben. Sie sah aus wie ein Fernsehstudio, nur die wenigen Dinge, die ich von der Farm gebracht hatte – der Stuhl, die Bücher auf dem Tisch –, störten das Bild. Janet kam im Bademantel aus dem Bad und setzte sich neben mich. Sie zog die Beine an und ließ sich langsam fallen. Sie legte den Kopf in meinen Schoß. Sie schloss die Augen.

Janet, flüsterte ich und strich mit dem Finger über ihre nassen Strähnen. Ich muss dir etwas sagen.

Du musst überhaupt nichts sagen, antwortete sie.

Es ist wichtig.

Gib mir einen Kuss.

Janet, das … kann ich nicht.

Natürlich kannst du das.

Ich muss dir etwas sagen.

Nicht jetzt.

Ihr Kopf drückte schwer auf meinen Oberschenkel. Sie drehte sich abrupt um und sah mich von unten an.

Gib mir einen Kuss, wiederholte sie. Stell dir vor, ich wäre Jenna, meine Schwester …

Janet …

Pssst. Das dürfte dir doch nicht so schwer fallen.

Tränen der Trauer und des Selbsthasses stiegen mir in die Augen, als ich mich über sie beugte. Sie streckte die langen schlanken Arme nach mir aus, sie fasste meinen Hals, meinen Kopf und zog mich hinunter, und als ich sie küsste, biss sie meine Unterlippe, genau wie damals auf der

Farm, und ließ mich nicht mehr los. Ich versuchte mich abzustoßen. Wir rangen eine Weile mit gedrosselten Kräften, zerrend und schiebend und spielend, es war ein zäher, langsamer Kampf. Sie biss meine Hand, ich hielt ihr die Augen zu, schob ihren Kopf zur Seite, sie zog an meinen Haaren, befreite sich aus meinem Griff. Sie schlüpfte unter mir weg, rutschte vom Sofa und setzte sich auf mich. Aufgeben, dachte ich, das Randori beenden. Aber es war noch nicht vorbei. Sie öffnete den Gürtel ihres Bademantels, der von ihren Schultern rutschte wie verbrannte Haut. Ich griff gierig nach ihren Hüften, ihren Brüsten. Sie sah auf mich herab, als wäre ich Beute, ein verwundetes Tier. Noch vor einer halben Stunde hatte ich nichts als Mitleid mit ihr empfunden. Jetzt hatte sie mich in ihrer Gewalt. Noch einmal versuchte ich, mich mit halber Kraft herauszuwinden, bis ihr nasses Haar auf mein Gesicht regnete und ich ihr nichts mehr entgegenzusetzen hatte. Während ich ihre violett angelaufene Schulter küsste, zerrte sie an meinem Gürtel.

In ihrem Blick lag Triumph, als wir uns voneinander trennten, blanker Triumph. Mir wurde zum ersten Mal bewusst, dass ihre Wimpern blond waren, beinahe weiß. Ich versuchte, mich festzubeißen an dieser Beobachtung, um mich vor den Gedanken zu schützen, die auf mich einströmten, das Schuldgefühl, die innere Empörung, die Verwirrung. Sie hatte sich genommen, was sie nehmen wollte, sie hatte mich genötigt und verführt, mich, den Freund ihrer eigenen Tochter. Und das Verbrechen, das ich begangen hatte? Hatte es einen Namen? Eine Art Inzest vielleicht, ich wusste es nicht. Ich war vergewaltigt worden, ich hatte es dazu kommen lassen, ich hatte sie vielleicht sogar herausgefordert. Auf jeden Fall hatte ich die eine Information zurückgehalten, die ihr Einhalt geboten hätte. Scheiße, Jenna ist tot! Es war keine Selbsttäuschung im Spiel gewesen, nichts, was einer Lüge gleichgekommen wäre. Es war Janet gewesen, nicht Jenna, es waren Janets schlanke Glieder gewesen, ihr Geruch, die Wärme und Struktur ihrer sommersprossigen Haut. Jennas Haut, die hinter dem großen Panoramafenster fern und unerreichbar geblieben war, war längst erkaltet.

Es gab nur eine Möglichkeit: Verschwinden. Ich musste Stella suchen. Sofort. Ich konnte Janet unmöglich erzählen, was in Estes passiert war. Nicht jetzt, nicht hier. Ich durfte es nicht, und ich hätte es auch nicht gekonnt. Ich würde ihr nie wieder in die Augen sehen können. Ich war am Ende – mit allem. Mit dieser Frau, mit Stella, mit Missouri. Ich musste Stella suchen und dann verschwinden.

Ich zog mich an. Ging ins Schlafzimmer. Zog die Decke vom Bett und schleifte sie zum Sofa. Ich sah Janet an. Die Kratzer, das Blut, eine Gehirnerschütterung vielleicht. Vielleicht stirbt sie auch, dachte ich – die einzig denkbare Lösung. Undenkbar. Ungeheuerlich. Ich hasste mich.

Sie hatte die Augen geschlossen. Ich deckte sie zu, ging in die Küche und setzte Wasser auf. Im Tiefkühlfach fand ich eine Tüte Erbsen, die ich in Küchenpapier wickelte. Ich kehrte ins Wohnzimmer zurück, stellte die dampfende Tasse auf den niedrigen Glastisch und legte das Kältepack daneben. Janet tat, als würde sie schlafen, sie rührte sich nicht. Ich ging zur Tür, hob den Pullover vom Boden auf und hängte ihn an die Garderobe. Ich sah mich noch einmal um. Sie lag ganz still da.

Sag ihr nichts, sagte ich. Ich war überhaupt nicht hier. Ich ging und zog die Tür hinter mir zu.

Stella stand am Schreibtisch in Patricks Zimmer und sah Fotos vom Mount St. Helens durch, die sie für eine Semesterarbeit verwenden wollte. Jedem schwarz-weißen Landschaftsfoto ordnete sie ein Makrofoto in kräftigen Farben zu, in der Sonne blitzende Grashalme, die aus den Rissen des Vulkangesteins sprossen, tiefviolett blühende winzige Blumen, die sich an münzgroßen Flecken von grauem Staub festhielten. Als sie mich hörte, sah sie sich kurz um und kehrte zu ihrer Arbeit zurück. Ich legte ihr die Hände auf die Schultern.

Jetzt nicht, sagte sie, ich arbeite.

Trish hat angerufen, sagte ich und hielt sie fest. Hör zu. Es ist wichtig.

Trish? Aus Estes?

Stella drehte sich um.

Ja. Hör zu. Es ist wegen Jenna, es hat einen …

Stella zog den Kopf zurück, rückte von mir ab. Sie sank gegen den Schreibtisch und legte die Hände auf meine Brust.

Was ist los, Karl? Was ist passiert?

Es hat einen …

Karl, was hast du denn? Du bist ja aschgrau.

Jenna, sagte ich. Sie ist tot.

Stella sah mich ausdruckslos an. Sie schob mich von sich. Sie ging zielstrebig in die Küche, ich folgte ihr. Sie nahm den klappernden Hörer ab, die Tasten piepsten.

Trish, was ist passiert?

Stella hörte zu. Ich stand an der Küchentür. Sie senkte den Kopf, zog die Augenbrauen zusammen, hakte nach.

Trish, ich kann dich nicht verstehen. Was genau …? Sie stützte sich mit der flachen Hand an der Wand ab, warf mir vielsagende Blicke über den Tisch zu und bedrängte sie. Sie fragte Trish aus wie eine sadistische Lehrerin.

Aber wie? Wo? Ich kann dich nicht verstehen!

Es tat weh, zuzuhören, die quälende Befragung schien kein Ende zu nehmen. Stella wirkte tapfer und abgebrüht, eine Kriminalbeamtin am Ort eines furchtbaren Verbrechens. Als sie schließlich auflegte, sah sie mich unverwandt an und lieferte diesen knappen Bericht ab: Jenna hatte Multiple Sklerose. Die Diagnose hat sie seit ein paar Monaten. Dieses Zittern, das sie hatte, erinnerst du dich? Dieses Surren? Sie hat doppelt gesehen, sie hatte all diese Symptome, schon seit einer Weile. Sie wollte nicht, dass es irgendjemand erfährt. Sie wollte das lange Leiden nicht, diesen unweigerlichen Niedergang. Sie hat sich … also, sie hat sich … in der Garage erhängt. Trish hat sie gefunden. Sie konnte nichts mehr tun.

Dann verzerrten sich ihre Züge, sie verlor urplötzlich die Fassung. Ich begriff, dass sie nichts von dem, was sie in den letzten Minuten getan und gesagt hatte, verstanden hatte, es war einfach noch nicht in ihrem Innersten angekommen. Stella hatte reagiert wie eine Maschine. Sie hatte gefragt und die Information bekommen, die sie brauchte, die Erklärungen und Details. Und es war ihr gelungen, sie zu einem Bericht zusammenzufügen. Aber sie hatte nicht begriffen, was passiert war. Es war, als hätte sie ihre eigene Seele vergessen, vergessen, dass sie überhaupt eine Seele besaß. Jetzt, wo sie darüber nachdachte, was zu tun war, jetzt, da sie mein suchender, panischer Blick traf, krachte sie in diese Wand, die Wand des Begreifens, des unsäglichen Schmerzes.

Sie sank weinend auf den Boden, ihr ganzer Körper wurde geschüttelt. Sie schien zu schmelzen, dort auf dem Boden, zu einer Pfütze des Elends. Ich ging vor ihr in die Hocke, versuchte, ihre nassen, glitschigen Hände zu nehmen und bekam doch nur die Fingerspitzen zu fassen.

Du musst mit deiner Mutter sprechen, beschwor ich sie.

Ich kann das nicht, antwortete Stella und zog die Hände zurück.

Du hast keine Wahl.

Sie hat es mit den Judogürteln gemacht, flüsterte sie. Deinen Judogürteln. Sie hat sie zusammengebunden.

Stella! Hör mir zu!, rief ich und fasste ihre Schultern. Du musst es ihr sagen.

Ich kann … ich kann nicht, sagte sie verzweifelt. Du. Du musst es ihr sagen. Sie ist bestimmt zu Hause. Bitte! Geh zu ihr. Ich kann das nicht. Verstehst du denn nicht? Sie sind … Zwillinge!

Ich stand auf. Nein, sagte ich bestimmt. Nein, das werde ich nicht tun. Sie ist … deine Mutter. Ich kann das nicht. Meine Güte, nein, sie ist schließlich *deine Mutter!*

Jede Nacht lag ich da und sah Jenna in meinen Träumen, wie sie um sich trat, ihre schwingenden Puppenglieder, das Spielzeug eines in Auflösung befindlichen Nervensystems. Sie schwebte einen halben Meter über dem Estrich ihrer Garage in Estes Park, zuckend und tanzend wie eine Marionette. Auf zweieinhalbtausend Metern über dem Meeresspiegel war Jenna erheblich leichter gewesen als meine Mutter zehn Jahre zuvor, der in der niederrheinischen Ebene dasselbe Kunststück gelungen war. Lawrence hatte versucht, einen Ringblock unter dem Hintern seiner Tochter hindurchzuziehen, und er war gescheitert. War er gescheitert, weil er nicht geglaubt hatte? Weil er nicht glauben wollte? In gewissem Sinn hatte Jenna Stellas Zirkusstück noch übertroffen. Aber hatte sie den Punkt in ihrem Inneren gefunden, aus dem heraus uns ein geschickter Puppenspieler in den Zustand der natürlichen, der perfekten Anmut zurückversetzen kann?

22

Stella bat mich, Janet zum Flughafen zu fahren. Im letzten Moment rief ich vom Büro aus an und sagte, dass ich es nicht schaffen würde, dass sie ihre Mutter selbst hinbringen solle. Zwei Tage später fuhr ich Stella mit dem Mähdrescher zum Flughafen. Von John hörten wir nichts, niemand wusste, wo er war.

Ich blieb in der Hitt Street zurück und arbeitete in Patricks Zimmer, und jeden Abend um kurz vor zehn setzte ich mich mit meinem Zigarettenpäckchen an den Küchentisch und wartete darauf, dass das Telefon klingelte. Und wenn sie anrief, versuchte ich aus ihrer Stimme, aus den ersten heiseren Worten herauszuhören, ob Janet etwas verraten, ob sie zumindest angedeutet hatte, welche Schuld ich auf mich geladen hatte. Janet hatte Gründe genug, uns zu verletzen und in den Abgrund zu stoßen, selbst wenn es bedeutete, dass sie mitgerissen würde. Sie hatte nichts zu verlieren. Sie wohnte allein in einer Art Musterwohnung, sie hatte seit Jahren kein Gedicht mehr geschrieben. Sie wanderte durch die Straßen eines Provinznests, um die Zeit totzuschlagen. Sie kaufte Bücher, die sie nicht las. Ein Teil ihres eigenen Fleisches war herausgerissen worden, aufgehängt am Dachbalken einer dunkel verkleideten Garage in Colorado. Ich hatte mit ihr geschlafen, als ich es bereits wusste. Ich hatte den schlimmsten Verrat begangen, den man begehen konnte. Ich hatte gesündigt, nicht gegen die Lebenden, sondern gegen die Toten. Es war monströs. Was auch immer sie getan hatte, ich hatte bewiesen, dass ich zu verkorkst war, zu schwach und zu verdorben, um ihrer außerordentlichen Tochter würdig zu sein.

Am Sonntag stieß ich die Fenster auf, ließ die kalte Januarluft herein und drehte die Heizung auf. Schneeflocken drifteten in die Küche und schmolzen auf dem Boden. Ich brachte den Tag damit zu, die Wohnung zu putzen. Auf allen Vieren, mit Topflappen unter den Knien, wachste ich die schwarzen Dielen. Ich stapelte die alten Ausgaben des Maneater, band sie mit blau-weißer Küchenkordel und verstaute sie auf den cremefarbenen Oberschränken. Ich wechselte die Bettwäsche, enteiste den Kühlschrank, ersetzte das Backnatron, das den Kühlschrankgeruch der letzten Monate aufgesogen hatte, ich scheuerte die Spüle und die Badewanne. Ich warf das kleine, dunkel gerillte Seifenstück weg, das sie benutzte, wenn sie sich die Beine rasierte, und kaufte ein neues, das ich zusammen mit einem frischen Rasierer auf einen sauberen, einmal gefalteten Waschlappen legte. Nach dem Putzen begann ich, meine Sachen zu sortieren und zu packen. Ich zog meinen Koffer aus dem tiefen, höhlenartigen Wandschrank im Flur. Das in einer gelben Hülle fest verpackte Zelt purzelte heraus. Die Wildlederjacke, deren Futter in Fetzen hing, warf ich in den Müllcontainer hinter dem Haus.

Gegen neun war ich fertig. Ich ging zu Shakespeare's und bestellte eine große Pizza halb-und-halb, wie ich es immer mit Stella getan hatte. Oliven, Zwiebeln und Sardellen auf der einen Seite, Ananas und Kochschinken auf der anderen. Ich ließ mir einen Krug Bier geben und gesellte mich zum Club der Philosophiedoktoranden, die sich zu ihrem wöchentlichen Stammtisch trafen. Sie hatten zwei ungleiche Lager gebildet und boten mir einen Stuhl in der Mitte an. Zu meiner Rechten saßen die Kontinentalphilosophen, eine Frau, die über Hegel schrieb, und ihr Freund. Er trug einen dunkelbraunen Rollkragenpulli und sprach in ausdruckslosen, schlichten Sätzen, ohne sich tatsächlich am Gespräch zu beteiligen. Er gab nur Erklärungen ab. Er schien allein sich selbst zu sehen, allein sich selbst zu lieben, es war ihm offensichtlich völlig egal, was die anderen – einschließlich seiner Freundin – von ihm hielten. Das Paar hatte einen schamanenhaften Neuankömmling aus Bratislava mitgebracht, mit langem verfilztem Haar. Seine linke, zerschlitzte Augenbraue war ständig fragend angehoben. Er beklagte sich über die Dummheit der amerikanischen Studenten, ihre Oberflächlichkeit und die Oberflächlichkeit der amerikanischen Kultur insgesamt. Als ich ihn fragte, wie lange er gebraucht habe, um sich dieses doch sehr grobe Urteil zu bilden, sagte er: drei Wochen. Er war seit drei Wochen im Land.

Zu meiner Linken saß die stärkere Fraktion der analytischen Philosophen. Sie waren bestens gelaunt, sie debattierten und neckten einander, stichelten und parierten, wobei sie sich über die Grundregeln ihres Spiels zu jeder Zeit einig zu sein schienen. Ich war ausgehungert und machte mich über die neapolitanische Hälfte meiner Pizza her. Ein Student, dessen Wange nervös zuckte, erklärte zur allgemeinen Belustigung des Stammtischs, dass Pragmatismus und Pragmatizismus zwei unterschiedliche Denkschulen seien. Der Student aus Bratislava sprang ihm bei, was weiteres Gelächter auslöste. Ich streute Chiliflocken auf die Ananas-und-Schinken-Seite. Die Schärfe auf meiner Zunge war eine willkommene Ablenkung.

Betrunken kehrte ich zur Wohnung zurück, zog an der Tür die Schuhe aus und legte mich auf den frisch gewachsten Boden in Patricks Zimmer. Ich wollte die frische, duftende Ordnung nicht stören, die ich tagsüber im Schlafzimmer hergestellt hatte. Am Morgen wusch ich mir mit kaltem Wasser das Gesicht, nahm zwei Aspirin und schleppte mich zur Uni. Lediglich sieben Studenten, knapp die Hälfte der Kursteilnehmer, waren anwesend. Der Fortgang des Semesters, die Routine des Kurses, die immer gleichen Fragen aus der ersten Reihe hatten begonnen, ihr Opfer zu fordern. Nach zwei Dritteln des Semesters befanden wir uns am Tiefpunkt. Die Gruppenlaune, das wusste ich inzwischen, war vollkommen vorhersehbar, sie folgte immer derselben Kurve: Die Wochen zehn und elf waren zäh, äußerst zäh. Ab der zwölften Woche, wenn das Ende in Sicht war, wenn die Bäume ausschlugen und die Flüge für den Sommer gebucht wurden, hellte sich die Stimmung auf. Die sechzehnte Woche schließlich war ein Fest, sie knüpfte an den Beginn des Kurses an, an die erste Begeisterung, die Freude über den Fortschritt, das Gefühl, von der Universität und ihren Vertretern ernster genommen zu werden als je zuvor.

Trotz der Abgeschlagenheit, die den Seminarraum wie dichter Nebel füllte, entging den Studenten nicht, dass mit mir etwas nicht stimmte. Sie spürten, wie schnell die Stimmung umschlagen könnte, wie zerbrechlich ich war, wie unendlich erschöpft und traurig. Niemand forderte mich heraus. Niemand fragte nach seiner Note, niemand beklagte sich über die schwierige Lektüre. Sie meldeten sich von selbst, und wenn sie sprachen, dann taten sie es mit sanfter Stimme. Es war wie Segeln mit kleiner Crew – wir glitten mühelos und still durch die Stunde, lauschten dem Rauschen des Windes und dem Murmeln des Kielwassers. Mein Herz floss über vor Dankbarkeit.

Nach dem Unterricht ging ich ins FRG, um meine Post zu holen. Timofey, der gerade aus seinem Büro kam, warf mir einen finsteren Blick zu, fragend und respektvoll zugleich. Er schien in ständiger Angst zu sein, dass ich im Maneater über die Abteilung schreiben würde. Er glaubte, dass mein Postfach voller anonymer Hinweise missmutiger Kollegen und enttäuschter Studenten sei. Dabei hatte ich das FRG im Maneater erst ein einziges Mal erwähnt, in einer Kolumne über das neue Recyclingprogramm der Universität. Augenzwinkernd hatte ich vorgeschlagen, alles Papier auf dem Campus zu verbieten und direkt, ohne den Umweg über das Recyclingprogramm, zu papierloser Kommunikation überzugehen. Der Kurskatalog würde abgeschafft, die Aushänge, die Memoranden aus dem Dekanat, sogar die Hausarbeiten der Studenten. Alles würde mündlich vorgetragen, von Bildschirmen abgelesen und mit dem Megafon verkündet – die gesamte Universität würde zu einem riesigen lauten Marktplatz der Ideen werden, einem knallbunten, beinahe mittelalterlichen Karnevalsfest.

Warum bist du nicht hier?, fragte Stella. Verlässt du mich? Sie war mit dem Taxi vom Flughafen gekommen und stand in der blitzblanken Wohnung. Ich war im Sekretariat und sah zum Flur hinaus, wo sich Tom über den Wasserspender beugte.

Es ist alles … deine Sachen sind weg, sagte sie mit zitternder Stimme.

Ich schwieg.

Ist es wegen meiner Mutter? Was hast du getan?

Was ich getan hatte? Ich hatte keine Worte dafür. Ich kann es ihr nicht erzählen, dachte ich. Ich kann ihren Mut nicht brechen. Ich liebte sie, und ich liebe sie noch heute, und ich hätte ihr damals die ganze Wahrheit sagen sollen, egal, welche Folgen es gehabt hätte – für mich, für sie oder für Janet. Aber ich war überzeugt, dass sie die Wahrheit nicht ertragen würde. Dabei war ich es, der zu schwach für diese Wahrheit war.

Karl!, rief sie. Ist es wegen meiner Mutter?

Ich … kann das nicht, sagte ich. Ja. Ich muss jetzt los.

23

Die Wochenenden verbrachte ich in den Ozarks, in der Nähe eines Orts namens Liar's Lake. Ich schlief in dem Haus, in dem Jamey die Hanfpflanzen kultiviert hatte, die zu seinem vorübergehenden Aufenthalt im Gefängnis von Jeff City geführt hatten. Wenn wir zusammen hinunterfuhren, schlief er im alten Schlafzimmer seiner Mutter, während ich mir eine Ecke im Wohnzimmer zurechtmachte. Als es wärmer wurde, zog ich meine Matratze auf die Terrasse. Wir kochten auf einem Feuer hinter dem Haus und spülten das Geschirr in einem Bach am Ende des Grundstücks, der die ganze Nacht rauschend und gluckernd meine Träume begleitete.

Manchmal fuhr ich allein hinunter, dann legte ich meinen Schlafsack auf Jameys muffiges Bett. Ich ging nackt hinunter zum Bach, um mich zu baden. Ich sah den Shampoo-Tupfern nach, die von der Strömung zu einem tiefer gelegenen Becken getragen wurden, wo sie sich in einem kleinen Strudel sammelten. Ich versuchte, mit den Händen die winzigen durchsichtigen Fische zu fangen, metallisch schillernde Libellen flitzten nervös über das Wasser. Ich schrieb lange Briefe an Ulrike, in denen ich ihr – und mir – zu erklären versuchte, was vorgefallen war. Ich versuchte, sie zum Umzug nach San Francisco zu bewegen, wo wir uns eine Wohnung teilen könnten. Ich und Katja und du, schrieb ich. Im Hafen von Oakland und im Mission-District gibt es genügend Lager und Fabrikgebäude, die man billig zu Ateliers oder Lofts oder Ausstellungsflächen umbauen kann. Vergiss Berlin, diese alte, müde Stadt. Hier entsteht etwas ganz Neues.

Jahre später, als Katja versuchte, sich mit dem Versprechen, günstigen Atelierraum für Künstler zu schaffen, in den Stadtrat wählen zu lassen, schien diese Idee wie ein ferner, wahnhafter Traum, was sie auch war. Als Antwort schickte mir Ulrike Abzüge ihrer neuesten Bilder und Postkarten und eine CD von Nick Cave, die gerade erschienen war. Henry's Dream.

Unter der Woche pendelte ich zwischen den Breckensteins, die mir ihr Sofa angeboten hatten, und einem Kellerraum, mit eigenem Eingang, bei Lawrence. Ich durfte seine Waschmaschine und den Trockner benutzen, die sich ebenfalls im Keller befanden. Manchmal kam Isabel herunter und leistete mir eine Weile Gesellschaft. Wenn ich bis spät am Abend im Büro der Lehrassistenten arbeitete und stundenlang auf den Namen des ersten Präsidenten starrte, schlief ich auf zwei zusammengeschobenen Schreibtischen, bis Tom mich am Morgen weckte. Meinen Koffer, die wenigen Bücher und anderen Gegenstände, die ich angesammelt hatte, bewahrte ich im Wagen auf. Im Mai lernte ich eine junge Religionswissenschaftlerin kennen, die ein Buch über Quetzalcoatl, die gefiederte Schlange, schrieb oder zumindest mit dem Gedanken spielte, ein solches Buch zu schreiben. Hinweise auf das entstehende Manuskript sah ich in ihrer Wohnung nicht. Sie erklärte, dass sie mir keinen Vorwurf machen würde, wenn ich weiterziehen würde, sie sei glücklich und dankbar für das, was wir hätten. Sie benutzte eine Wäscheklammer und eine weiße, im Fußbereich braun verfärbte Socke, um ihren Frühstückstee zu kochen.

Im Juni fuhr ich den stotternden Olds zum Schrottplatz. In einem Metallregal im Büro des Schrotthändlers stand ein Kalender von Victoria's Secret: Engel in weißer Reizwäsche, deren Füße auf Zuckerwattewolken ruhten. Ihre Push-up-BHs ließen erahnen, dass auch die Engel des Himmels nicht in der Schwerelosigkeit lebten. Der Schrotthändler gab mir fünfzig Dollar und fuhr mich zum Bus, mit dem ich zu jener Greyhound-Station zurückkehrte, an der ich an einem brüllend heißen Sommernachmittag vor beinahe zwei Jahren ausgestiegen war. Bauarbeiter waren damit beschäftigt, Janets Apart-Hotel zu erweitern. Wo die verkohlten Reste von Rasheeds Restaurant gewesen waren, befand sich ein dreistöckiger Rohbau.

Katja holte mich am Flughafen ab. Ich verbrachte den Rest des Sommers damit, eine Wohnung für uns zu finden. Katja bereitete sich auf das Jurastudium vor, ging jeden Morgen schwimmen und legte sich ein neues Hobby zu: Mountain Biking. Jedes Wochenende flog sie mit ihrem silbernen Nishiki-Rad den Mount Tamalpais hinauf, wobei sie immer neue persönliche Rekorde aufstellte und zwölf Pfund abnahm. Sie fragte nie nach Stella, aber Jahre später, als ich bereits nach Köln zurückgekehrt war, entdeckte ich in einem ihrer sporadisch erscheinenden Romane das Wort Baryzentrum, und ich fragte mich, ob sie damals die Aufzeichnungen gelesen hatte, die ich gemacht hatte, und was sie wohl davon gehalten hatte.

Im Herbst meines zweiten Jahres in Berkeley – Chuck war nun endgültig im Ruhestand, er hatte sich zwei Tage, bevor Gert Bastian und Petra Kelly tot in ihrer Bonner Wohnung aufgefunden wurden, mit einer fantastischen Party in den Berkeley Hills verabschiedet – besuchte uns Jamey im Mission-District. Ich stand am Fenster, als der Noriega vor unserem Haus parkte. Als ich ihm Katja vorstellte, verbeugte er sich und küsste ihr ironisch die Hand. Er hatte ihren Oklahoma-Roman gelesen.

Jamey berichtete, dass Stella ein Mädchen zur Welt gebracht hatte. Stellas Brief folgte einige Wochen später. Sie sei volle achtzehn Monate schwanger gewesen, schrieb sie, und habe dem Mädchen den Namen Christina gegeben, nach Christina Mirabilis, einer belgischen Heiligen aus dem zwölften Jahrhundert. Die Heilige Christina habe eine Anzahl erstaunlicher Wunder vollbracht, die mir vielleicht bekannt vorkämen. Vor allem, schrieb Stella, sei sie, offenbar um sich über den Gestank der menschlichen Sünde und Verderbnis zu erheben, regelmäßig ins Dachgestühl ihrer Kirche aufgeschwebt. Patrick, der Stella kurz nach meiner Abreise einen Antrag gemacht hatte, hatte Christina als sein eigenes Kind angenommen. Sie wollte keinen Unterhalt, sie hatte überhaupt keine Ansprüche an mich.

Christina war neun Jahre alt, als ich sie schließlich kennenlernte. Sie war unübersehbar Patricks Tochter. Sie hatte dieselbe seltsame, ein wenig verschrobene Art, sich zu bewegen und ihren Kopf zu halten, und sie hatte dieselben schweren Augenlider. Wir spazierten über den Campus der Washington University, wo ich eine Zeitlang als Gast lehrte, und besuchten das Kunstmuseum. Die Ginkgobäume hatten gerade ihr sattgoldenes Laub abgeworfen, das die parkartige Anlage wie Millionen sterbender

Schmetterlinge bedeckte. Ich hob eins dieser Blätter auf, zeigte ihr die gespaltene Form und rezitierte Goethes Gedicht: Ist es ein lebendig Wesen / Das sich in sich selbst getrennt?/Sind es zwei, die sich erlesen/Dass man sie als eines kennt?

Ist das ein Rätsel?, fragte Christina.

Könnte man so sagen, ja. Der Dichter scheint anzudeuten, dass sich zwei Menschen zu einer einzigen Person untrennbar verbinden können. Wahl oder Schicksal. Sie finden zusammen, oder sie gehören zusammen. Vielleicht ist es auch eine Person, die uns zweifach erscheint.

Wie Zwillinge?, fragte Christina.

Ja, vielleicht, sagte ich. Vielleicht nicht genau. Manchmal sehen wir zwei Menschen, Freunde oder nahe Verwandte, und wenn wir sie etwas besser kennenlernen, geht uns auf, dass sie ein und dieselbe Person sind. Sie teilen sich, zumindest in unserem Leben, eine einzige Rolle. Die eine erscheint an der Stelle der anderen.

Meine Oma, sagte Christina, ohne näher darauf einzugehen, ihre Schwester war ein Zwilling. Das heißt, sie waren beide Zwillinge. Sie waren Zwillinge voneinander.

Ich weiß, sagte ich und lachte. Wollen wir Eis essen gehen?

Einige Jahre später, als sie in der High School war, schickte Christina mir eine Mail mit dem schüchtern vorgetragenen Wunsch, mich nach dem Schulabschluss in Deutschland zu besuchen. Ich war begeistert von ihrem Vorschlag und bot ihr an, den Flug zu bezahlen. Ich hatte längst verstanden, dass unsere Bekanntschaft nicht willkürlich war. Es war gekommen, wie es hatte kommen müssen, es gab nur diese eine Geschichte, die uns verband.

Sie setzte ihren Plan nie in die Tat um, und auch als Studentin machte sie sich nie zu der großen Europareise auf, die für Amerikaner ihrer Generation fast schon verpflichtend ist. Tatsächlich ist sie nie in Europa gewesen. Sie arbeitet als Tragwerksplanerin für Santiago Calatrava, den Akrobaten unter den zeitgenössischen Architekten, aber die hoch aufragenden Kathedralen von Chartres und Köln hat sie nie gesehen, und auch nicht die fragwürdige Umkehrung ihrer schwindelerregenden Statik in Gaudís Sagrada Familia. Warum? Ich glaube, sie hatte einfach Angst zu fliegen.

Katrin Gerlof
Nenn mich November
Roman
352 Seiten. Gebunden
ISBN 978-3-351-03723-9
Auch als E-Book erhältlich

Über die Halbwertzeit der Liebe und den Eigensinn der Hoffnung.

Marthe und David befinden sich im freien Fall und müssen Privatinsolvenz anmelden. Notgedrungen ziehen sie an den Rand eines Dorfes in ein gerade noch bewohnbares Haus, das David geerbt hat. Selbst das Internet macht einen Bogen um die Gegend.
Das Dorf – umzingelt von genmanipulierten Maisfeldern für Biogasanlagen – scheint seine Seele verloren zu haben. Die Bewohner überlassen es zwei Großbauern, ihre Angelegenheiten zu regeln. Als in ehemaligen Zwangsarbeiterbaracken Flüchtlinge untergebracht werden, zieht mit ihnen Verunsicherung ins Dorf. Marthe, geduldete Außenseiterin und unablässig auf der Suche nach den schlimmsten aller Nachrichten, erlebt, wie die Lethargie weicht. David jedoch verstummt mehr und mehr, und eines Abends liegt ein Zettel auf dem Küchentisch.
Ein großer Roman über den Verlust der Mitte und ein Leben am Rand.

»Kathrin Gerlof erzählt mit magischer Lakonie.« Berliner Zeitung

aufbau